시조의 향연

시조의 향연

—

초판 1쇄 2024년 4월 17일
지은이 김일연
펴낸이 김영재
펴낸곳 책만드는집

—

주소 서울 마포구 양화로 3길 99 4층 (04022)
전화 3142 - 1585·6
팩스 336 - 8908
전자우편 chaekjip@naver.com
출판등록 1994년 1월 13일 제10 - 927호
ⓒ 김일연, 2024

—

—

ISBN 978 - 89 - 7944 - 865 - 8 (03810)

시조의 향연

김일연 시평집

책만드는집

언어와 언어, 시조와 시조의 동심원

문자가 있기 전부터 그 뿌리를 이룬 우리의 시가문학이 도도한 천년의 흐름을 이어온 오늘에 시조가 있다. 노래로 불리면서 노래의 유려함을 담은 시조. 여기 실린 현대시조들은 노래로 품었던 시조의 율격을 현대의 느낌으로 생생하게 살려내고 있다. 그 진실하고 따뜻하고 고아한 마음들이 동심원을 그린다. 하나의 시조가 그리는 동심원이 또 다른 동심원과 만나 은은하게 울리며 번져나간다. 그 울림과 번짐 속에 나를 열자. 시인의 개성들이 조화롭게 어울리는 150수의 오케스트라 앞에 고요한 마음만 준비하면 된다. 저마다의 악기들은 펼침과 반복과 전복과 균형으로 다른 소리를 내는 악기들과 조화롭게 연주되고 있다.

시조 3장의 형식미를 생각할 때 정말 시조의 본령은 그 형식미를 가장 잘 드러내는 단시조임을 말하지 않을 수 없다. 시조의 호흡은 네 마디씩 세 번 이어진다. 좋은 고시조들을 그리고 현대에 창작되고 있는 시조들을 조금만 애정을 가지고 읽어보자. 시조미학의 핵심을 보여주는 부분은 종장 첫 마디 '세 글자'와 둘째 마디 '다섯 자 이상'이다. 그 핵은 변하지 않는다. 그러나 그들을 제외한 시조의 율격은 살아 있는 우리 언어의 호흡이지 숫자의 그것은 아니다. 시조의 호흡은 우리뿐 아니라 우리의 말과 글을 배우고 있는 지구촌의 인류가 사랑하고 있고 또 사랑할 생동하는 우리 언어의 호흡인 것이다.

이런 것이다, 또는 저런 것이다, 단순하고 소박하게 격格을 논할 만큼 시조는 가볍거나 얕지 않다. 시대의 무게를 안고 살아온 사람들의 기쁨과 슬픔뿐 아니라 그들의 사유와 삶의 고비에서 맞은 회오리 같은 고통과 격정을 살피고 보듬으며 오늘에 닿은 시조의 품은 그 살아온 시간만큼 너르고 깊고 진중하다. 그러한 품의 시조가 한 수의 단시조일 때 가장 은근하고 활달하게 자신을 드러낸다는 것이 참으로 놀랍지 않은가.

개인의 심미안에 따라 작품 선택은 달라질 수 있다. 이 책에서는 현대시조 중 단시조에 국한하였고 시조의 모범이 될 만한, 품위를 지닌 작품을 가리려고 하였다. 선택한 작품에 대해서는 그 작품을 읽는 감상자의 눈으로 접근하였다.

2013년에 연재를 시작하고 좋은 작품들을 읽으면서 다시 없는 행복을 경험하였다. 작품 수록에 동의해 주신 시인들과 십 년이 되어가도록 이 글과 함께해 준《시조21》편집진의 오랜 노고에 감사드린다.

2024년 봄

김일연

| 차례 |

2부 허공에 울음 터뜨리며 천 잎 파지 날린다

4부 쉽사리 허물어지지 않는 엇각을 지니고 있다

1부

가슴 파고드는
저것이 여시 같아라

가슴 파고드는
저것이 여시 같아라

전정희 「영산홍」
박시교 「사랑은」
박현덕 「복사꽃」
이한성 「사랑법」

영산홍이 핍니다. 푸르뎅뎅한 철쭉이 위세도 당당하게 핀 꽃밭 한 귀퉁이에 키 낮은 영산홍도 자잘한 꽃망울을 터뜨립니다. 영산홍꽃 빛깔은 선홍입니다. 아직은 무르익은 농염의 빛깔은 아니고 이제 막 피어오르는 어린 불꽃의 빛깔처럼 주홍이 섞여 있습니다.

철쭉의 기세에 눌렸는지 꽃밭의 모서리에서 조금은 돌아선 모습으로 피는 영산홍입니다.

숯불이 일렁인다 혀를 날름거리며

울음 같은 붉은 울음 길을 놓으며 누가 온다

불덩이 머리에 이고 강 건너 오고 있다.

- 전정희「영산홍」

전정희 시인의 시조에 보이는 영산홍은 앞뒤 없이 들이닥
치는, 숯이 되어서도 불을 피우는 "불덩이 머리에 이고" 오고
있는 열정입니다. 흔히 말하는 연민, 자비, 어머니의 사랑, 신
의 사랑, 영혼의 사랑, 이런 것 말고요, 그야말로 가슴 저리는
격정의 사랑 말입니다.

장미는 어머니의 어머니, 성모의 꽃이라 불립니다. 장미
꽃의 붉은빛과 잎의 초록색은 성모의 색이기도 하지요. 그
에 비하면 영산홍의 사랑은 인간의 사랑, 상처 입기 쉬운 "붉
은 울음"의 사랑입니다. 인간의 삶과 예술의 샘은 에로스라
고 합니다. 이러한 의미의 에로스는 삶의 원동력, 에너지의
근원으로서의 그것이지만 영산홍의 사랑도 그에 못지않은
영감의 원천이 되었습니다.

맨 처음 느낌은 뜨거운
눈물이었다

다음은 가슴을 에워내는
절망이었다

때로는
말라리아 같은

오한惡寒이었다

사랑은

　- 박시교「사랑은」

　사랑의 실체는 없다고 합니다. 그것은 다만 아픔, 고통, 증오의 대척점에 있으며 우리는 그 대척점에 있는 아픔, 고통, 증오의 깊이로 사랑의 깊이를 잴 수 있을 뿐이라는 것입니다. 박시교 시인의 이 시는 그것을 극명하게 보여주고 있습니다. 사랑의 "맨 처음"은 "눈물"이고, 다음은 "절망"이며 "때로는/ 말라리아 같은/ 오한"이라고.

　문학은 해피엔딩을 꿈꾸는 비극입니다. 평화를 꿈꾸는 전쟁이고 소통을 꿈꾸는 불통이며 사랑을 꿈꾸는 고통입니다.

　사랑하면 할수록 그리움도 깊고 그리움이 깊을수록 외로움도 깊습니다. 나무뿌리의 크기가 키에 비례하듯이 상처가 깊을수록, 고통이 깊을수록 사랑은 커져갑니다. 사랑의 격정은 언제나 천국과 지옥 사이를 방황합니다. 줄리엣이 무덤 안에서 다시 죽음을 택했을 때, 베르테르가 권총의 방아쇠를 당겼을 때 그들은 모두 그리 큰 육체적 고통을 느끼지 않았다고 합니다. 말라리아 같은 오한이 전해지는 마음의 고통이 육체의 고통을 넘어서서 저리게 파고드는, 너무 화창하여 심란한 한낮입니다.

　그저 마냥 쳐다보는

첫사랑 분냄새 같은,

긴 겨울의 격정 지나

가지마다 걸린 연등煙燈

이 봄날,

가슴 파고드는

저것이 여시 같아라
　－ 박현덕 「복사꽃」

　단시조의 개성인 팽팽한 긴장미가 가슴을 파고드네요. 긴 겨울이었습니다. 시인의 "격정"도 겨울만큼이나 길었습니다. 그 "긴 겨울"을 지나고 핀 복사꽃은 "첫사랑 분냄새"를 갖고 있네요. 복사꽃은 "가지마다" 마치 "연등", 아편에 불을 붙이는 등처럼 피었습니다. 왜 아편의 등인가요. 그 격정은 치유될 수는 없는 고통인가 봅니다. 그렇습니다. 치유될 수 없는 아픔은 아편으로 그 아픔을 잠시 잊는 겁니다. 긴 겨울의 격정을 지나 맞은 봄날에도 그 아픔은 여전하네요. "가슴 파고드는" 아픔, 그곳에 아편을 놓고 불을 붙이는 복사꽃. 누군

18

가가 복사꽃을 바라보고 있으면 무릉도원이 다른 데 있는 게 아니라 꼭 그 속이 지상의 파라다이스일 것 같다고 한 적이 있었습니다. 그런 복사꽃 속 그 어디 분 냄새를 피우며 사람을 호리는 꼬리가 숨어 있나요? 너무나 강렬하여 그 복사꽃, 정말 "여시" 같기만 합니다.

여우가 아닌 "여시"라는 시어가 주는 가슴을 후비는 앙칼진 느낌은 팜파탈, 가히 한국적 팜파탈의 느낌이기도 하고요. 팜파탈은 '남성을 유혹해 죽음이나 극한의 고통에 이르게 하는 운명적 여인'을 말합니다. 시대의 흐름에 따라 많은 예술 작품 속에서 비너스와 성모의 이미지가 혼재되어 나타나고 영웅의 존재는 매력적인 개인의 존재로 대체되어 왔듯이 이 말은 지금은 '남성의 마음을 뒤흔드는 치명적 매력을 가진 여인' 정도로 쓰이고 있는 듯합니다.

서리 내리는 늦가을에야 당당한 국화나 눈 속에 피는 매화가 정절의 여인이라면 눈부신 봄 햇살 아래 폭죽처럼 불꽃처럼 피어나는 영산홍, 복사꽃과 같은 봄꽃은 팜파탈입니다. 어느 남자 배우가 '낮에는 정숙녀 밤에는 팜파탈이 이상형'이라고 말하는 것을 들었습니다. 그러나 낮에는 국화가 되고 밤에는 영산홍, 낮에는 매화 밤에는 복사꽃이 되는 꽃나무는 보지 못하였습니다. 그런 꽃나무가 있다면 무섭고 끔찍하지 않을까요. 인간의 기술이 아무리 발달하여도 그런 꽃나무는 만들어내지 않기를 바랄 뿐입니다. 그런 꽃나무 대신 이러한 고통의 시를 주신 분께 감사드리고 싶습니다.

사랑은 이처럼 고통의 담론이지만 예술은 행복의 담론이라고 합니다. 세 분 시인의 아픈 격정의 시를 읽으며 저는 그러나 행복했습니다. 이러한 행복감을 주는 고통을 자꾸 만나고 싶습니다. 인간의 상처를 봉합하는 작업이 시이며 음악이며 그림이라고 합니다. 사회적 의식을 가진 시도, 통렬한 서정시도, 좀처럼 의미를 짚어가기 어려운 난해시나 실험시도 결국은 나와 타인, 혹은 우리의 치유를 위한 시 아니겠습니까.

세 수의 단시조가 너무 벅차고 강렬하여 숨을 가다듬어야겠습니다. 이런 시를 읽으면 조금 진정이 될까요?

절절한 사랑도 오래 보고 있으면
눈총에 맞구멍 나 붉은 피를 쏟는 법
서너 날 묵혔다가 다시 보는
가슴 하나 지녀라.
  - 이한성 「사랑법」

어부의 구릿빛 이마 위를
바퀴벌레처럼 기어다닌다

김연동「바다와 신발」
이우걸「바다」
민병도「매물도」
김종「관매도」

시인 김기림의 작품 중에「바다와 나비」가 있습니다.

> (……) // 청무우밭인가 해서 내려갔다가는/ 어린 날개가 물결
> 에 절어서/ 공주처럼 지쳐서 돌아온다.// 삼월달 바다가 꽃이 피
> 지 않아서 서글픈/ 나비 허리에 새파란 초생달이 시리다.

팽배했던 감상주의와 로맨티시즘을 부정하고 이미지와
회화성을 강조하며 지성과 이성을 중시한 주지주의를 내세
웠던 그의 대표적 작품의 제목에서도 그러나 슬픔의 정조는
어려 있습니다. 바다는 거대하고 무한하고 거칠 것이 없지
만 바다로 간 나비는 그에 비하면 너무나 작고 여려 위태롭
기 때문입니다.

무심한 철새들이 가로질러 나는 바다

무심을 건져 올리고픈 절정의 이마 끝

바람이 스칠 때마다

굽이 닳는 신발짝
　 – 김연동 「바다와 신발」

　바다 앞에 "바람이 스칠 때마다/ 굽이 닳는 신발짝"을 놓았습니다. 김연동 시인의 바다는 "무심을 건져 올리고픈 절정"의 바다입니다. 절정에 다다른 바다라 하면 아무도 없는 막막함의 절정, 텅 빈 충만으로 가득한 그런 바다가 떠오릅니다. 바람이 스칠 때마다 바다의 신발이 닳고 있습니다.

　바람이 없는 순간의 자연은 없습니다.

　바람이 없는 순간의 인간도 없습니다.

　부재를 묵시적으로 표현할 때, 속세와의 단절을 상징할 때 우리는 신발을 놓아둡니다. 신발이 닳고 있는 바다는 어떤 바다인가요? 그 신발은 혹시 파도인가요?

　자연 앞에서 바람에 부대끼며 굽이 닳는 신발짝처럼 우리는 또한 살고 있습니다. 자연 앞에 인간이란, 인간이 일구어 놓은 문명이란 얼마나 나약한 것입니까. 독일 낭만파 화가 프리드리히의 잘 알려진 그림 〈바닷가의 수도사〉가 떠오릅니다. 거대한 해일이 이는 듯한, 검은 바다 앞에 뒷모습을 보이며 조그맣게 서 있는 수도사의 모습 말입니다. 삶의 진리를 구하는 수도자의 모습과 무한자 앞에서 유한자가 느끼는 초월적 아름다움이 보는 이를 압도하는 영성의 그림입니다. 「바다와 신발」은 무한자인 바다 앞에서 수도사의 모습 대신 신발로 표상되는 유한자가 보고 있는 무심의 아름다움이 돋보이는 작품이군요.

시의 내재율과 외형률을 운율이라고 합니다. 운율은 곧 반복이며 운은 위치의 반복, 율은 거리의 반복입니다. 초장 첫머리의 "무심"과 중장 첫머리의 "무심"이 4음보의 운율을 맛깔나게 살리고 있습니다.

> 알몸의 저녁 바다가 유리창에 어린다
> 충혈된 항구의 피로 같은 노을이
> 어부의 구릿빛 이마 위를 바퀴벌레처럼 기어다닌다
> – 이우걸 「바다」

유리창에 어리는 노을 진 바다, 고기잡이배들이 항구로 돌아온 그 바다는 "알몸의 저녁 바다"입니다. 이제 막 거친 바다에서 돌아온 피로한 어부들이 어느 대폿집 낡은 탁자 앞에라도 둘러앉았을까요. 어부들은 바다의 강한 햇살에 단련된 구릿빛 이마를 가졌습니다. 그 이마 위에 유리창 너머로 보이는 바다의 노을이 어립니다.

어찌 보면 이미지와 회화성이 돋보이는, 한순간의 인상을 그린 인상파 화가의 그림 같습니다만 몇 번 더 읽어보면 고흐의 〈감자 먹는 사람들〉이 생각납니다. 감자 먹는 농부 가족의 유난히 거칠고 투박한 손과 어부의 구릿빛 이마가 겹칩니다. 농부의 손이 힘든 그 삶을 말해주고 있듯이 어부의 구릿빛 이마 역시 어부의 고단한 삶을 단적으로 보여줍니다. "충혈된 항구의 피로 같은 노을이" "바퀴벌레처럼" 그 위를 기어다닙니다. 일렁이는 노을을 "바퀴벌레처럼 기어다니"는 것으로 표현한 것을 처음 마주쳤을 때의 놀라움, 그리고 거푸 읽어도 그 충격은 좀체 가시지 않네요. 노을이 구불구불 바퀴벌레처럼 기어다니는 곳은 이마인데 왜 땀으로 얼룩진 울퉁불퉁한 남성의 그을린 우람한 근육이 부각되나요. 몸으로 부딪친 삶의 현장에서 오랜 세월 동안 만들어진 그들의 성격과도 같을 그런 근육 말입니다. 피로 같은 노을은 어부의 삶에 끈질기게 붙어 있을 것입니다. 그것은 지구상에서 생명력과 번식력이 가장 센 생명체라고 하는 바퀴벌레와도 같으니까요.

어부의 치열하고도 신산한 삶의 깊이를 짧은 단시조 안에 드러내 보이고 있습니다. 가족의 고단한 표정, 서로 시선도 마주치지 않는 눈빛의 그림에서 진정 고흐가 표현하려던 것은 가난한 평범한 사람들, 대지에 뿌리박고 사는 거칠고 순박한 삶에 대한 애정이었던 것처럼 어부의 운명적인 삶에 대한 절제된 애정의 깊이를 느낄 수 있습니다.

생각이 단순하면 표현이 복잡해지고 생각이 복잡하면 표현은 단순해진다고 했습니다. 우리나라의 전통 예술은 복잡함을 내장한 단순미의 예술입니다. 시조가 그렇고 전통적인 문인화가 그렇고 고려 한때 세계 최고의 가치를 자랑하던 도자 문화가 또한 그렇습니다. 청자의 절정은 순청자입니다. 모든 문양은 사라지고 오직 청자의 비색으로만 완성했던 지고지순한 단순미의 청자입니다. 단순하고 순수한 것은 한 치의 오차도 허용하지 않습니다. 단순하면 할수록, 맑으면 맑을수록 어떠한 흠결도 금방 탄로 나서 예술성을 부여받기 힘들기 때문입니다.

> 휭하니 떠나버린
> 낮달 그 물빛 밖으로
>
> 천 날을 기다려와서
> 닫은 그대 마음 밑자리
>
> 한 필지 목숨의 갈증이
> 낙관처럼 꽂혀있는
> - 민병도 「매물도」

"천 날을 기다려"왔건만 "휭하니 떠나버린" 누군가는 오지 않았습니다. 그래서 마음을 닫았습니다. 매물도가 있는 곳은 바다를 사랑한 전혁림 화백이 '쪽빛 한 술에 잉크 한 방울 떨군 그 가장자리 빛깔'이라고 했던 통영의 바다입니다. 그 바다는 닫아버린 마음까지 훤히 비쳐 보일 듯 짙푸르고 맑고 투명합니다.

조난으로 바다를 표류하면서 극심한 갈증으로 목이 마를 때 그토록 많아도 먹을 수는 없는 것이 바닷물입니다. 먹으면 먹을수록 탈수 현상이 가중되어 갈증만 더욱 심해질 뿐입니다. 섬과 바다의 관계는 그렇습니다. 섬의 크기는 "한 필지"인데 먹을수록 "갈증"을 더하는 바다의 크기는 무한입니다. 갈증을 더하는 그리움의 크기가 무한입니다. 온몸이 그리움인 작디작은 섬은 무한의 푸른 바다에 "낙관처럼 꽂혀 있"네요. 찍혀 있음이 아닌 꽂혀 있음이고요, "천"은 '영원'의 다른 표기입니다. "천 날을 기다려와서/ 닫은" "마음 밑자리"처럼 바다에 깊게 꽂혀버린 작은 섬. 누가 이 갈증, 이 아픔을 알까요. 영원을 기다리지만 먼저 찾아갈 수는 없는 매물도의 기다림은 운명적인 기다림입니다.

서양의 자연은 투쟁과 정복의 대상입니다. 히말라야 몇 좌를 '정복'했다고 표현합니다. 거대한 고래를 추격하는 허먼 멜빌의 소설 『모비 딕』도 생각납니다. 서양의 자연은 이처럼 극복과 응징과 도전의 대상입니다.

서양의 자연이 인간과 대립하고 있다면 우리의 자연은 그 품에 인간을 품고 있습니다. 자연 속에 사람이 존재하는 것입니다. 서양의 정원은 테라스에서 바라보는 것이지만 우리의 것은 그 속에 사람이 들어갑니다. 이처럼 자연에 순응하는 동양적 사고방식은 언뜻 소극적으로 보이기도 하지만 훨씬 적극적이라고 할 수 있습니다. 정복은 수단만 있으면 바로 시작할 수 있지만 순응은 자연을 알고 자연에 대한 충분한 이해가 있어야 하므로 더 신중한 많은 시간이 필요하기 때문입니다. 기다림과 견딤의 시간과 같은 언어의 조탁을 지나 마침내 정경교융, 물아일체를 이루어내는 우리의 시조는 이러한 우리의 자연관과도 무척 닮아 있습니다.

가는 허리
수평선은
음흉한 폭풍 전야

우리들
언 수족에다
터 잡은 산천들만

한 계절
운명을 이기며
저리
눈은 내리다
　- 김종 「관매도」

수평선은 "음흉한 폭풍 전야"이고 그 가는 허리가 곧 해일로 지워질 듯 음산하군요. 그러나 관매도인 이곳엔 눈이 내리고 있습니다. "한 계절/ 운명을 이기며" 눈이 "저리" 내리고 있는 겁니다. 그렇습니다. 자연의 운명을 이기는 것은 자연, 자연의 운명으로부터 사람을 보호하는 것도 자연입니다. 그 자연은 곧 "우리들/ 언 수족에다/ 터 잡은 산천들"입니다. 폭풍의 운명을 극복하는 것은 산천이며 그 산천을 담담히 위로하며 포용하고 있는 것은, 저리 하염없이 내리는 눈이군요. 그 자연 속에 사람이 들어가 살고 있습니다. 산천들 아래 우리가 터 잡아 살고 있는 것이겠지만 "우리들/ 언 수족에다/ 터 잡은 산천"이라고 한 표현으로 인해 자연이 베풀어주고 있는 인간에의 사랑이 엉겨 붙은 핏줄의 사랑처럼 더욱 진하게 느껴집니다. 「매물도」가 기다림의 미학이라고 한다면 「관매도」는 포용의 미학이라고 해야겠습니다.

바다로 가고 싶습니다. 그 바다가 무심의 바다이든 알몸의 바다이든 갈증의 혹은 폭풍의 바다이든 "어린 날개가 물결에 절어서" "지쳐서 돌아오"게 될지라도 한 마리 나비가 되어 "허리에 새파란 초생달"을 달고 바다를 날고 싶습니다. 날다가 바다의 운명에 빠져 섬이 되어버릴지라도 바다의 수심 같은 것은 차라리 모르는 것이 행복하겠습니다.

그러나 바다로 가는 길은 없습니다. 그냥 우리는 바다를 그리워할 뿐입니다. 바다에 가서도 바다를 그리워합니다. 사실 바다로 가는 길은 많으나 우리가 그리워하는 바다로 가는 길은 없는 것입니다. 내가 가고 싶은 바다는 닿지 않는 곳에 있습니다.

권태로운 일상의 위대성에 대해 읽었던 것이 생각납니다. 평범한 나날의 일, 나날의 권태를 잘 절제해서 견디어내면 '비범'으로 가고 절제하지 못하면 '파멸'로 간다고 했습니다. 파란만장한 삶에서보다는 평범하고 외로운 시간을 잘 견디낸 삶에서 불멸의 작품은 탄생한다고도 했습니다. 밤을 새우는 연구와 창작, 저술 작업으로 유배의 쓸쓸함을 대신한 다산 정약용과 추사 김정희 등 우리의 선조들도 오랜 유배 생활에서 역사에 빛나는 많은 저술을 완성하고 더욱 고귀한 자신의 정체성을 찾지 않았습니까. 평생 바다를 그리워하며 살아가는 답답한 일상도 이렇게 생각하면 나를 더 단단하게 해주는 고마운 것일 것입니다.

우리나라의 주요 도시들은 거대도시입니다. 서양보다 더 서양적인 삶으로 가득 찬 여기는 저마다 수많은 매물도가 되어 바다를 그리워하는 사람들로 넘쳐납니다. 새벽 4시. 야근을 마친 젊은이들이 집으로 돌아와 고꾸라지듯 자리에 눕는 시간이네요. 유배지처럼 힘든 지상의 하룻밤이 또 지나고 있습니다.

하얗게 명절 날 문턱에
새끼 고양이들이 운다

송선영「그해 겨울」
김윤철「소한소묘」
고정국「쇠별꽃 3」

　열네 살의 저에게 '언어로 만드는 이렇게 아름다운 세상
이 있구나' 알려준 작품은 "낙동강 빈 나루에 달빛이 푸릅니
다/ 무엔지 그리운 밤 지향 없이 가고파서/ 흐르는 금빛 노
을에 배를 맡겨봅니다"로 첫 수가 시작되는 이호우의 「달
밤」이었습니다. "무엔지 그리운 밤 지향 없이 가고파서" 잠
못 드는 겨울밤에는 또 "잠 이루지 못하는 밤 고향집 마늘밭
에 눈은 쌓이리./ 잠 이루지 못하는 밤 고향집 추녀 밑 달빛
은 쌓이리" 읊조려지는 박용래의 「겨울밤」도 생각납니다.
　잠 이루지 못하는 밤이 날마다 계속되어도 마늘밭에 눈이
쌓이는, 추녀 밑에 달빛이 쌓이는 고향집이 있다면 얼마나
좋을까요. 현대미술에 큰 영향을 끼쳤다는 마르셀 뒤샹의 작
품이 있습니다. 제목은〈샘〉이고 작품은 남성의 소변기입니
다. 남성의 소변기가 샘이라면 여성의 변기는 집이라고 합

니다. 남성이 끊임없이 솟아나는 에너지라고 한다면 여성은 고향입니다. 어머니를 잃으면 고향도 잃습니다. "발목을 벗고 물을 건너"고 또 건너는 세상 끝이라도 어머니 계시는 고향 있다면 남은 목숨의 시간을 팔아서라도 가고 싶습니다.

> 솔가리
> 생솔개비
> 섞어 타는
> 밤 아궁이
>
> 큰 손 둘
> 작은 손 둘
> 귀 세우는
> 방 아랫목
>
> 빈 막차
> 스쳐 갈 무렵
> 시누대숲
> 휘몰이.
> ─ 송선영 「그해 겨울」

"솔가리"는 소나무의 낙엽입니다. 겨울이 오면 소나무의 잎도 구릿빛으로 말라서 떨어집니다. 쌓인 솔가리 위를 걸어보면 폭신폭신하고 아늑한 느낌이 듭니다. "솔가리"와 "생솔개비" 토막들이 "섞여 타는/ 밤 아궁이". 늦은 길을 걸어오신 배고픈 손들을 위해서 안주인은 그 아궁이에 솥을 걸고 매운 연기 불어가며 서둘러 밥을 지을 겁니다. 손은 "큰 손 둘/ 작은 손 둘"입니다. 혼자가 아니라 가족이어서 다행이네요. 아무리 힘든 먼 길이라도 가족이라면 끝까지 함께 걸어갈 수 있을 테니까요. 점점 따뜻해 오는 방 아랫목에서 언 몸을 녹이며 엄마는 아이들을 자꾸 아랫목으로 밀고 이불을 다독여 줄 것이고요. 이런 시골쯤이면 빈 막차도 훨씬 빨리 끊기겠지요. "막차"가 가는 소리에 "귀 세우는" 가족의 정경이 그려집니다. 어디서 와서 어디로 가는 가족일까요. 정처는 있을지 심란해지는 마음이 시누대 숲 휘몰아 가는 바람 소리에 얹힌 적막한 '그해 겨울'이네요. 귀 세우고 듣는 그 바람 소리는 순탄치 않을 여정을 예고하는 듯 세차지만 "솔가리/ 생솔개비/ 섞여 타는/ 밤 아궁이"가 이 시의 정경을 따뜻하게 밝히고 있습니다.

이 시조를 앞에 두고 저는 50년대 후반에서 60년대 초쯤의 어느 두메산골 적막한 밤으로 거슬러 올라갑니다. 빛과 그림자가 서로 너울대는 호롱불이 가물가물 밝혀져 있습니다. "아궁이"에 불꽃이 탁탁 튀는 소리와 "시누대숲"을 휘모는 바람 소리와 "귀 세우는" 정적이 서로 대비되며 엇갈리는 고적한 밤이군요.

모두가 불행한 사람, 소외된 사람, 버림받은 사람, 가지지 못한 사람, 패배한 사람이었던 때가 있었습니다. 지금은 스마트폰 하나로 모든 일을 해내는 세상에 살고 있지만 저도 어렸을 때는 호롱불을 켜고 살았습니다. 아버지가 그 호롱불에 손그림자로 나비며 새며 여우를 만들어 보여주시던 때가 선명히 기억납니다. 한국만큼 변화의 속도가 빠른 사회가 지구상에 또 있을 것 같지 않군요. 문학작품의 모든 소재와 자양은 지나간 나의 삶이며 체험이라고 합니다. 상상도 심리적 체험입니다. 그리하여 우리의 많은 시 속에는 시대를 급하게 관통해 온 한과 같은 아픔이 있습니다. 그러나 그 아픔을 이처럼 소박하고 간결하게, 담담하고 깔끔하게 표현할 수 있는 것은 무엇의 힘일까요?

'초묵법'이라고 있습니다. 간략하게 말하면 '진하게 먹을 간 후 붓에 묻혀 물기를 짜낸 상태에서 오로지 붓의 속도로만 농담을 표현하는 기법'이라고 합니다. 그림뿐 아니라 담대한 시의 어떤 작품들은 우리에게 이러한 초묵법을 보여줍니다. 거칠고 단순하나 그 안에서 느낄 수 있는 서정은 그러할수록 더욱 깊은 힘과 무게가 있습니다. 붓의 물기를 짜내듯이 펜의 물기를 짜내고 오로지 경景으로만 정情을 표현합니다. 그리하여 작품 안의 모든 경景은 정情이 됩니다.

옷고름을 쥐고 잠든

오배자 잎이 하나

방 한 칸 마련되면

한걸음에 되오마

재 넘다 뒤돌아보던

붉나무 등걸 하나
   – 김윤철 「소한 소묘」

　"오배자"는 "붉나무"에 생기는 벌레혹이라고 합니다. 단풍
이 유별나게 고와서 붉나무인가요? 약재로 쓰이고 천연염
료의 원료로 쓰이기도 하는 "오배자"가 달리는 이 나무는 그
이름만으로도 무척 정이 가는 우리 산천의 나무입니다. 오
배자로 염색한 목면 목도리를 가져본 적이 있습니다. 농도
에 따라 차이는 있겠지만 우아한 보랏빛이 도는 회색이었던
걸로 기억합니다.
　아기는 오배자의 잎입니다. 아직은 엄마한테서 떨어지지
않을 나이인지 엄마의 옷고름을 쥐고 잠이 들었습니다. 엄
마도 아기도 곤한 잠을 자는 신새벽인데 젊은 아버지는 길을
나서네요. 대처에 나가 사글셋방 한 칸이라도 마련해 볼까
하나 봅니다. 고향을 떠나려는 심사가 어떠하겠습니까만 길

떠나는 아버지의 마음은 급합니다. "방 한 칸 마련되면/ 한 걸음에 되 오마"란 중장에 모든 아버지의 마음인 그 마음이 보이네요.

눈에 밟히는 가족을 두고 가는 가장의 걸음은 "한걸음에 되"돌아올 듯 성큼성큼입니다. 벌써 재까지 왔습니다. 재를 넘어가면 보이지 않을 마지막 지점에 와서 마을을 뒤돌아봅니다. 때는 소한. 일 년 중 가장 추운 날이군요. 잎 다 떨어지고 부러진 "붉나무 등걸"이 하나 있나요? 아이가 잎이라면 아버지는 등걸입니다. 붉나무 등걸이 되어 가녀린 잎 하나를 돌아보는 아버지의 눈빛은 다정하고 애틋하고 또 얼마간은 세상에 대한 원망과 결의가 섞여 있을 겁니다.

초장에서 "옷고름"의 "옷"과 "오배자"의 "오", 초장의 "하나"와 종장의 "하나"가 서로 호응하는 짧고 단정한 운율입니다. 절제는 시조의 정신력이며 용기라고 합니다. 그러한 정신력과 용기가 유난히 돋보이는 「소한 소묘」입니다.

제자리 피어 있어도
올겨울은 타향 같다.

맨땅에 체온 비비던
별꽃
별꽃
쇠별꽃

하얗게 명절날 문턱에

새끼 고양이들이

운다.

    - 고정국 「쇠별꽃 3」

"쇠별꽃"은 밭이나 들 어느 곳에서나 보이는 생명력이 강한 풀입니다. 별빛처럼 생긴 작고도 하얀 꽃이 핍니다. 쇠기러기, 쇠찌르레기처럼 '작은' 것을 뜻하는 접두사 '쇠'가 '별꽃' 앞에 붙었습니다. 쇠별꽃은 작고도 여리게 보이지만 강인합니다. 날마다 비바람과 땡볕 속에서 한뎃잠을 자고도 겨울 지나 봄이 오면 기약이나 한 듯 살아서 돌아옵니다. 큰물이 지나가고 흉년이 들어도 어김없이 있던 "제자리(에) 피어"납니다. 뾰족한 궁리도 없이 그냥 시골 고향을 지키는 무던한 못난이의 뚝심 같습니다. 그런 쇠별꽃이 지키는 고향은 언제나 가난합니다.

가난한 고향이 타향처럼 썰렁한 명절날이네요. "맨땅에 체온 비비던" 쇠별꽃 같은 사람들이 지금도 타향 같은 고향을 지키고 있을 겁니다. 명절이지만 부산한 마당도, 기름 냄새도, 찾아오는 이도 없네요. "명절날 문턱"에 색동옷 입고 뛰어노는 아이들 대신 "하얗게" "새끼 고양이들"만 울고 있습니다. 쇠별꽃 하얀빛을 하얗게 우는 새끼 고양이 울음으로 받았습니다. 이러한 시어의 묘미를 발견하는 기쁨도 있군요. 하얗게 우는 새끼 고양이 울음은 아마도 가냘프게 내는 배고픈 울음소리일 겁니다.

"별꽃/ 별꽃/ 쇠별꽃"은 별행 처리하여 각기 제자리에서 고향을 지키는 모습을 연상하게 하고 "타향 같"은 "겨울" 중에도 "명절날 문턱"이란 때의 시어는 쓸쓸함과 서민적인 느낌을 더욱 살려주고 있네요. 무엇보다 새끼 고양이들의 울음을 가져온 종장이 평범하지 않은 반전의 아름다움을 선사해 주고 있습니다.

시조는 언어의 명징함, 정형으로 인한 통일성이라는 고전적 특질들을 간직하고 있습니다. 이것은 세월의 담금질을 견뎌온 시조의 고유 어법이라 할 것입니다. 이 세 편의 시조는 명치끝 아리는 서러운 것이 정돈된 언어의 여백 속에서 맑은 기운을 뿜어내고 있습니다. 세 분의 시조를 읽으며 단순하나 깊고 청아한 우리 문학의 고향을 느껴봅니다.

시는 은유라고 합니다. 시는 은유가 아닌 삶 그 자체라고도 합니다. 저는 '시는 삶 그 자체이며 삶을 삶보다 더 진실하게 드러내는 은유다'라고 나름대로 정리해 봅니다.

피었다 순간에 진들
어찌 찰나이랴

김영재 「순간」
서연정 「풀밭」
김동호 「봄날에」
선안영 「거울」

김영재 시인의 시집 『화답』(책만드는집, 2014)을 읽습니다. 시력이 느껴지는 시집의 표제도 표제이지만 시집을 다 읽고 난 뒤의 소감이란 "그 뭉툭한 연필심으로 그려놓는 세상살이는 아름답고 따뜻하고, 끄집어내는 삶의 속살은 선명하고 날카롭다"라는 신경림 시인의 표사가 참으로 맞춤하였습니다.

당신이 나에게 온

흔들, 바람이라면

나는 당신 앞에서

피어나는 꽃이다

피었다

순간에 진들

어찌 찰나이랴
 - 김영재 「순간」

　'순간 속에 영원이 있고 영원 속에 순간이 있으며 무한 속에 유한이 있고 유한 속에 무한이 있다'는 그 장면을 만나게 되는 순간이 있습니다. 스탕달이 피렌체에 있는 산타크로체 성당에서 귀도 레니가 그린 〈베아트리체 첸치의 초상화〉(다른 작품이라고 하는 설도 있습니다만)를 보는 순간 그 자리에서 발이 얼어붙고 정신이 혼미해지고 심장이 멎는 듯했으며 그 후로도 한 달 동안 다리가 후들거리는 증세가 지속되었다고 하여 그러한 증상을 '스탕달신드롬'이라고 이름하였습니다. 그러한 예는 셀리와 고흐의 경우 등도 알려져 있습니다만 이러한 스탕달신드롬을 만나게 되는 그 지점은 예술 작품과 내가 지고지순의 영혼으로 만나는 순간입니다.
　시를 쓰게 되는 지점도 그런 때일 것입니다. 순간 속에서 영원을, 유한 속에서 무한을 보는 그때 시는 태어납니다. "피었다/ 순간에 진들/ 어찌 찰나이"겠습니까. "당신"은 "바람", "나"는 "꽃"입니다. 나는 당신이 내게 올 순간을 기다리며 당신 앞에서 피어나는 한 송이 시詩입니다.

    풀 베듯 베어낸 인연 풀 자라듯 살아와 맺히고 떨어지는 생명이
영롱하네 맨발로 줄달음치는 시간의 풀밭에서
    – 서연정 「풀밭」

 시조 3장을 한 줄로 이어 쓰니 정말 줄달음치는 시간이 실
감 납니다. 시인은 "줄달음치는 시간"을 "풀밭"에서 느끼고
있군요.
 모진 것이 목숨이라고 우리 어머니들이 늘 말씀하시지 않
았습니까. 조그만 땅 한 뙈기를 재미 삼아 갈기 시작하던 친
구가 들려준 말이 생각납니다. 풀과의 전쟁이라고요. 자고
일어나면 풀, 또 자고 일어나면 풀이라고 하더군요. 손과 발
이 풀독이 올라 가렵고 벌겋게 부어올랐다고 했습니다. 무
릇 생명이란 이렇듯 치열한 것이라 민중을 '민초'라고 하지
요. 뽑아내면 또 나고 베어내면 또 자라기를 억척같이 질기
고 강한 풀에 비유했습니다.
 폐활량이 적은 저는 달리기를 잘 못했습니다. 죽어라 뛰어
도 꼴찌를 면하지 못했지만 대신 릴레이에서 바통을 떨어뜨
리지 않고 다음 주자의 손바닥 안에 넘겨주는 것만은 잘해야
겠다고 마음먹었었습니다. 인생의 달리기도 지금까지 그리
잘한 것 같지 않습니다. 그러나 대신 욕심으로 허둥대다가
바통을 떨어뜨리는 꼴 보이지 않고 잘 넘겨주는 것만은 꼭

하고 싶습니다. 그 "영롱"한 "생명"들의 바통을 잘 받은 다음 주자들이 편안하게 완주할 수 있게 말입니다. 비록 시간이 제가 달리는 것보다 훨씬 빨리 "줄달음"쳐 사라진다고 해도 행복은 결과에 있지 않고 과정에 있다는 평범한 말을 새기며 살아가려 합니다.

줄달음치는 시간을 느낀다는 것은 그만큼 바쁘고 역동적 인 삶을 살고 있음일 겁니다. 서연정 시인의 최근 시들을 읽 으면 그가 얼마나 역동적인 시의 삶을 살고 있는지를 알 수 있을 것 같군요.

> 나도 대들고 싶다 거침없이 대들고 싶다
> 참말로 속절없이 당할 수밖에 없도록
>
> 너에게 막 대들고 싶다
> 봄꽃 내게 그러듯
> – 김동호 「봄날에」

"참말로 속절없이 당할 수밖에 없"었던 적 많습니다. 한번 "대들"어 보지도 못하고, 속 시원히 항변해 보지도 못하고 어 두운 도서관 책상머리에서, 만원 버스 안에서, 다방에서 봄 처럼 꽃다웠을 청춘이 갔습니다. 영어 사전을 불태우는 할 아버지 앞에서 수재라 칭송이 자자했던 착한 어머니는 한번 대들어 보지도 못한 채 마음을 꺾고 없는 살림 평생을 자식 걱정과 집안 허드렛일만 하며 살았습니다. 제 얘기를 하자면 저같이 답답한 사람도 없을 겁니다. 지금부터라도 "봄꽃 내게 그러듯" 한 번쯤은 막 대들며 살아보고도 싶습니다만 그러지 못할 것을 저는 압니다. 여기 이 시의 화자처럼요.

천지에 피는 요란한 봄꽃들을 보면 가슴 밑바닥이 아릿해옵니다. 저는 그러한 봄꽃처럼 살지는 못할 것이지만 저의 시에서는 제가 봄꽃을 보며 느끼는, 그 손가락이 베인 것 같은 아린 아픔을 당신이 느낄 수 있었으면 좋겠군요.

길의 상처를 핥는 혓바닥 같이 고인 물

다 버리고 뎅그러니 가장자리만 남은

그믐달,
웅덩이 속으로
미늘처럼 꽂힌다.
– 선안영 「거울」

가장 많은 상처를 가진 것은 길입니다. 물은 "길의 상처"인 "웅덩이"에 "혓바닥 같이 고"여 있습니다. 동물들은 새끼가 다쳤을 때 혓바닥으로 핥아줍니다. 품어서 핥아주는 그것밖에 할 수 없는 애달픈 모정의 바로 그 혓바닥입니다. 사람의 병도 약이나 주사로 고칠 수 없는 병은 혓바닥으로 핥아주어

야 하는 겁니다. 드라마에서 보는 연인들의 키스 신에도 품
격이 있듯이 그렇습니다. 시청률 올리려고 툭하면 집어넣는
것 말고요, 서로의 상처를 치유하는 그것 말입니다.

물은 길의 상처를 핥아주고 있습니다. 물은 그저 조금 혀
만 남아 있네요. 그 물마저 말라버리면 상처는 더 아플 것 같
은 그 속에, 속을 "다 버리고 뎅그러니 가장자리만 남은// 그
믐달"이 꽂히고 있습니다. 이 시에서 보면 그믐달은 달의 상
처일 것인데 상처와 상처가 서로 웅덩이 물에서 만나는 결
합, 그 발견이 놀랍군요. 그믐달은 웅덩이 속에 "미늘처럼 꽂
히"고 있습니다. 그믐달의 모양이 미늘의 모양과 같음이 섬
뜩합니다. 미끼가 될 만한 밑천도 없는 알몸뚱이 하나가 상
처투성이의 세상인 길바닥에 내던져져 있습니다.

그믐달의 거울이 되어주고 있는 웅덩이 물은 그믐달과 같
은 나를 비춰주고 있는 것과 다르지 않습니다. 화자는 이렇
게 시의 대상에서 나를 봅니다. 제목이 '거울'인 까닭입니다.
너무나 깊은 아픔 속에도 미늘같이 남은 그 몸뚱이 하나가
상처를 핥아주는 혓바닥 안에 있다는 것이 조금은 안심이 되
네요.

선안영 시인의 「거울」은 현대시조의 모범이 되기에 모자
람이 없습니다. 시인의 건투를 빕니다.

하얀 선 제트기 흔적이
바람으로 뭉개질 때

박옥위「밥」
홍성란「아욱꽃, 아침 탱화」
김삼환「활주로」
김영주「초승달」

　하늘 아래 새로운 것은 없다고들 합니다. 지금은 종합·
편집하는 편집의 시대라고도 하지요. 그러나 지나온 흐름을
보면 주류에서 벗어나 다른 사람이 하지 않은 표현, 고착된
사고방식의 틀을 깬 논란의 작품들이 모두 당대를 대표하는
고전이 되어 있습니다.

　ㅊㅉㅊ

　ㅊㅋㅊㅋ ㅊㅊㅌㅊㅊ ㅊㄹㅊㄹ ㅊㅊㅊㅊ ㅊㅊㅊㅊ ㅊㄹㄹㄹ 파하
아아아—

　어머닌 여든 평생토록 가쁜 숨을 끄을고 가시다
　　- 박옥위「밥」

박옥위 시인의 이 시를 읽으며 발견의 놀라움을 금할 수 없었습니다. 이 시는 진정 '발견'이라고 해야겠습니다. 시인이 초성과 의성어만으로 끌고 간 초장과 중장의 그 "가쁜 숨"이 이토록 귀에 선명하게 들리다니요. 정말 압력밥솥이 밥을 하며 숨을 내뱉는 소리와 똑같습니다.

제가 학생이었을 때 학교를 파하고 오면 마루에 책가방을 던져놓고 제일 먼저 한 말이 "엄마 밥 줘"였습니다. 제 딸이 저녁에 들어오면 언제나 제일 먼저 하는 말은 "어서 밥 먹어"입니다. 돌이켜 보면 늘 구수한 밥 냄새가 났던 어머니는 나의 에너지원이었습니다. 어머니를 그리워할 수 있는 물건을 하나 더 깨우쳐 준 박옥위 시인의 시조 「밥」은 진실한 시는 가까이 있으며 너무나 평범한 삶 속에 있다는 것을 새삼 깨닫게 해주었습니다. 그리고 가장 평범한 것이 시인의 능력에 따라 가장 개성적인 것이 될 수 있다는 사실도.

목살 맑은 달팽이
숨을 데 있어 좋겠다

이슬 걷힌 아욱 잎새, 여린 살이 가는 집

내 등엔
천왕문 세운 분홍 무덤 달고 싶다

― 홍성란 「아욱꽃, 아침 탱화」

탱화는 불화의 한 종류입니다. '제자들과 고승들에 의해
둘러싸인 부처나 부처의 삶의 장면들, 고승들, 혹은 만다라
를 그려서 명상이나 불심을 높이는 데 도움이 되도록 걸어놓
은 그림'이라고 되어 있네요. 문외한이 보아도 예사롭지 않
은 기운을 가진 이러한 그림은 어느 절에든 있습니다. 그렇
더라도 이처럼 예쁜 아욱꽃 탱화는 처음 봅니다. 그 탱화는
맑고 여리고 깨끗합니다.

서너너덧 살 된 아기들은 숨을 곳을 찾아 놉니다. 식탁 밑,
책상 밑, 장롱 안, 커튼 뒤, 그리고 세탁기 안까지 숨어 사고
가 나기도 하지요. 정 숨을 곳이 없으면 엄마 치마폭 속으로
들기도 합니다. "숨을 데 있어 좋겠다"고 한 표현은 이렇듯
아기의 시선으로 아! 조그마한 달팽이를 찾아낸 천진무구
한 표현입니다. '산은 산이요, 물은 물이다'라는 법어로 우리
의 불심을 깨우친 성철 스님이 생각납니다. 스님은 강직한
만큼 아이처럼 천진난만한 장난을 좋아하고 호기심이 많으
셨다고 들었습니다. 그러니 도를 깨친다는 것은 어린아이로
돌아가는 일인지도 모르겠습니다.

이 시조는 종장에 와서 나를 돌아봅니다. 불법을 지키고
사악한 것들을 막는 천왕문, "내 등엔" 그 "천왕문 세운 분홍
무덤 달고 싶다"고 했네요. "여린 살이 가는" 달팽이 집의 모
양이 연상되는 표현이 무척 독특합니다. 이슬 걷힌 아욱 잎

새에 숨는 한 마리 달팽이를 그리고 있는 이 작품은 정말 한 폭의 탱화를 보는 것처럼 읽는 이의 마음도 맑고 깨끗하게 만들어줍니다. 가장 여리고 부드러운 생명체이면서 지상에 가장 먼저 태어나 가장 긴 역사를 살아가고 있는 생명체인 달팽이의 상징은 무엇일까요.

터엉 빈

활주로를 바라보는

사람들은

저마다 가슴 속에

품은 칼을

버린다

하얀 선

제트기 흔적이 바람으로

뭉개질 때

- 김삼환「활주로」

대다수의 사람들은 여행을 좋아합니다. 잡념을 잊고, 새로운 것을 보고 듣고 느끼며 힘을 얻고, 감동하고, 모르는 사람들을 만나고, 위대한 자연을 보려 건강이 허락하는 한 여행을 합니다. 여행의 인문서인 알랭 드 보통의『여행의 기술』(청미래, 2011)에 보면 "인생에서 비행기를 타고 하늘로 올라가는 몇 초보다 더 해방감을 주는 시간은 찾아보기 힘들다"라고 하였습니다. 답답증이 있는 저도 그러한 해방감이 좋고 또 떠나는 것이 좋습니다. 결국은 돌아와야 하지만 돌아오면 또 금방 어디론가 떠날 것을 궁리합니다.

이 시조를 읽으며 왜 떠나는 것이 좋은지 그 이유 한 가지를 더 찾았습니다. 버리기 위함인 것을요. 원망도 칼이고 슬픔도 "가슴 속에/ 품은 칼"입니다. 그것들은 다름 아닌 나를 베는 칼, 그것들을 자꾸 버리지 않으면 살 수가 없을 겁니다. 잊을 시간, 나을 시간, 다시 행복해질 시간을 가만히 기다리기 전에 우리가 먼저 다른 시간을 찾아가는 거였습니다. 활주로를 바라보면 그토록 나를 괴롭히던 것들도 "바람"에 "뭉개지"는 "하얀 선/ 제트기 흔적"과 같은 미망에 불과할 것입니다. 김삼환 시인의 이 작품을 곁에 두고 가끔 들여다봅니다. 이 시를 읽으면 넓은 "활주로"에 서 있는 양, 그리고 다 떨치고 금방이라도 떠날 것인 양 가슴이 뻥 뚫리고 시원해지고 넓어집니다. 많은 선현의 말씀보다 이 시 한 편이 복잡한 도

시의 일상을 살고 있는 저를 위로해 주네요.

비행기 여행도 좋지만 기차 여행은 그것대로 다른 운치가 있습니다. 얼마 전 혼자서 기차 여행을 한 일이 있었습니다. 전화 한 통화 하지 않고 책 한 줄도 읽지 않으며 기차의 리듬에 몸을 맡기고 망연히 검은 차창 밖을 내다보며 목적지에 도착할 때까지 두 시간을 꼼짝하지 않았습니다. 행복감이 온몸에 퍼지는 것을 가만히 느끼면서요. 누가 전해준 "꽃 편지"가 있고 그 누구의 곱고 애달픈 눈매처럼 "차창에 매달린 채 따라오던" "초승달"이 있었다면 얼마나 더 벅찼을까요. 이 봄이 가기 전에 "연둣빛/ 물먹은" 그 밤을 다시 한번 느껴보고 싶군요.

어떤 사람과 함께 있으면 마음이 너그러워지고 감수성이 풍부해지지만, 어떤 사람과 함께 있으면 경쟁심이 생기고 질투가 일어난다고 합니다. 마음이 너그러워지고 감수성이 풍부해지게 하는 그런 사람은 못 되더라도 읽으면 너그러워지고 감수성이 풍부해지는 그런 시를 쓰고 또 자주 곁에 두고 읽고 싶습니다. 김영주 시인의 이 시조를 기억하시는 분 많으시겠지요.

간이역 따라오며 건네주던 꽃 편지를

차창에 매달린 채 따라오던 종이칼로

연둣빛

물먹은 봄밤을

툭툭

뜯어

읽습니다

  – 김영주 「초승달」

  독자들에게 내 생각을 강요하는, 계몽하려는, 하소연하는 태도와 같은 것도 아마추어리즘이지 등단한 시인이 가져야 할 태도는 아닐 것이지만 지나친 과장이나 말부림도 감동과 진정성을 깎아먹습니다. 하물며 가요조차도 목소리를 꾸미지 말고 말하듯이 부르라고 하지 않습니까. 멋도 아니 낸 듯 낸 멋이 진짜 멋이고요, 화장도 아니 한 듯한 화장이 더 아련하고 곱습니다.

괜찮다, 울지 말거라
녹는 몸으로 달랜다

유종인「사랑」
정수자「생이 향기롭다」
김영수「하얀고추꽃」

지구촌에는 많은 재난이 끊임없이 일어납니다. 불안과 불신과 피로감이 누적됩니다. 어느 곳에서든 피의 전쟁이 계속되고 있고 사건 사고가 곳곳에서 연달아 일어나고 있습니다. 해일, 지진, 산사태와 같은 자연재해의 아픔도 아픔이지만 사람의 부주의와 사리사욕으로 인한 재난은 아픔과 슬픔, 더불어 분노를 가라앉히기 어렵습니다. 그 분노 끝에 이런 질문을 떠올려 봅니다. 진정 펜은 칼보다 힘이 센가요?

세상의 모든 칼보다 미사일보다 힘센, 쟁투를 넘어선 평화와 평안으로 우리를 인도해 줄 시조가 여기 있습니다.

길 잃은 아이 하나가 저만치 울고 있기에

그늘 속에 섰던 눈사람

햇빛 속에 걸어 나가선

괜찮다,

울지 말거라

녹는 몸으로

달랜다
   – 유종인「사랑」

  포연이 걷히는 폐허에 온몸이 재가 된 한 어린 소녀가 죽은 새를 안고 멍하니 이쪽을 바라보고 있는 사진을 보았습니다. 그 소녀가 키우던 새였는지는 모르겠습니다만 저에게는 그 새가 꼭 그 소녀가 키우던 꿈인 것같이 보였습니다. 전장을 따라다니던 종군기자가 연합통신을 통해 보내온 사진이었습니다. 그런가 하면 물속에 잠기면서 "엄마 미안해 엄마 사랑해" 울부짖던 휴대폰에 녹음된 소녀의 목소리가 아직도 가슴에 젖어 아픕니다. '지진과 아들의 자살을 겪었지만, 시대의 병이 삶을 죽음으로 만들 때, 다시 옷깃을 여미고 사회가 새롭게 태어나기를 꿈꾸었다'며 '비극은 위대하다'고 한 어느 정치학자의 이야기도 생각났습니다.

  그렇습니다. 희극과 비극이 있습니다. 먼 그리스 시대에서부터 그 구분은 있었습니다. 희극은 조롱거리가 되는 못난 주인공이 있어 웃음의 희생양이 됩니다. 세태 풍자의 칼날을 숨겨놓았습니다만 나 개인의 이야기로 다가오지는 않습니다. 비극의 주인공은 영웅입니다. 수많은 고난을 겪고서도 뜻을 이루지 못하는 영웅의 운명적 생애……. 그 이루지 못한 사랑의 깊은 슬픔은 나의 슬픔인 것만 같은 진정성을 가집니다. 웃음보다는 눈물이 더욱 강인한 힘이 되고 더욱 간절한 희망이 되는 것에 비극의 위대성이 있습니다.

비극은 언제나 곁에 있지만 "그늘 속에 섰던 눈사람"이 계셨기에 살아갈 힘을 얻습니다. 햇빛은 그 사람이 속한 세상이 아니었습니다. 한 번도 자신의 주인이 아니었고 한 번도 주인공이 되어보지 못했습니다만 그래도 그런 처지를 슬퍼하는 것을 보지 못하였습니다. 그 사람에게는 제가 당신의 예술이며 인생이며 삶이었습니다. 언제나 그늘 속에 서 있던 사람. "햇빛 속에 걸어 나가선/ 괜찮다,/ 울지 말거라" 달래줄 때 정작 그의 몸은 그때마다 조금씩 녹아갔던 것이겠지요. 그 눈사람으로 인해 길을 찾을 수 있었던 내가 "길 잃은 아이"의 눈사람이 되어주는 것, 유종인 시인의 시조를 읽으며 그것이 더욱 간절한 희망으로 다가옵니다.

눈사람이 녹아가듯이 우리가 살아간다는 것은 죽어간다는 것과 같은 말입니다. 죽음을 안고 있는 삶, 나날이 죽어가고 있음이 욕되지 않게 '사랑'으로 오늘을 살게 되기를 바랄 뿐입니다. 삶 속에 있는 죽음을 사랑하며 다시 '새롭게 태어나기를 꿈꾸'는 것이 시를 쓰는 일이기도 하고요.

한 송이 사과꽃이

순순히 명命을 받은 뒤

피로 빚은 시간을

지상에 막 놓고 간 저녁

잘 익은

죽음으로 향하는

생이

온통

향기롭다
　　- 정수자 「생이 향기롭다」

　시인의 마음은 사과 한 알을 놓고도 이토록 사려 깊습니
다. 사과는 사연이 참 많은 오브제입니다. 뱀의 유혹에 끌려

따 먹은 이브의 사과가 있고요, 가장 아름다운 여신에게 던져진 황금 사과는 트로이전쟁의 불씨가 되어 또 다른 욕망의 상징이 되었습니다. 철학자 스피노자의 '내일 세상이 멸망하더라도 나는 오늘 한 그루 사과나무를 심겠다'는 명언도 있고요. 만유인력을 발견케 했다는 뉴턴의 사과, 썩은 냄새를 맡으며 시의 영감을 얻었다는 독일의 시인 실러의 사과, '형태'의 '본질'을 찾고자 썩을 때까지 그리고 그렸다는 세잔의 사과도 있네요.

"사과 한 개 속에/ 그 시간이 남아 있다// 칼날에 묻어나는/ 감미로운/ 과즙의 한때// 우리가/ 얼마나 베어졌는지/ 그 순간이 머물러 있다"라고 노래한 김현 시인의 「사과」도 있습니다. "우리가/ 얼마나 베어졌는지/ 그 순간이 머물러 있"는 한 알의 사과. 여기에 "순순히 명을 받"음과 "피로 빚은 시간"의 노고를 더하여 모든 것을 세상에 보시하고 떠나는 정수자 시인의 사과에도 "온통" 사라지지 않는 "향기"가 가득합니다.

사랑한다는 말보다
좋아한다는 말이 좋은

좋아한다는 말보다
맵싸한 말이 좋은

그마저 머금고 살아

제 속이 매워서 핀다

  – 김영수「하얀 고추꽃」

뽐낼 줄 모르는 숨은 꽃, 도무지 자기라고는 드러낼 줄 모르는 작은 꽃, "사랑한다" "좋아한다"는 말 "그마저 머금고" 사는 꽃들이 외롭지 않은 것은 시인이 있기 때문일 겁니다.

신은 비극의 세상을 그래도 살아갈 만한 곳으로 만들기 위해 "눈사람"과 "사과"와 "고추꽃"과 그리고 시인을 내었던가요. 아무리 병든 시대라 하더라도 그늘 속에 있는 착한 그들을 외롭게 하지 않는 것, 그것이 눈 밝고 마음 밝은 시인의 임무입니다.

시장기 슬몃 도는 밤
특별하다 이 배 맛!

김원각「정상에서」
노중석「청암사길」
문순자「참 특별한 배 맛」
이교상「가을비」

한 잎 풀잎 보며 또 우리나라에 굴러다니는 흙과 돌멩이를 밟으며 눈시울 붉어지던 기억이 있습니다. 어느 날은 불어 주던 바람 한 줄기 줄기마다 느꺼워서 감당할 수 없는 눈물 이 쏟아지던 때도 있었습니다.

가을 맞은 설악봉이
만리 하늘 쓸어놓다

한 백 리 열린 마음에
티끌 하나 보이지 않아

사람이 너무 맑아도
아스라이 눈물 도네.

 김원각 시인도 그러셨나 봅니다. "설악봉이" "쓸어놓"은 "만리" 가을 "하늘"을 보며 갑자기 눈물이 핑 도는 마음. 그 하늘처럼 "한 백 리 열린 마음"에도 "티끌 하나 보이지 않"습니다. 맑은 가을 하늘이 이미 내 마음에 가득 들어차 있네요. 이 시조의 종장을 읽으며 가슴이 저려온다면 무슨 말이 더 필요할까 싶습니다. 설악봉은 "만리 하늘"을 쓸어놓지만 내 마음은 "한 백 리" 열리는군요. 마음의 창인 우리의 시력은 만 리를 볼 수 없으니까요. 참 다행한 일입니다. 자연 앞에 경외감과 숭고함을 느껴볼 수 있으니 말입니다. 읽는 이의 마음을 한없이 고양되게 하고 또 깨끗하게 씻어주는 것이 시 본연의 모습입니다. 김원각 시조는 언제나 짧은 행간에 가슴 쩡한 카타르시스의 순간을 마련해 놓고 있습니다.

 나는 소원 따위는 없고/ 빈 하늘에 부끄러울 뿐.// 이 세상 누구에게도/ 그리움 되지 못한 꿈// 여기 와 무슨 기도냐/ 별 아래 그냥 취해 갔다.

 시인의 또 다른 작품 「남해 보리암에서」입니다. 이 작품에 사족을 달기보다는 오히려 더러움이 묻을까 봐 말을 삼가고 싶습니다. 그의 작품 속에는 의도적인 숨김이 없습니다. 그가 비록 "부끄러울 뿐", "누구에게도/ 그리움 되지 못한 꿈"

등 자괴의 표현을 하고 있지만 그렇게 당당히 표현할 수 있는 자신감이 오히려 시인과 작품을 돋보이게 하는군요. 그것이 이처럼 단정하고 소박합니다. 무엇이라도 있는 척, 어떤 깊은 깨달음의 의미라도 숨겨놓은 척하지 않습니다. 모든 것을 부수어버린 그 위에 거리낌 없이 있는 선한 인간 본래의 심성입니다.

이제는 무척 다양해진 현대시조의 흐름 속에 새맑은 가을하늘 한 장 펼치는 김원각 시조가 있어 금방 청소한 것처럼 맑은 마음입니다.

　　구절초 환하게 피어 가을 하늘 밀어 올리던

　　청암사 길, 한쪽 끝은 닳아서 희미해지나

　　오늘도 아흔아홉 구비 오르내리는 바람소리
　　 - 노중석 「청암사靑巖寺 길」

표현과 기교가 요란하거나 유난하지 않으면서도 절제된 시조의 깊은 맛을 은은히 표현해 주는 시인으로 노중석 시인을 꼽고 싶습니다.

"구절초 환하게 피어" 높은 "가을 하늘"을 더 높이 "밀어 올리던" 날이 있었습니다. 구절초 환하게 피어 가을 하늘 유난히 높아가던 젊음의 날이었고 해맑은 구절초 같은 소망을 품고 부처님을 뵙기 위해 청암사로 향하던 날이기도 하였을 것입니다. 그런 "청암사 길, 한쪽 끝은 닳아서 희미해지"고 있네요. "오늘도 아흔아홉 구비 오르내리는 바람소리"가 있으니 십중팔구는 바람 때문일 것입니다. "아흔아홉 구비"는 지금은 그토록 희미해진 "청암사 길", 굽이굽이 닿을 수 없는 마음이 느끼는 마음속의 길입니다. "가을 하늘 밀어 올리던" 그 길에 오늘은 바람 소리만 오르내리고 있군요. 잃어버린 삶의 무엇이 시인의 마음에 오늘도 질정할 수 없는 바람 소리로 남아 있는 걸까요. 시인께서 살고 계시는 김천에 있는 이 청암사는 인현왕후가 폐위되고 머물렀다가 복위된 곳이라고도 하니 시인의 마음에 더 큰 울림이 있었던 것은 아닐지 짐작해 봅니다.

초장과 중·종장 사이 시간의 간극이 아득히 머네요. 길이 풍화되어 희미해질 정도의 오랜 시간, 세월이라고밖에 얘기할 수 없을 시간의 품이 거기 있습니다. 또한 "아흔아홉 구비"란 공간도 과연 얼마큼일지 멀고 멀 것을 상상해 봅니다. 단시조 한 수의 행간이 읽는 이의 마음을 참으로 망망한 곳에 풀어놓고 있습니다.

서걱 서걱 서걱서걱
댓잎소리, 청댓잎소리

1박2일 여행길

늦가을 늦바람 같은

시장기
슬몃 도는 밤
특별하다
이 배 맛!
　— 문순자 「참 특별한 배 맛」

　걷는 것이 편치 않을 만큼 늙으신 어머니와 담양 화순 순
천을 돌아 1박 2일 여행을 다녀온 적이 있습니다. 더 이상 소
중할 수 없는 소중한 기억으로 남아 있는 여행길이었습니
다. 오랜만의 여행이 행복했지만 지금 생각하니 왜 좀 더 어
머니를 기쁘게 해드리지 못했나, 왜 한번 사랑한다고 말씀
드리지 못했나, 후회가 가슴을 치는군요. 소쇄원 들어가는
길에 있던 우리나라 대밭의 "서걱 서걱 서걱서걱/ 댓잎소리,
청댓잎소리" 들리는 날이면 늘 채우지 못한 시장기로 속이
쓰라립니다. 함께 늙어가는 어릴 적 친구들과 더 늙기 전에
추억 만들자며 1박 2일 단풍 여행을 한 적이 있습니다. 늦바
람이나 난 듯이 많이 웃었지만 왜 친구들과 더 깊은 마음 나
누지 못했을까 또 후회스럽기 그지없습니다.
　초장의 "서걱 서걱 서걱서걱/ 댓잎소리, 청댓잎소리"는 중
장의 "1박2일 여행길/ 늦가을 늦바람 같은"에 표현된 그 실
제의 바람에서 들려오는 소리이면서 늦가을 여행길 늦바람

이 난 조금은 부산한 마음의 표현이기도 할 것인데 이 두 장은 모두 종장의 "시장기"에 바로 연결되어 있군요. "시장기"에 이처럼 딱 어울리는 소리가 또 있을까 싶네요. 바둑에서는 묘수라고 하나요. "시장기"가 소환한 서걱이는 "댓잎소리, 청댓잎소리"와 "1박2일 여행길"의 "늦가을 늦바람"은 참으로 절묘합니다. 그런 시장기가 "슬몃 도는 밤"에 배를 깎아 먹습니다. 늦가을부터는 밤도 길어져 시장기 도는 밤이 잦고 그 밤에 깎아 먹는 "참 특별한 배 맛"이란 먹어보지 않은 사람은 모를 것입니다.

> 마음 뜬 한 사내가 나흘째 오락가락 젖어서 갈 수 없는 하늘을 바라보다 산 아래 못물 속 깊이 빠져버린 그림자
>
> ─ 이교상 「가을비」

참, 무슨 가을비가 오래도 옵니다. 3장을 한 행으로 이어 놓은 것은 비의 모양이군요. 참 길게도 옵니다. 나흘째 오락가락하고 있네요. "마음 뜬 한 사내"도 나흘째 함께 오락가락입니다. 비는 내리면 다시 수증기가 되어 하늘로 올라가 구름이 되고 구름이 다시 비로 내리고 그런 일생을 되풀이할 수 있겠지만 그 사내는 하늘로 갈 수 없네요. 갈 수 없는 그 하늘은 어디일까요. 저는 지난 시간으로 다시 가보고 싶어요. 그리고 올 시간 속으로도 미리 가보고 싶습니다만.
'과거는 미래로 흐르고 미래는 과거로 흐르고 우리는 그

두 흐름이 만나는 현재에 있다'고 T. S. 엘리엇이 말했다고 하지요. 그렇다고 하면 과거와 현재와 미래가 하나인, 지금 내가 있는 이 자리가 과거이며 미래이며 현재라는 것인데 나는 그 시간 안에 몸담고 있으면서 갈 수 없다고 한탄하고 있는 셈이군요. "갈 수 없는 하늘"은 없으니 해답이 나올 때까지 더 잘 궁구해 보시라고 그 사내에게 말해줄까요. 그 하늘, "못물 속 깊이 빠져"서라도 오래 바라보고 궁구해 보면 모습만 다를 뿐 같은 일생을 사는 과거의 구름이며 미래의 안개이며 현재의 비인 빗줄기가 그리는 염화미소의 동그라미 동글동글 둥글둥글 번져가지 않을까요.

이 시조에서 너무나 외로운 닻 하나 묵직하게 내리고 있는 종장의 "산 아래 못물 속 깊이 빠져버린 그림자"는 "가을비"며 못물 속에 비친 "젖어서 갈 수 없는 하늘"의 그림자며 "마음 뜬 한 사내"의 그림자, 그 모두의 이미지를 포함하고 있네요. 많은 이미지가 세련되게 겹치는 멋을 가진 작품입니다.

내 안에 과거와 미래와 현재가 함께 있고 시 안에는 이처럼 많은 이미지가 함께 있습니다.

이물없이 내려앉아
뙤리 튼 산그늘같이

윤금초 「앉은뱅이꽃 한나절」
박해성 「달다」
김승규 「그리움」
박재두 「빈 수레」

사설시조의 시인인 윤금초 시인이 단시조만 백 편을 묶어
『앉은뱅이꽃 한나절』(책만드는집, 2015)을 펴냈습니다. 등단
하여 오십 년이 다 되어가기까지 발표한 단시조는 고작 서
른 편을 넘지 않는데 말입니다. 몇 달간 단시조를 쏟아낸 그
는 '시인의 말'에서 "요즘처럼 시에 젖어 살아온 적이 있었던
가? 자다가 꿈결에 시가 다가오고, 자다가 가위눌린 듯 시마
에 들려 소스라치고는 한 것이다"라고 하였으며 "순간의 이
미지를 놓치지 않으려고 어둠 속에서 메모를 하고는 했다"라
고 했습니다. 그리고 덧붙여 "뮤즈여, 오늘 나에게 안성맞춤
표현 양식을 부어주어서 감사하고 감사하다"라고 하였군요.

그가 단시조집을 내면서 "나에게 안성맞춤 표현 양식"이
라고 하다니요. 단시조와 더불어 다시금 시마에 사로잡힌
시인께 축하를 드려야겠습니다.

어느새 폐문이 돼버린 쭉은 누이 자궁도 같이,

이물없이 내려앉아 따리 튼 산그늘같이.

그러게,

아이 어지러워

어깨 겯는 앉은뱅이꽃.
　- 윤금초 「앉은뱅이꽃 한나절」

　"앉은뱅이꽃"에는 "제비꽃의 방언", "이물없이"에는 "'허물없이'의 전라도 탯말"이라는 주가 붙어 있습니다. 제비꽃은 봄이면 우리 강산 어디나 보랏빛으로 피어나는 작은 꽃입니다. '오랑캐꽃'으로도 흔히 불리는 이 조그만 꽃은 어느 곳에나 숨은 듯 피어 있습니다. 그 빛깔이 짙은 보랏빛이어서 눈에 잘 띄지 않기도 하지만 크기가 워낙 작기도 한 까닭입니다. 나 보란 듯 요란하게 피어나는 화사한 봄꽃들 가운데에서 조금 측은하게 느껴지는, 그러나 어디에나 있기에 살붙이, 피붙이같이 더 살갑게 다가오는 들꽃이기도 합니다. 제비꽃, 오랑캐꽃, 앉은뱅이꽃……. 같은 꽃이라도 부르는 이름에 따라 다른 이미지가 보이는군요.

이용악은 "긴 세월을 오랑캐와의 싸움에 살았다는 우리의 머언 조상들이 너를 불러 '오랑캐꽃'이라 했으니 어찌 보면 너의 뒷모양이 머리태를 드리운 오랑캐의 뒷머리와도 같은 까닭이라 전한다"(「오랑캐꽃」)라고 했고 조운은 "넌지시 알은체하는/ 한 작은 꽃이 있다// 길가 돌담불에/ 외로이 핀 오랑캐꽃// 너 또한 나를 보기를/ 나/ 너 보듯 했더냐"라고 시조「오랑캐꽃」에서 이처럼 "외로이 핀 오랑캐꽃"을 노래했지만 윤금초 시인은 "어느새 폐문이 돼버린 쭉은 누이 자궁"이라는 시인만의 독특한 이미지를 발견했군요. 과연 그렇습니다. 쭈그러진 누이의 자궁은 보랏빛일 것 같고 그 모양도 꼭 기 못 펴고 피어 있는 제비꽃 모양일 듯싶네요.

그리고 또한 이어서 "이물없이 내려앉아 똬리 튼 산그늘 같이"라고 했습니다. 그런 산그늘은 어떤 산그늘인가요. 번쩍거리는 신도시나 화려한 도회에 밀려, 어디에 언제 내렸는지 기척도 없이 쭈뼛쭈뼛 어둠에 묻혀버리는 산그늘 말고요. 그야말로 정겨운 남도의 어느 산마을에 허물없이 떡하니 내려앉아 똬리까지 단단히 틀고 앉은 산그늘입니다. 시인에게 앉은뱅이꽃은 "폐문이 돼버린 쭉은 누이 자궁"이며 이러한 "산그늘"이군요. 놀랍습니다. 요 작은 보랏빛 꽃에서 그토록 큰 산그늘의 똬리 튼 모습을 보다니요. 과연 모양이 비슷하기도 합니다.

날은 어두워졌습니다. 얼굴 주름 같은 것, 늘어난 뱃살 같은 것 다 감추어주는 어두움이 내려앉은 산그늘은 이 작은 앉은뱅이꽃들에게 편안한 안방 같습니다. 그렇게 서로 "어깨 겯"고 살아온 날들을 얘기합니다. '쭉은 자궁'이라든가 "산그늘"에서 유추해 볼 수 있는 그 많은 이야기들을…….

　그러게,

　지난 세월이 얼마나 곡진하였겠습니까. 저의 어머니가 책으로 대하소설을 써도 모자란다는 그 세월이 거기도 분명히 있을 것입니다. 너무 숨이 차니 한 행을 띄워봅니다. 그래도

　　아이 어지러워

　그래요. 어지럽습니다. 살아온 날도, 기력이 달리는 지금도. 이제 모두 떠나고 우리만 남았으니 안태 고향을 지키며 서로 의지하여 살자고 어지러움을 달래며 "어깨 겯는" 착한 "앉은뱅이꽃"들입니다. 그러고 보니 작품의 제목도 제비꽃이나 오랑캐꽃보다는 탯말인 "앉은뱅이꽃"으로 해야 할 이유가 있었군요. 그리고 그에 붙인 "한나절". 시간의 품을 가진 종장으로 인해 "한나절"이 풍기는 적당한 여유도 맞춤합니다. 길을 가다가 문득 산그늘 기슭에 옹기종기 모여 앉은 앉은뱅이꽃을 만나면 이 시조가 생각날 것 같습니다.

　　잡초 우거진 무덤가 멍석딸기

하 달다,

뉘 살이 이다지도 무념무상 농익었을까!

욕봤소,

붉은 진액津液에
울컥
사레들리는
  – 박해성 「달다」

  이 작품에서는 먼저 그 행 배열이 눈에 들어오는군요. 초
장 마지막 마디와 종장 첫 마디를 따로 별행 처리하였고 그
앞뒤로 한 행씩을 띄웠습니다. 그리고 띄움을 준 것도 모자
라 똑같이 쉼표로 더욱 분명한 휴지를 두었습니다. "하 달
다,"와 "욕봤소,"의 비중이 어느 것이라 할 것 없이 모두 강조
되어야 하고 무겁다는 것을 나타낸 것입니다. 정말 이 두 마
디면 될 것 같습니다. 다른 것은 모두 이 두 마디에 대한 설명
이거나 느낌이거나 그렇습니다. 누군가의 죽음은 사라진 것
이 아니라 "무념무상"으로 "농익"은 "멍석딸기"의 "진액"으
로 다시 고이고 그것을 맛보는 시인의 몸과 정신으로 들어와
시가 되고 자양이 됩니다. 다디단 무덤가 멍석딸기 하나를

입에 넣고 생각이 여기에 미치면 정말 "울컥/ 사레들"릴 만할 것 같습니다.

　이렇게 생명은 이어져 갑니다. 훗날 우리가 박새의 깃털이나 달팽이의 더듬이나 진달래 꽃술이거나 바위의 이끼로 다시 만나더라도 너무 놀라지는 마세요. 지금의 나도 말하자면 억겁의 흐름 안에서 어느 깃털이거나 더듬이거나 꽃술이거나 이끼와도 같으니까요. 우리의 흙과 그 흙에서 피어난 꽃과 열매는 이렇듯 모두 누군가의 살과 피의 붉은 진액입니다. 그 생명력은 그러하기에 죽지 않고 영원합니다. 우리의 살과 피를 지키기 위해 너무나 가혹한 투쟁과 고통이 있었기에 이 강산이 사무칩니다.

　　오면 오나보다
　　가면 또 가는가 한

　　그 사람 문득
　　발 끊고 감감하니

　　그제야
　　어렴풋하던
　　그리움이 보여요.
　　– 김승규 「그리움」

묏버들 가려 꺾어 보내노라 님의 손대/ 자시는 창밖에 심어두고
보소서/ 밤비에 새잎 곧 나거든 날인가도 여기소서 (홍랑)

마음이 어린 후이니 하는 일이 다 어리다/ 만중운산에 어느 님
오리마는/ 지는 잎 부는 바람에 행여 긴가 하노라 (서경덕)

이런 고시조와 함께 읽는다 해도 자연스럽게 어울리는 현
대시조입니다. 「그리움」은 생명력을 잃지 않고 오랜 세월 전
해져 온 한 편의 고운 고시조 같기도 합니다. 이 시조를 현대
시조로 보이게 하는 것은 제목이 있다는 것과 각 장의 행 나
눔, 그것이네요. 제목도 수수하고 행 나눔에도 특별한 기교
를 부리지는 않았습니다. 그냥 호흡이 가고 멈추는 대로 가
고 멈추었네요. 그러나 이 무기교로 인해 "오면 오나보다/
가면 또 가는가 한" 사람이 "발 끊고 감감"해진 것을 "문득"
깨닫게 되었을 때 느낀 그리움이 더 진하게 다가옵니다.

화장기 걷은 수수한 시조의 맨얼굴을 만나보듯이 이 작품
을 만났습니다.

한 자루 붓 끝에 굴리는 생각의 빈 수레가
지구 끝까지 갔다 되돌아오는 새벽
담 밖에 수수밭 밟고 말을 모는 빗소리.
  - 박재두 「빈 수레」

새벽까지 골똘하게 시상을 모으고 있는 시인입니다. 잠을 이루지 못하고 있는 그 시간의 길이는 "지구 끝까지 갔다 되돌아오는" 길이만큼 길지만 수레는 얼마나 찼을까요. 그냥 "빈 수레"이군요. 그리고 어느덧 새벽, 갑자기 들리는 세찬 "빗소리".

"빈 수레"에 주목합니다. 이 "생각의 빈 수레"로 인해 시인의 고뇌가 더욱 드러났고 종장의 "말을 모는"과 서로 유기적으로 호응하여 시인을 긴 사유에서 문득 깨어나게 한 종장의 긴박함도 더욱 살아났습니다. "빈 수레"이기에 그 수레를 모는 빗소리는 얼마나 크고 속도도 급박했겠습니까. "빗소리"는 "빈 수레"를 끄는 "말을" 몰고 있습니다. 세차게 내리는 빗소리처럼 호흡과 리듬은 종장으로 치달을수록 점점 빨라지고 달리는 준마에 올라탄 듯 단숨에 이 시조를 읽게 합니다. 3장을 3행으로 특별한 휴지 없이 표기한 것이 박진감을 높이고 있고요. 고뇌하는 시인의 결기까지 느낄 수 있는 작품입니다.

작품에 따라 시인의 의도를 드러내는 방식이 다양합니다만 시의 형태에 있어 운율, 휴지, 장면의 전환, 의미의 비약에 기여하는 것은 행갈이와 배치입니다. 시조 중에는 내용에 따라 3행으로 나란히 써야 자연스럽게 잘 보이는 시조도 있고 배행을 더 나누면 그 의미나 느낌이 더 잘 보이는 시조도 있습니다. 노래에서 문학으로 넘어온 시조이기 때문입니다.

시조가 노래였고 세로쓰기로 표기되었을 적에는 배행이 큰 의미가 없었을 것입니다. 듣는 것이 주였으니까요. 그러나 현대시조는 읽는 문학이 되었고 먼저 시인 것이니 읽히는 시로서의 모양을 다듬게 되고 그런 것이 율격을 갖추고 형식미를 갖추면 시조가 되었다 할 것입니다.

물론 시조는 자연스러운 율격을 갖추는 것이 최고의 미덕이라 하겠지만 절제가 많은 작품일수록 공간의 확보를 위한 휴지가 많이 필요하고 더 많은 행 나눔으로 가게 되겠지요. 그것이 현대시조에 있어 일반적으로 연시조보다는 단시조에 더 많은 행갈이가 있는 궁극적인 이유일 것입니다. 그러나 발표되는 많은 작품에서 행의 배열이 적절하지 않거나 지나치다고 생각될 때가 많습니다. 가장 적절한 하나의 시어를 고르는 것처럼 배행도 그렇게 이루어져야 할 것입니다.

못 본 척 지나치는 나도
이렇게 될 줄은 몰랐다

조오현 「오늘」
김제현 「보이지 않아라」
서일옥 「로또 복권을 사며」
권영오 「공명」

시는 자유를 동경하며 그것을 노래합니다. 그러나 인간은
사회적 동물이라고 하지요. 이 '사회적'이란 용어는 원래는
'정치적'이라고 표기되었습니다. 인간은 공동체를 이루며
살아갈 수밖에 없으니 사회적 동물로서 우리가 느끼는 부자
유는 너무나 많을 것이고 빈부와 신분의 격차가 심한 사회일
수록 그것은 더욱 커질 수밖에 없을 겁니다. 이룰 수 없는 것
임에도 꼭 이루어야 할 염원을 드러내는 시는 꿈과도 같지만
현실이기도 합니다. 자유를 간절히 꿈꾸는 시는 그러므로
그 열망이 강할수록 고통스러운 현실을 드러냅니다.

잉어도 피라미도 다 살았던 봇도랑

맑은 물 흘러들지 않고 더러운 물만 흘러들어

기세를 잡은 미꾸라지놈들

용트림할 만한 오늘

– 조오현 「오늘」

그들이 "용트림할 만한" 곳은 겨우 "봇도랑"이군요. 봇도랑이란 봇물을 대고 빼기 위해 만든 도랑인데요, 개울이나 개천보다도 더 좁은 그곳에서는 예전에는 "잉어도 피라미도 다 살았"답니다. 그런데 어느새 "맑은 물 흘러들지 않고 더러운 물만 흘러들"었습니다. 맑은 물에는 "잉어도 피라미도 다 살았"지만 더러운 물은 미꾸라지의 차지가 되었고요. 그러고 보니 그 좁은 봇도랑에서 미꾸라지 놈들이 거드름을 피우는 꼬락서니가 볼만하겠습니다. 미꾸라지들이 살고 있는 도랑을 보니 과연 그 물이 너무 더러워 그들이 "기세를 잡"고 거드름을 피우며 "용트림할 만하"다는 거지요. '용트림하고 있는 오늘'이 아닌 "용트림할 만한 오늘"은 용트림할 만하게 오늘의 물이 더럽다는 강조이며 좀 더 시의 맛을 살리는 표현입니다.

시조는 단단한 양식의 구축을 이루어 그 생명력을 확보하기도 하였지만 내용의 진솔함으로 인해 사랑받고 있는 우리의 민족문학입니다. 정치, 사회, 도덕, 사랑, 인격 수양, 자연과 인간······. 우리 선인들이 시조로 노래하지 못한 것이 없고 우리가 표현하지 못할 것이 없습니다.

　메시지를 보이는 시조도 이렇듯 적절한 메타포를 통하면 작품성을 얻음과 함께 그 의미 전달에서도 더욱 강력한 힘을 발휘합니다. 메타포의 위엄을 가진 정치적 이야기의 시조들을 볼까요.

　　가마귀 싸우는 골에 백로야 가지 마라/ 성낸 가마귀 흰빛을 새올세라/ 청강에 이껏 씻은 몸 더러일까 하노라 (정몽주 어머니)

　　이런들 어떠하며 저런들 어떠하리/ 만수산 드렁칡이 얽어진들 어떠하리/ 우리도 이같이 얽어져 백 년까지 누리리라 (이방원)

　　간밤에 불던 바람 눈서리 치단 말가/ 낙락장송이 다 기울어 가노매라/ 하물며 못다 핀 꽃이야 말해 무엇하리오 (유응부)

　역사는 앞으로 나아가는 것이 아니라 나선형으로 돌고 있다는 인식이 지배적입니다. 아무리 시절이 바뀌어도 인류는 동서고금을 통해 비슷한 삶의 경험을 함께 겪고 있습니다. 미꾸라지를 피해서 이쪽에서 저쪽으로 건너가는 데에는 끔찍한 대가가 요구되지만 설령 그렇게 건너갔다고 그곳이 유토피아는 아닙니다. 미꾸라지는 어디에나 또 다른 형태로 생겨나고 더러운 봇도랑에 기세를 잡은 미꾸라지 놈들만이 용트림할 만한 오늘이 되는 것입니다.

보이지 않아라
바라볼수록 보이지 않아라

하늘과 땅 아득하여
보이지 않아라

가까이 다가갈수록
사람들 보이지 않아라
- 김제현「보이지 않아라」

그러한 지금은 난세입니다.『삼국지』를 읽다 보면 난세를 평정하려는 많은 영웅이 나타납니다. 이들은 모두 자신의 본색을 숨기는 오리무중 속에서 내 편인지 아닌지 상대방을 탐색하고 세상을 평정할 지략을 펼칩니다. 그러나 오리무중에서는 정말 한 치 앞이 보이지 않습니다. 구정을 앞두고 일어났던 인천 영종대교의 106중 추돌 사고가 그것을 말해주고 있나요.

시인의 눈에 세상은 바라볼수록 안갯속이네요. 세상은 "바라볼수록 보이지 않"고 "하늘과 땅" 역시 "아득하여/ 보이지 않"지만 더욱이 "가까이 다가갈수록" 보이지 않는 것, 3단의 점층법으로 가며 보이지 않음이 깊어지는 것은 바로, 사람입니다. 바라볼수록, 가까이 다가갈수록 잘 보이는 것이

정한 이치일진대 '열 길 물속은 알아도 한 길 사람 속은 모른다'는 속담처럼 인간의 알 수 없음을 표현한 것이겠지요. "보이지 않아라"가 각 장마다 반복되며 강조해 주고 있습니다.

누구나 이런 경험이 있겠지만 진정 이런 절망적인 결론을 내려버린 마음은 어떤 마음일까 싶습니다. 나와 소통하는 사람은 다 내 맘 같고 다 내 편 들어줄 것 같은 것이 인지상정인데 말입니다. 그런데 이 시조를 읽고 고개를 끄덕이게 되고 공감을 갖게 됨은 웬일입니까. 내용과 표현, 모두에서 오랜 관록이 묻어나는 아끼고 싶은 시조입니다.

> 어차피 생이란 허방을 건너는 일
>
> 맨 땅에 머릴 박고 거꾸로 서는 일
>
> 안개 낀 내일이 두려워 오천 원짜리 희망을 산다
> - 서일옥 「로또 복권을 사며」

복권을 가장 많이 사는 사람은 서민입니다. 돼지꿈을 꾸거나 똥꿈을 꾸거나 누굴 죽이거나 자신이 죽는 꿈을 꾸고는 복권을 삽니다. 그 꿈에 점심값 5천 원을 투자합니다. 내게 방해물이 되는 무엇을 제거하고 과거의 나를 죽이고 새로 태어나는 꿈을 담보로 걸어보는 것이 고작 5천 원짜리 복권이라는 사실이 씁쓸합니다. 당첨 확률이 높다는 소위 '복권 명

당' 앞에는 로또 복권이 선풍적인 인기를 누렸을 때부터 지금까지도 긴 줄을 선다고 하더군요. 정말 희망이 그것뿐인가요? 아무리 "안개 낀 내일"이라고 해도 그토록 믿을 곳 없고 기댈 곳 없는 오늘인가요? "어차피" "허방을 건너는 일"이며 "맨 땅에 머릴 박고 거꾸로 서는 일"이 생이라면 그렇습니다. 각박함에 다친 마음이 잠시라도 기댈 수 있다면 "오천 원짜리 희망"이라도 한번 걸어보지요.

서일옥 시인의 작품은 서민의 삶이 바닥이 된 참혹한 현실을 직접적으로 토로하고 있습니다. 그러나 직접적인 토로에 대한 거부감을 뛰어넘는 진정성을 느끼는 것은 시인의 거침없는 당당한 태도 때문일 것으로 생각됩니다.

진실한 마음을 기교 없이 그대로 드러낸 또 한 편의 시조가 있습니다.

선릉역 5번 출구에
다리 없는 남자가 앉아있다

저도 제가 이렇게 될 줄 몰랐습니다

못 본 척
지나치는 나도
이렇게 될 줄은 몰랐다
 – 권영오「공명」

권영오 시인의 「공명」에서는 소시민의 슬픈 자기반성을
볼 수 있군요. 우리 모두 외면하고 싶은 것, 잊고 싶은 경험,
가슴 한구석을 늘 불편하게 하던 것에 대한 공감으로 찡한
공명이 울립니다. "희망을 산다"고 했지만 정작 희망이 없는
삶을 보았던 「로또 복권을 사며」에 비해 이렇듯 공명할 수
있는 가슴이 있다는 것, 그것이 아직은 희망을 주는 시조입
니다.

　『25시』의 작가 게오르규가 생각납니다. 제가 대학생이었
던 70년대 중반 그가 제가 살던 지방의 한 대학을 방문했다
는 소식을 듣고 부리나케 달려갔습니다. 그때 들은 그의 강
연 중에서 '잠수함의 토끼'가 생각납니다. 잠수함의 맨 밑 칸
에는 토끼를 태우는데, 토끼가 산소의 농도에 가장 민감하
기 때문이라고 합니다. 토끼의 상태를 관찰하여 토끼가 죽
으면 일정 시간 이내에 수면 위로 떠올라야 한다고 했습니
다. 우리 사회를 잠수함에 비유한다면 토끼는 흔히 예술가,
그중에서도 시인에 비유되지요. 미꾸라지들이 기세를 잡은
더러운 봇도랑과 앞이 보이지 않는 오리무중, 그 오리무중
속에 로또 복권을 사려고 길게 선 줄, 장애인이 앉아 있는 지
하철 입구, 이러한 장면들 속에 숨을 헐떡이는 토끼와 같은
시인의 모습이 보이는군요.

2부

허공에 울음 터뜨리며
천 잎 파지 날린다

누구의 보랏빛인가
허리가 가느다란

유재영「11월」
이지엽「목숨」
이정환「명적암 가을」
이승은「고모역」

목월木月이 걸었다는
마포 당인리 길

조용히 어깨에 얹히는
나뭇잎 한 장,

누구의
보랏빛인가
허리가
가느다란
 – 유재영「11월」

시인은 이 절제된 단시조에 똑같이 절제의 미덕을 보여준

목월을 첫 음보로 가져왔습니다. 시인이 있는 곳은 "마포 당인리 길"입니다. 일 년 열두 달 중에서도 가장 황량한 느낌의 달인 제목 때문인지 바로 마포 당인리 길의 쓸쓸한 모습이 그려지네요. 부재의 빈자리가 한꺼번에 드러나는, 무성하던 나뭇잎들이 깡그리 떨어져 버리는 달이라 12월이나 1월보다 11월의 느낌은 더욱 쓸쓸합니다.

시인이 이 단정한 시조를 쓰면서 "목월"을, 한자 표기 "木月"과 함께 가져온 것은 참으로 섬세한 시적 디테일을 보여준 것이라는 생각이 드네요. 이것은 바로 중장의 "나뭇잎 한 장"으로 그 이미지가 이어집니다. 바싹 말라버린 나뭇잎은 그 무게 너무나 가벼워 "조용히 어깨에 얹"힐 수밖에는 없을 것 같군요.

종장 첫 음보 "누구의"는 초장 첫 음보 "목월"을 부르고 있습니다. 이 시조를 깔끔하게 완결시켜 주는 또 다른 장치입니다. 목월의 빛깔은, 혹은 11월의 빛깔은 시인에게 "보랏빛"이군요. 나뭇잎이 다 떨어진 "마포 당인리 길"의 모습은 "허리가/ 가느다"랗고요. 이 종장은 그대로 "목월"이라는 시인을 조촐하게 소환하며 "목월이 걸었다는" 늦가을 "마포 당인리 길"의 모습, 그리고 11월이라는 복합적 이미지를 구현해 내고 있습니다.

꾸부정한 할머니가
아기를 들쳐 메고

부서진 양철대문 앞
재우 가누며 서있다

담벼락 괴발개발로

접 부칩니다 환영
　– 이지엽 「목숨」

　「11월」이 이미지로 한 편의 작품을 완성하였다면 이 시조
는 담담히 마치 카메라의 렌즈를 따라가는 듯, 보이는 현상
을 묘사하는 모습입니다.
　"꾸부정한 할머니가/ 아기를" 업는 게 아니라 "들쳐 메고"
있습니다. 이 초장에서 알 수 있는 것은 할머니는 무척 연로
하시다는 것과 아기는 "꾸부정"해질 만큼 나이 드신 할머니
가 업기에는 좀 무거운지 그 모습이 들쳐 멘 것처럼 불편하
고 힘겨워 보인다는 것이네요. 아기를 업는 것이 힘에 부치
는 할머니는 "부서진 양철대문 앞"에 "재우" 몸을 가누며 서
있다는 것이 중장의 모습이고요. 그렇군요. 초장에서 짐작
할 수 있었던 상황이 사실이었음을 이 "재우"라는 부사에서
확인할 수 있네요. 할머니는 무거운 아기를 들쳐 메고 부서
진 양철대문 앞에 겨우 서 있습니다. 할머니의 모습에 포커
스를 맞추던 렌즈는 종장에서 담벼락으로 옮아가네요. 담벼
락에는 "괴발개발로" 쓰인 글자가 있습니다.

"꾸부정한", "들쳐 메고", "부서진", "재우"와 같은 불안하고 불편하고 훼손되었으며 힘겨운 것을 나타내는 시어들은 종장의 "괴발개발"로 삐뚤삐뚤하게 연결되어 있습니다. 그래서 이 시조에 나타난 정황은 몹시 힘든 삶, 그 자체이고요. 그러나 이 모든 것과 맞장 뜨고 있는 한 행이 있군요. "접 부칩니다 환영"이라는 마지막 구입니다. "괴발개발로" 적혀 있는 이 글자에 아기를 들쳐 메고 있는 꾸부정한 할머니의 모습이 겹쳐지지요? 그렇게 접붙이면서 살아내고 있는 서민의 삶을 실물의 눈으로 보게 해주는, 이 장면이 시가 되게 하네요. 이 마지막 행은 작품의 다른 대부분과 대등하게 균형을 유지하고 있을 만큼 큰 효과를 가지는데요, 이 마지막 행으로 인하여 앞의 부분들이 시적 진실을 확보했다고 말해도 될 것 같고 그러한 모든 비뚤어져 있던 "괴발개발"들을 한갓 낙서가 아닌 진정성을 가진 것으로 받아들이게 하는 소이가 되고 있습니다. 초·중장을 연갈이 없이 연결하고 종장을 두 연으로 나누어서 특별히 무게를 실어주고 있는 시인의 의도도 그런 것일 겁니다.

시는 주관의 산물입니다. 이 시조에서 시인의 주관을 직접적으로 표출하고 있는 것은 제목인 '목숨' 한 단어뿐이지만 제시된 장면들은 수많은 말보다 더 당당하게 시적 진실을 드러내며 시인의 의도를 보여주고 있습니다.

산비탈 내리닫는

바람

되돌리지 못해

아, 하는 탄성과 함께 억새풀이 흔들린다

네게로

닫던 발걸음

끝내 되돌리지 못해

  – 이정환 「명적암 가을」

  위의 시조들에 비해 시인의 정념이 표출되고 있는 작품입니다. 초장과 중장의 "산비탈 내리닫는/ 바람"에 "억새풀이 흔들리"는 것은 사물의 모습이고요. 그러나 중장의 "아, 하는 탄성과 함께"와 종장 "네게로/ 닫던 발걸음/ 끝내 되돌리지 못해"에는 시인의 의도가 확연히 각인되어 있음을 알 수 있습니다.

  억새풀이 흔들리는 모양을 한 서린 춤을 추는 것으로 누군가는 노래하였고 긴 흐느낌으로 누군가는 또 노래하기도 할 것이지만 여기서는 "아, 하는 탄성"으로 표현하였습니다. 바람이 너무나 세어 날카로운 충격이 왔나요? 바람이 내리닫는 속도가 아무리 세어도 아, 하고 탄성을 지를 것까지야, 라고 생각하다가 작품을 다 읽고 나니 짧지만 강렬한 정점을 나타내고 있는 이 표현에 한 대 맞은 것 같은 느낌입니다. 그렇습니다. 이 강렬한 탄성은 바로 종장의 "네게로/ 닫던 발걸음"에서 거꾸로 말미암은 것이었군요. "산비탈 내리닫는/ 바람"처럼 가속도를 싣고 급하게 네게로 닫던 그 발걸음은 충분히 이런 탄성을 자아낼 만큼 어떤 급박함을 가지고 있네요. 이 작품에서 "산비탈 내리닫는/ 바람"은 곧 나이며 나는 곧 "산비탈 내리닫는/ 바람"입니다. 사물이 시인의 내면을 드러내는 매개물이 되어 싱싱한 이미지, 살아 있는 서정으로 출렁거리고 있네요.

억새풀이 유약하고 상처 입기 쉬운 것이라면 그 유약함에 대비되는 바람은 강하고 불가항력적이며 무조건의 것입니다. 그 바람처럼 발걸음도 "끝내 되돌"릴 수는 없는 발걸음이고요. "되돌리지 못해"가 적절한 자리에서 두 번 반복되어 강조되고 있습니다. 그리고 그로 인해 「명적암 가을」이 더욱 애잔하고 처연해졌으며 운율의 아름다움도 살아나고 있습니다.

시는 운율과 은유로 이루어진다고 합니다. 운율과 은유는 시어들의 상호작용으로 생겨나고요. 시어의 운율은 소리에, 은유는 의미에 기여한다고 할 수 있겠네요. 규칙적으로 반복되는 소리는 시의 분위기와 시어의 연결을 화려하게, 부드럽게, 구슬프게 또는 역동적으로 만들어주기도 합니다. 시조의 규칙적인 운율은 완결성이라는 의미 구조와 완벽한 조화를 이룹니다. 산비탈을 한달음에 내리닫는 것처럼, 고도의 집중력을 보여주는 시의 형태가 단시조라 하겠습니다.

추억마저 헐거워진 남도 철길을 그리운 외로움만 절룩대며 가는
것을,

은행잎 우수수 지는 날, 손금 위에 환한 고모역.
　　- 이승은 「고모역」

　철길은 사람의 왕래가 끊어진 지 오래된 "추억마저 헐거
워진" 철길이며 그 철길을 가는 것은 기차가 아닌 "그리운 외
로움"이고 그 가는 모양은 "절룩대며"입니다. 초·중장에서
시인이 나타내고자 의도한 고모역의 모습은 아주 오래되고
낡은 외로움의 모습이네요.
　"헐거워진" "추억"은 허물어진 삶으로 인해 관심 밖으로
밀려난 사람들, 나아가 철도로 표상된 지나간 세대의 그것
으로 비약해 볼 수 있을까요. 그리고 "그리운 외로움만"으로
지난날을 반추하며 이제는 그저 "절룩대며" 삶의 균형을 잃
은 채 가고 있는 우리네 늙으신 고모님과도 같은 존재가 "고
모역"이 아닐는지요. 그러나 이 시조를 읽고 난 뒤 저는 그저
그리 낡은 외로움에 푹 젖지만은 않았습니다. 그 첫째는 이
시의 배경에 은행잎이 우수수 내리고 있기 때문입니다. 이
배경으로 인해 고모역의 외로움이 노란빛으로 환해집니다.
　앞의 시조 「11월」에서 시인이 있는 자리는 어깨에 얹히는
나뭇잎을 느끼는 당인리 길 그 현장이지만 이 작품에서 시

인은 지금 고모역에 있지는 않습니다. "그리운 외로움만 절룩대며 가"고 있는 이곳을, 다만 아주 친근한 장소라 손금 들여다보듯 환하게 보고 있군요. 그리하여 먼 데 계시는 고모를 생각하는 것처럼 우리가 보는 고모역도 눈에서 손바닥의 거리만큼 앉아 있고요, 고모역의 외로움도 나와는 얼마큼의 간격을 유지하고 있는 것, 그것이 또한 고모역의 외로움을 따뜻하게 해주는 두 번째 이유가 될 것입니다. 종장으로 인하여 "헐거워"져 "절룩대며 가"고 있는 외로운 고모역이 생기 있게 살아났네요. 전환의 앞과 뒤에는 극과 극이 존재합니다. 초·중장과 대비를 끌어낸 종장의 전환이군요.

초·중장에 이어지는 'ㄹ'의 반복이 비교적 복잡하고 무거운 시어들의 연결을 부드럽게 해주고 있습니다. 기차가 지나는 간이역의 이미지를 더욱 선명하게 하는 효과도 아울러 갖게 되었군요. 연이은 배행 역시 철길의 이미지를 보여주고 있습니다. 행을 띄우고 독립적으로 종장을 배치한 것은 전혀 다른 분위기를 연출하기 위한 장치라 해야겠습니다.

청도에서 대구로 오는 길에 옛 가요 〈비 내리는 고모령〉의 그 고모령에 있는, 지금은 폐역이 된 고모역을 지나오며 이 시조를 생각했습니다.

내 안의 스키드마크,
언제쯤 지워질까

이남순「차를 멈추고」
하순희「가을 숲에서」
강경화「울컥 만나다」
유헌「네거리」

내 벗이 몇이나 하니 수석과 송죽이라/ 동산에 달 오르니 그 더
욱 반갑고야/ 두어라 이 다섯밖에 또 더하여 무엇하리

　　고산 윤선도의「오우가」는 이렇게 시작됩니다. 이어서 물
의 맑고 그침이 없음과 바위의 변함없음, 소나무의 곧음을
칭송하는 내용으로 이어지지요. 맑고 그침 없는 물과 변함
없는 바위, 곧은 지조나 절개를 상징하는 소나무 등은 시대
의 정신에 부합하는 엄청난 시적 진실과 깨달음을 가져다주
었을 것으로 짐작해 볼 수 있습니다. 이념이 강한 시대가 만
들어온 전통은 더욱 그 정형화가 강해진다고 하지요. 여말
에 완성되었지만 조선이었기에 시조의 정형화가 확고하게
이루어졌고 더욱 공고한 우리의 전통으로 굳어질 수 있지 않
았을까, 유의미하게 생각해 보기도 하는데요. 이제는 새롭

게 발전해 가야 좋은 전통도 이어진다는 뜻을 잘 새기며 시
조 사랑의 길을 가야 할 것 같습니다.

> 그때도 벚꽃송이 환히 지고 있었을까
> 맨 먼저 꾀꼬리가 봄이 간다, 우는 지금
> 샛길에 차를 멈추고 두 눈감고 호젓하게
> — 이남순 「차를 멈추고 – 마상청앵도馬上廳鶯圖」

어느 "샛길에 차를 멈추고 두 눈감고 호젓하게" "꾀꼬리"
소리를 듣는 광경을 상상해 봅니다. "벚꽃송이"도 "환히 지
고"요, 꾀꼬리도 우는 그런 봄날에는 여럿이도 좋지만 "호
젓"해도 좋을 것 같아요. 환하고 참 따사로운 분위기입니다.
봄이 간다고 벚꽃이 지고 꾀꼬리 운다는 것은 제목에 붙인
김홍도의 〈마상청앵도〉와 겹치면서 그 상투성이 의도된 것
으로 바뀌고 있습니다. 현재와 과거가 교직되며 특정한 과
거의 그 상황이 현재에 되살아났다고 해야 할까요. 그렇습
니다. 이처럼 전통적인 제재에는 과거가 현재에 녹아드는
느낌이 신선하고 참신하게 다가옵니다. 말은 자연스럽게 차
로 바뀌었네요.

> 그대 그물에 스스로 묶여 지내온 기인 세월
> 한 생각 접고 보니 백지처럼 가볍네
> 그 오랜

번뇌와 미혹

벗고 보니

아! 기쁘다!

    - 하순희 「가을 숲에서」

    우주는 늘 그렇게 있는데 인간의 사유와 과학은 변화를 거듭해 왔습니다. 천동설에서 지동설, 뉴턴을 거쳐 아인슈타인으로 말입니다. 그래서 지금은 우주는 끝없이 팽창하고 있으며 2천억 개의 은하가 있고 은하 하나에는 1천억 개 이상의 항성이 있으며 우리가 살고 있는 태양계는 은하계 변방에 지나지 않고 그중에서도 태양이 축구공만 하다면 지구는 콩알만 하다는 것 등을 아는 데까지 왔습니다. 자연의 끝없는 운행과, 변화와 진화를 거듭하는 인간의 앎, 그래서 석가모니 부처님은 '무상無常'하다고 하셨을까요. 우리가 알고 있는 모든 '캐릭터'들은 욕계에 있습니다. 아귀는 늘 고통스럽고요, 축생은 배고플 때와 추울 때 고통을 느낀다고 하고요, 인간은 불행과 행복이 딱 반반, 그래서 '고락苦樂'이라고 합니다. 그런데 어디에 사시는지는 잘 몰라도 천신은 언제나 행복하다고 해요. 언제나 행복하기만 하면 그 행복을 행복답게 느낄 수 있을지는 잘 모르겠습니다만. 인간도 축생처럼 살 수 있으면 고통이 좀 덜하련만 축생이 아닌 인간답게 살기 위해 더욱 많은 괴로움과 고통이 있는 거겠지요. 인간의 고통 중에 많은 부분은 그 "번뇌와 미혹" 때문이 아닐까 싶습니다.

앞서 「차를 멈추고」에서는 봄의 자연을 보았고요, 「가을 숲에서」는 가을의 자연입니다. 봄의 자연과 가을의 자연을 보는 마음이 이만큼이나 다릅니다. 가을 숲에서 "번뇌와 미혹"을 벗고 서 있는 것은 가을 나무들이기도 하지만 시인의 모습이기도 하지요. 나를 지키고 살아가려면 가끔 한 번씩은 이런 시간이 필요합니다. 늘 움직이며 흐르고 있는 자연 속에서 핏속에 엉겨 붙어 흐를 줄 모르는 나의 번뇌와 욕심도 좀 씻어내야 할 것 같습니다.

자연처럼 시의 언어도 움직이고 있습니다. 정형시의 언어는 리듬의 언어이고요. 리듬은 움직임을 가지는 것이니까요. 언어와 여백, 언어와 휴지, 혹은 언어와 언어가 서로 밀고 당기면서 혹은 서로 밀도 있게 짜이면서 스스로 생명이 되어 강약의 파동을 만들며 앞으로 나아가고 있습니다.

위 두 편의 작품에는 비교적 느린 호흡, 느린 걸음걸이의 움직임이 있고, 다음에 보는 두 편의 강하고 어두운 분위기의 작품에는 훨씬 빠른 호흡, 급박한 속도의 움직임이 있습니다.

돌솥비빔밥 먹는 동안 부고를 접하고도
딱딱하게 눌어붙은 밥알들을 긁어댔다

떼어도

잘 떨어지지 않는,

엉겨 붙은

지독한 삶

  – 강경화 「울컥 만나다」

"지독한 삶"이란 추상을 돌솥에 "눌어붙은 밥알"로 표현한 감각적 인식이 신선하게 다가옵니다. 모질고 질긴 것이 목숨이라고도 하는 바로 그 끈질긴 생명력, 혹은 생존 본능 같은 것을 두드러지게 드러내는 것에 성공하고 있습니다. 초장과 중장의 현실적 경험이 종장의 감정·감각적 진술과 바짝 긴장 관계를 형성하고 있네요. 긴장을 더욱 심화하는 것은 빠른 호흡과 감상적인 꾸밈을 배제한 언어의 명징함일 테지요.

이 시조의 제목은 '울컥 만나다'인데요, 제목 또한 급박한 리듬을 가진 "울컥"으로 인해 이 시조의 강한 분위기와 잘 어울리고 있습니다.

누가 또 다급하게 실려 가는 모양이다

외마디 비명에도 신호등은 무심한데

내 안의 스키드마크, 언제쯤 지워질까

  – 유헌 「네거리」

예전 큰 종합병원 앞 동네에 살 때 자주 한밤중에 다급하게 울어대는 구급차 소리를 듣곤 하였습니다. 구급차를 몇 번 이용해 본 절망적인 경험도 있고 해서 그때마다 "누가 또 다급하게 실려 가는"가 보다 했습니다. "누가 또"는 평소에 이런 일이 많다는 거지요.

요즘 사고 후 정신장애를 말하는 '트라우마'란 의학 용어가 일상어가 되다시피 한 것은 우리 사회에 그만큼 사람을 억압하는 것들이 많아졌다는 뜻일 겁니다. 실패만 경험한 사람은 실패의 두려움에서 벗어나지 못하고 어릴 적에 충격적인 굴욕감을 경험한 사람은 어른이 되어서도 그 굴욕감을 끝내 이기지 못하는 경우도 있습니다. 사회적, 가정적 억압이 많아지면 그에 비례하여 개인이 갖게 되는 트라우마도 많아질 겁니다.

트라우마는 곧 이 작품에서 표현한 "스키드마크"입니다. "외마디 비명에도 신호등은 무심한" 것처럼 개인인 나는 혹은 약자는 외마디 비명을 지를 만큼 고통스러운데도, 신호등으로 드러나는 사회적 규율 혹은 힘을 가진 강자는 냉담하고 무심합니다. 살아가는 누구에게나 스키드마크가 있을 겁니다. "내 안"에 생긴 "스키드마크", 그 선명한 파열의 틈과 균열의 금은 "언제쯤 지워질까"요? 헤쳐 나아가야 할 복잡한 삶의 '네거리'에 서서 묻고 있습니다.

절제된 내용이 이 작품을 단단하게 하고 있고 구체적이며 간결한 표현이 산뜻한 독창성으로 이어지고 있습니다.

문학은, 시는 현실을 담아냅니다. 있는 그대로의 현실을 있는 그대로의 모습으로 담아내는 구체적 심상, 시는 곧 삶이라고 하는 그것이 절실합니다. 시조 역시 '시절가조'에서 말하듯 '당대의 노래', '그 시절의 노래'라는 그 의미를 잘 살펴야 하겠습니다. 현실의 사실적인 인식과 그 구체성에 닿아 있지 않은 심상은 아무리 철학적이며 달관한 표현이라 하더라도 허공의 메아리처럼 공허합니다.

피라미 한 마리 나와
그걸 물고 사라진다

강원도 봉평이 아니더래도
이효석은
어디에나 핀다.

이젠 산비알
어디가 아니라
서울 장안 한낮에도 핀다.

사무친
외롬 앓다가
그대 향수 마시며 핀다.
 - 박영교 「메밀국수」

마들렌 과자 한 조각처럼, 박영교 시인의 「메밀국수」는 달빛 쏟아지는 "산비알" 눈부신 메밀꽃밭 사이로 나귀를 끌고 가는 허 생원과 동이를 불러옵니다. 초장에서 "이효석"을 못 박아 놓은 것처럼 이 시조는 이효석의 단편소설 「메밀꽃 필 무렵」에 바치는 헌시입니다.

명작의 생명은 사라지지 않아 봉평 어느 산비알에서 시작된 향기는 서울 장안 한낮에도 피어납니다. "서울 장안 한낮에도 피"어난 이효석은 떠나온 봉평이 못내 그리운 걸까요? "사무친/ 외롬"을 앓고 있군요. 고향 음식인 메밀국수 한 그릇을 앞에 놓고 앉은 한 사람. 그 사람의 향수를 마시며 이효석이 피어나고 있습니다. 우리가 어떤 사물을 만날 때 그 사물에 얽힌 경험의 순간을 떠올리듯이 메밀국수는 향수를 가져오고 그 향수는 다시 "어디에나 피"어나는 문학작품으로 연결되고 있네요.

우리가 살아가는 동안 끊임없이 환기해야 할 것은 소중한 기억들이겠지요. 기억은 삶을 지탱해 주는 것입니다. 우리가 찾아가야 할 것은 먼 미래가 아니라 어쩌면 기억 속인지도 모르겠습니다. 오지 않은 미래가 아닌 과거의 기억 속에서 삶에 대한 사랑과 사람에 대한 믿음은 생겨나고 흔히 말하는 진실성이란 것도 과거의 경험 속에서 오는 것이니까요.

종장의 "사무친/ 외롬"은 장마당을 떠도는 장돌뱅이 허 생원과 동이의 외로움에 겹쳐 그 느낌이 더욱 짙어지는군요.

지금은 쓰지 않는 "장안"이라는 말에서 예스러운 맛이 풍깁니다. 현대시조에 어울릴 것 같지 않은 어휘가 그러나 눈에 설지 않게 잘 어우러지고 있는 것은 이 시조의 주연인 이효석과 그의 소설「메밀꽃 필 무렵」의 시대 배경 때문이겠지요. "외롬"이라는 시어도 제구실을 톡톡히 하고 있습니다. 만약 '외로움'이라고 했다면 '외롬'보다 훨씬 그 "사무친" 맛이 덜했을 것이고 이 시조가 가진 멋도 반감되었을 것이 분명합니다.

> 새재를 오르다가 계곡 물에 손 담근다
> 손 씻다 물 위에 쓴, 글씨 '너무 맑다'
> 피라미 한 마리 나와 그걸 물고 사라진다
> ─ 강인순「생수에 관한 명상」

물이 너무 맑을 때 이 맑음을 어떻게 드러내 줄까, 하는 고민이 우스운 것이 되네요. 구름이 제 모습보다 더 맑게 보인다느니, 물속에 별이 떴다느니, 거울이라느니 하는 표현을 생각해 보겠지요. 카메라 렌즈를 거치면 풍경이 더 근사해지지요. 카메라 렌즈처럼 수면도 그런 걸까요. 한 소년이 물에 비친 제 모습에 반하여 수선화가 되었다는 이야기에는 본 모습보다 더 멋지게 보여주는 물의 조화도 있지 않았을까 싶어요. 이 시조에서 한 수 배웠습니다. 도저히 그릴 수 있는 모양이 없을 때 그냥 "너무 맑다"고 글씨로 쓰면 되는 것을 말입니다. 그러나 그 감동이 빛바래기 전에 그 자리에서 바로 써야 합니다. 물이면 물 위에, 만약 그것이 빛나는 구름이라면 구름 위에, 별이라면 별 위에, 바위라면 바위 위에 바로 써야 합니다. '너무 환하다', '너무 멀다', '너무 굳세다' 이렇게 써볼까요. 그러나 한 수 배웠더라도 "피라미 한 마리 나와 그걸 물고 사라진다"와 같은 종장을 쓰지 못하면 다 허사입니다. 얼마나 맑았기에 피라미가 "너무 맑다"를 물고 사라지는 것이 보였을까요. 어떠한 맑음이라도 여기에 대적하기는 어려울 것 같군요.

「생수에 관한 명상」 연작에서 시인은 여러 물과의 특별하고 인상 깊은 만남을 선보입니다. 가령 "지난여름 내가 만난 설악을 흐르던 물/ 그건 이제 물이 아니라 우리들 채찍이리/ 오만한 목젖에 걸린 크나큰 가시이리"에서 "오만"을 깨우쳐주는 "채찍"과 "가시"로 시인과 만나고 있는 "설악을 흐르던 물"이 그런 것처럼.

김치를 담그다가
서녁 산 물이 든다.

이런 날은 장꿩도
서러운 맛 들이는지

늦가을 긴긴 울음을
함께 절인

김칫독.

- 오승철 「어머님」

　우리 어머니들의 그리고 어머님들의 가장 큰 일은 일 년 사시사철 김치를 담그는 일이었습니다. 한 일본 하이쿠 시인이 질문을 하더군요. 한국에서는 요즘도 집에서 김치를 담가 먹느냐고요. 그래서 요즘도 많이 담가 먹고 김장도 한다고 대답하며 마음속으로 뿌듯해했던 생각이 납니다. 김치만을 저장하는 냉장고도 있다고 들었는데 사실이냐고 또 묻더군요. "서녘 산 물이" 들도록 손이 많이 가는 김치 담그기. 그러나 아직은 가정마다 그 힘든 전통을 소중히 지켜가는 어머니들의 모습이 있다는 것을 자신 있게 얘기할 수 있어서 자랑스러웠습니다. 어머니의 앞치마에는 언제나 김치 냄새가 배어 있고요. 어느 하루도 김치 없이는 지낼 수 없는 우리의 식문화입니다. 된장과 함께 김치는 아무리 먹어도 물리지 않는다는 것이 참으로 신기하지요.

　그런 김치의 맛은 "서러운 맛"입니다. 그 서러운 맛은 우리만이 아는 맛입니다. "열무김치 담글 적에 님 생각이 절로 나서 설움 많은 이 신세가 혼자서만 눈물짓네"라는 신민요 〈야월삼경〉의 노랫말이나 "내 고향 하늘빛은 열무김치 서러운 맛"이라 한 정완영의 시조 「고향 생각」에서나 모두 김치, 특히 열무김치는 그러한데 늦가을에 담그는 김장 김치의 맛도 크게 다르지 않군요. 늦가을, 시인의 고향인 제주에서는 장꿩이 서럽게 울고, 울수록 서러워지는 "긴긴 울음"을 함께 절인 김칫독에는 그 "서러운 맛"이 겨울이 깊어갈수록 더욱 깊어지겠습니다. 마땅히 표현하기 어려운, 젓갈에 삭혀진 시원한 맛을 서러운 맛으로 받아들이는 우리의 정서가 참으로 유정합니다. 게다가 제목이 '어머님'이지요. 그 서러운 맛에 어머니의 삶의 애환과 설움도 함께 녹아들어 있군요.

　서양에 치즈가 있다면 우리에겐 김치가 있지요. 발효 식품이라는 점에서 일본의 '기무치'와는 전혀 차원이 다른 이 김치를 소재로 한, 서러운 맛이 장꿩의 긴긴 울음처럼 녹아 있는 시조 한 편이 더없이 반갑습니다. 한국의 맛을 소개할 때 더불어 소개하고 싶은 시조입니다.

　　축 늘어진
　　시간 위에
　　걸터앉아
　　조는 낮

　　부우웅!

　　오토바이가
　　빼놓고 간
　　꽁무니

그 뒤를

알몸뚱이로

파닥거리며

쫓는 닭

　- 김강호「치킨 배달」

　서정주 시인의 시집『冬天』(민중서관)에 실린「漢陽好日」
이란 시는 이렇게 시작됩니다.

> 열대여섯살짜리 少年이 芍藥꽃을 한아름 자전거뒤에다 실어끌
> 고 李朝의 낡은 먹기와집 골목길을 지내가면서 軟鷄같은 소리로
> 꽃사라고 웨치오. 세계에서 제일 잘 물디려진 玉色의 공기 속에
> 그 소리의 脈이 담기오.

　『冬天』이 1968년에 출간되었으니 오십여 년 만에 바뀐 골
목길의 풍경입니다. "꽃사라고 웨치"던 "연계같은" 목소리의
"소년"은 그 목소리 대신 "부우웅!" 오토바이의 기계음을 내
며 "치킨 배달"을 하고 있고요. 덕분에 소위 '치맥'이 세계적
인 한국 음식의 반열에 올랐습니다. 그러나 "세계에서 제일
잘 물디려진 옥색의 공기"는 "오토바이가/ 빼놓고 간/ 꽁무
니" 뒤로 먼지바람이 일고 있는 공기가 되었군요.
　"축 늘어진/ 시간 위에" 졸고 있는 골목의 모습은 나른하
지만 이 시조가 드러내고 있는 역동성은 독보적입니다. 종

장의 강렬한 표현력은 그 모습을 지금 막 보는 것 같은 착각을 불러일으키기 충분하군요. "알몸뚱이로/ 파닥거리며/ 쫓는"에서는 배달 음식으로 스트레스를 풀며 무엇인가를 쫓는 현대인의 바쁜 일상이 적나라하게 드러나 있기도 합니다.

> 알밤 같은 아들 하나 앵두 같은 딸 하나
> 다 기운 집 한 채
> 겉늙은 마누라
>
> 도토리
> 키 재보나마나
> 그 끝은
> 묵 한 접시.
> ─ 성선경 「봉급쟁이 삼십 년」

부자이면서 불행하기보다는 "다 기운 집 한 채/ 겉늙은 마누라"라도 "알밤 같은 아들 하나 앵두 같은 딸 하나"로 행복한 것이 훨씬 더 살맛 나는 인생일 겁니다. 콩가루가 아닌 "묵 한 접시"가 될 수 있는 가족이 많아지길 바라며 성선경 시인의 시조를 소개합니다. 초·중장과 종장 사이의 낙차가 크지만 '봉급쟁이 삼십 년'이라는 제목이 그 낙차를 메우는 큰 역할을 하고 있습니다.

내 몸을 친친 감는 며칠
지독한 봄날이다

달 밝은 가운데 조용히 앉아/ 홀로 읊조려 깨뜨리는 맑고 찬 기운/ 개울 건너 늙은 학이 와/ 매화 그림자 밟아 부수네

靜坐月明中/ 孤吟破淸冷/ 隔溪老鶴來/ 踏碎梅花影 (淸, 옹조「梅花塢坐月」)

　달은 교교히 밝아 맑고 찬 기운 가득 서린 밤, 홀로 읊조리는 소리만 고요한 밤의 정적을 깨고 있는데 개울 건너에서 찾아온 늙은 학이 매화꽃 그늘 속을 성큼성큼 거닐고 있네요. 지금도 학이 날아와 마당을 거니는 곳이 대륙 어느 골짜기에 있을 것 같습니다만 청나라 당시는 더욱 그랬을 것 같아요. 정말 학이 찾아와 거니는 달밤의 풍경이 많았을 것 같습니다. 그 자리에 저도 있는 것 같은 느낌으로 이 시를 읽어

봅니다.

　학은 어떤 학인가요. "늙은" 학입니다. 이런 달밤이라면 패기에 찬 젊은 학이나 귀여운 어린 학은 어울리지 않지요. 좀 세월의 무게가 있는 늙은 학의 위엄 있는 걸음걸이가 필요합니다. 그 학이 거니는 곳은 바로 매화꽃 그늘입니다. 봄의 달밤과 학과 매화꽃이 기품 있게 잘 어울리는군요. 1행과 3행, 2행과 4행이 정중동 속에 서로 호응하며 밀고 당기기를 반복하나요. 1행과 3행의 느리고 적막한 움직임이 그 배경으로 있기에 2행과 4행의 시적 진실, 밤의 맑고 찬 기운이 깨어지는 소리가 여리지만 날카롭게, 그리고 늙은 학이 매화꽃 그늘을 밟아 부수는 모습이 은은하지만 화려하게 드러나 보입니다.

　　오랜 연못에 개구리 뛰어드는 물소리 '텀벙'

　위의 시는 하이쿠의 대명사로 알려진 작품입니다. 마쓰오 바쇼의 하이쿠이고요. 역시 계절은 봄이며 '오래된 연못'의 정적과 그 정적을 깨뜨리는 개구리 소리로 봄의 깨어남을 노래하고 있습니다. 이 짧은 시에도 역시 '오래된 연못'과 물소리 사이에 고요와 출렁임의 균형이 있지요. 적막이 깨어지는 그 한순간은 또한 선禪적인 느낌을 강하게 풍기고 있어 여운을 남깁니다. 먼저 읽은 옹조의 시에서도 역시 그 서늘한 적막과 맑은 기운이 시를 읽을 때보다 읽고 난 뒤에 한층 더 강하게 일어나는 것을 느낄 수 있습니다. 여운이 있는 시가 좋은 시라고 하는, 그 여운일 것입니다.

봄을 노래한 이런 시조 한 수를 놓아봅니다.

반쯤 무릎 굽힌

돌담 아래 앉은 봄

햇살이 도란도란

양지뜸에 놀고 있다

입춘절

도랑물빛 닮은

새소리도 향긋하다
- 이서원 「정경」

예전부터 자연을 대함에 있어 동양에서는 물아일체, 정경교융이라고 하여 합일과 융합을 추구하였습니다. 자연에 비추어 인간을 나타내고 자연 안에 하나 되는 것이 우리의 예술 문화가 추구하는 경지였고 그리하여 말없이 흐르는 무위

자연, 그 자연처럼 작위적이지 않으며 사변적이지 않게 표현하려 한 것이 우리 시문학의 정신이기도 하였습니다. 시조 역시 주제의 표현을 자연과 자연물에 빗대어 드러낸 작품이 많지요.

작품들에서 자연의 이미지는 그대로 정신의 표현이라고 해도 될 것입니다. 맑고 서늘한 것은 맑고 서늘한 정신의 드러냄, 외로운 자연의 이미지는 시인의 외로움을 그대로 투영한 것인데 나의 맑고 서늘한 정신, 나의 외로움 등을 어떤 이미지에 실어 드러낼 것인가, 하는 거지요. 자연이 많은 시의 소재가 되는 만큼 더욱 나만의 개성 있는 발견과 그 발견을 어떻게 드러내느냐 하는 것에 성패가 좌우될 겁니다.

오래된 옛 연못에 뛰어드는 개구리 소리로 깨어나는 봄의 순간을 잡아챈 것, "입춘절/ 도랑물빛"으로 입춘절 새소리의 상큼함을 잡아낸 것에 긴장과 함축의 시가 가진 순간의 미학이 있다고 할 수 있을 겁니다. 이 시조의 종장에는 시각, 청각, 후각이 서로 맑고도 깨끗하게 스며들어 있군요.

풀벌레 울음소리 옥양목의 가위질 같다

차가운 별빛은 물에 씻어 박은 듯

잊고 산 세상일들이 오린 듯이 또렷하다
 ― 서숙희 「처서 무렵」

이 시조의 배경은 여름이 누그러지고 가을이 시작된다는 처서입니다. 풀벌레의 울음소리가 들리기 시작하고 별빛이 차가워지는 때네요. "옥양목의 가위질 같다"고 한 것으로 풀벌레의 울음소리가 또렷하게 살아나고 "물에 씻어 박은 듯"이라고 한 것으로 차가운 별빛이 더욱 말끔하게 드러나고 있습니다. 탁월하네요. 풀벌레 우는 곳은 땅이고 별이 빛나는 곳은 하늘이니 이 천지간에 "잊고 산 세상일들이 오린 듯이 또렷하"고요. "옥양목의 가위질"과 "물에 씻어 박은 듯"이라는 비유로 물러가는 여름과 다가오는 가을의 접점에서 "오린 듯이" 점점 또렷해지는 처서 무렵의 정취가 드러나고 있군요. 참으로 단정한 단시조입니다.

조그만 제비꽃을 소재로 하였지만 잊히지 않는 강렬함을 던져준 작품이 있었습니다. 바로 옥영숙 시인의 「지독한 봄날」입니다.

아버지 봉분 가에 핀 제비꽃을 옮겨왔더니

"내 새끼야"
"내 새끼야" 비밀한 음성으로

내 몸을

친친 감는 며칠

지독한 봄날이다
  - 옥영숙 「지독한 봄날」

　진정 질긴 정한 같은 것이 몸으로 느껴지는 강렬함이었습
니다. 그리움이 왈칵 피부로 덮치는 살아 있는 작품입니다.
그리고 이러한 강렬함의 직접적인 원천은 종장이고요. 비약
이라고 할까요, 도약이라고 할까요. 종장은 이렇게 써야 한
다고 말하고 있는 것 같습니다.

　투명한
　몸속으로
　낱낱이
　추락하다

　구멍 난
　천장으로
　세상이
　멈춰서면

　시간은
　녹초 된 나를

또 뒤집어

세웠다

 – 석성환 「모래시계」

　흔하게 볼 수 있는 물상에서 사람이 살아가는 삶의 모습을 발견했습니다. 여기서 "구멍 난/ 천장"은 아무리 부어도 차지 않는 콩쥐의 구멍 난 독과 같은 느낌입니다. 그 독에 붓는 물처럼, 모래시계에서 떨어지는 모래처럼, 나는 "녹초"가 될 때까지 "낱낱이/ 추락하"기만 하는군요. 뒤집어 세우면 또 떨어지고 뒤집어 세우면 또 떨어지는 모래시계처럼 살아가는 오늘입니다. 마치 신화 속의 시시포스처럼 말입니다.

　시시포스는 측량할 길 없는 시간과 싸우면서 지금도 그리고 영원히 어깨로 바윗덩이를 받치고 힘줄이 불거진 다리로 버티며 흙투성이가 되어 투쟁할 것이지마는 이제 저는 저에게 "녹초"가 되도록 열심히 살아갈 기회가 아직 있음을, 그럴 시간이 남아 있음을 고마워해야 할 것 같습니다. 그리하여 희로애락, 생로병사의 고통을 수용하는 행복을 느끼며 아프지만 따스한 시 한 줄 얻을 수 있는 그런 날들이 되었으면 합니다.

　'땡, 땡, 땡' 밖에서 두드리는 종이 있고 '두웅, 두웅' 몸 안을 두드려 울리는 종이 있습니다. 시는 범종처럼 내 안의 몸을 두드려 울리는 깊은 울림의 종입니다. 한 번의 큰 떨림이

지난 후에도 행간은 미세하게 잦아드는 작은 떨림들을 모아
서 은은하게 울려줍니다. 크고 깊은 울림, 오랜 떨림을 위하
여 어떻게 행간을 넓힐 수 있을까, 궁구해 보시기 바랍니다.

못내턴 그 청춘들이
사뤄 오르는 저 향로!

너도 타라 여기
황홀한 불길 속에

사랑도 미움도
넘어선 정이어라

못내턴
그 청춘들이
사뤄 오르는 저 향로香爐!
– 이영도 「단풍」

제가 처음 만난 우리나라의 시는 고려 노래 「가시리」와 소
월의 「진달래꽃」, 그리고 이영도의 「단풍」이었습니다.

가시리 가시리잇고/ 부리고 가시리잇고// 날러는 엇디 살라 ᄒ
고/ 부리고 가시리잇고// 잡ᄉ와 두어리마ᄂᆞᆫ/ 선ᄒ면 아니
올셰라// 셜온 님 보내ᄋᆞᆸ노니/ 가시ᄂᆞᆫ 듯 도셔오쇼셔 (작자 미상
「가시리」)

나 보기가 역겨워/ 가실 때에는/ 말없이 고이 보내 드리오리
다// 영변에 약산/ 진달래꽃/ 아름 따다 가실 길에 뿌리오리
다// 가시는 걸음걸음/ 놓인 그 꽃을/ 사뿐히 즈려밟고 가시옵
소서// 나 보기가 역겨워/ 가실 때에는/ 죽어도 아니 눈물 흘리
오리다 (김소월 「진달래꽃」)

    이 세 편은 똑같은 무게로 어린 저에게 다가왔습니다. 인
생에 대한 특별한 앎이나 경험이 없는 때였지만 모두 다 강
렬하였고 모두 다 눈물겹게 가슴 저렸습니다. 이영도의 「단
풍」이 현대시조라는 깨달음은 나중에야 왔지만 제가 시조
를 쓰게 된 맨 처음에 있는 것은 이 「단풍」이 틀림없습니다.
    "너도 타라", 초장 첫마디부터 어떤 주술에 빨려드는 느낌
입니다. "너도"의 조사 '도'는 동참하라는 것이지요. 어디로?
이 "황홀한 불길 속"으로. 그리고 그 "황홀한 불길", 그것은
"사랑도 미움도/ 넘어선" 것이라고 노래합니다. 그럼 "못내
턴" 것은 무엇일까요? 그것은 바로 그 "사랑"과 "미움"이겠
지요. "못내턴" 그 청춘들이 드디어 그 사랑과 미움을 넘어선

"정"의 "황홀한 불길"로 "사뤄 오르는"군요.

"못내턴", 이 종장 첫 마디에는 두 가지 숨은 이미지가 있습니다. 그 첫째는 아픔을 간직한 불길이기에 더욱 황홀할 수 있는 그런 강조의 이미지라 하겠고 둘째는 청춘의 이글이글 타오르는 눈빛 속에 어리는 물기를 느끼게 해주는 아쉬움의 이미지입니다. 사랑과 미움을 넘어선 경지에서 그것을 황홀한 불길로 승화시키는 것은 아무나 할 수 있는 일은 아닐 겁니다. 그렇기에 시인은 그것을 "향로!"라 하였습니다. 온전히 타지 못한 것은 나쁜 냄새가 납니다. 사랑과 미움을 마음의 상처로 안고 평생을 살아가는 것이 대부분 보통 사람의 일이겠지요. 그래서 악취에 시달리고 상흔이 남습니다.

대부분의 격조 있는 노래가 그렇듯이 독자에게 승화의 한 순간을 경험하게 하는 이영도의 「단풍」은 애절하게 아름다운 고려가요 「가시리」와 우리나라 국민이 가장 좋아하는 애송시 「진달래꽃」과 나란히 놓아도 좋은 현대시조입니다.

어느 고도의 천 길 나락

그것도 캄캄한 동혈洞穴

파도는 기슭을 때리고

물결은 굴속에 우네

이 밤도 숨 끊어질 듯

절규絶叫 마저 끊어질 듯.
　– 이일향 「고도孤島」

　사랑도 미움도 다 넘어서서 그냥 하나 되는 불길로 활활
타오르고 싶은 염원이 강하면 강할수록 외롭습니다. 그 외
로움을 더욱 외롭게 하는 것이 부모의 사랑, 연인의 사랑, 가
족의 사랑과 같은 기본적 사랑의 훼손과 결핍일 것이고요.

　시인은 지금 어느 외로운 섬에 있습니다. 밤에 홀로 누워
있는 그 자리가 바로 외로운 섬이군요. "파도는 기슭을 때리
고/ 물결은 굴속에 우"는 "어느 고도의 천 길 나락"에 있는
"캄캄한 동혈"입니다. "숨 끊어질 듯/ 절규마저 끊어질 듯"
시인의 고통이 드러난 종장은 핏물이라도 비칠 듯이 비통합
니다.

　첫 시집을 보내드렸더니 '그렇게 아프게 살지 않았으면
좋겠다'는 답신을 보내주신 여고 때 은사가 계셨습니다. 그
러나 그 재주가 잘났든 못났든 간에 시인은 즐겁게 아픔을
찾아서 가는 사람인걸요.

　생래의 고독은 그렇다 치더라도 무엇 하나 부족한 것이 없
어 보이는 사람, 늘 주변에 많은 사람을 두고 웃음이 넘치게
사는 사람도 외롭다고 하더군요. 욕심이 지나친 걸까요, 아

니면 외로움을 감추기 위한 제스처가 그를 더욱 외롭게 하는 걸까요. 1950년에 미국의 사회학자 데이비드 리스먼은 현대의 산업사회에서 개인이 느끼는 고립감과 불안을 표현하여 '고독한 군중The Lonely Crowd'이라고 했습니다. 너무나 많은 사람에게 둘러싸여 살아가지만 그 '군중 속의 고독'이 현대인의 자화상이라고요.

그래도 어떤 사람에게는 고독이 그리 비통한 것만은 아닐 겁니다. 고독하게 살다 간 예술혼들을 알고 있습니다. 그들에게는 그 불행이 곧 힘이었습니다. 사람이기 때문에 우리는 외롭지만 그 외로움을 즐겁게 살아가고자 합니다. 황동규 시인의 '홀로움'을 생각합니다. "홀로움은 환해진 외로움이니"(「홀로움은 환해진 외로움이니」) 외로움도 친구로 삼으면 '홀로움'으로 갈 수 있을 것 같은 생각이 드는군요. 이렇게 위로합니다. 시인은 외로우면 외로울수록 행복한 사람이라고. 시는 "환해진 외로움"에서 나오는 것이니까요.

약대상의 하늘 밑엔 발자국만 움푹움푹하다

먼지의 길을 벗어나면 자갈 박힌 돌길이다

누란樓蘭은 마음속에 있어 그 길 따라 걷는다.
   ─ 염창권 「집중集中」

타클라마칸사막을 건너며 신기루를 본 적이 있습니다. 먼 지평선에서 주황빛 불꽃으로 어른거리는 모양을 한 신기루. 커다란 성처럼 보이는 그곳은 마법의 공주라도 살고 있음 직한, 기사가 되어서 그 공주를 구하러 가야 할 것만 같은 곳이었습니다. 그러나 가도 가도 판타지인 신기루의 성에 도달할 수는 없습니다. '누란'이란 도달할 수 있는 곳인가요?

약대상은 카라반이고요, 성경에 흔히 나오는 그것과 연관이 있어 보이지는 않습니다. 여기서 그가 마음속에 품은 것은 누란이고 누란은 '중국 한·위나라 때 서역 여러 나라 중 신장자치구에 있던 나라'라고 하니까요. 신장자치구의 우루무치에 가면 박물관이 있습니다. 그 옛날의 영화를 말해주는 각종 악기, 화려한 장신구, 의상, 미라, 무덤터 등이 복원되어 있습니다. 그중 제일 눈길을 끌던 것은 삼천팔백 년이 된 여자 미라입니다. 설명에는 '누란의 미녀 미라'라고 되어 있습니다. 그곳의 화려한 명성은 지금 사라졌지만 누란이 아니라도 어떻습니까? "누란은 마음속에 있"다고 「집중」에서도 밝혔듯이 어디든 마음속에 간직한 곳이 곧 누란인 것을요. 그럼 이렇게 물어볼까요. 당신의 누란은 어디입니까?

"먼지의 길"과 "자갈 박힌 돌길", "발자국만 움푹움푹"한 그 길을 약대상들은 묵묵히 걸어가네요. 파도가 해변의 발자국을 자꾸 지워놓듯이 그 발자국도 모래바람에 금방 지워질 것입니다. 모래바람이 산을 지우듯이 모든 탐욕과 모든 사랑과 아픔들이 지워지는 마지막 순간이 오면 지상에서의 삶이 신기루처럼 느껴질 것 같습니다만 그러나 쉬지 않고 묵묵히 가면 닿을 수 있는 "누란"이 있기에 외로움을 길동무 삼아 오늘도 걸어갑니다.

> 낡삭은 외골목
> 의자에 앉아있다
>
> 진종일 자리 지키며
> 다 저녁때 기다린다
>
> 볕 쬐며
> 졸고 있는 노파
> 지팡이도 휘어있다
> - 김남규 「주차금지」

상트페테르부르크에 있는 예르미타시미술관에는 렘브란트의 그림 〈돌아온 탕아〉가 있습니다. 머리카락이 다 빠진 흉한 머리, 넝마가 된 옷, 낡은 신발, 흙투성이 발로 돌아온 탕아를 맞는 아버지의 모습이 그려져 있습니다. 무릎을 꿇고 있는 아들의 등을 자애로운 두 팔로 감싸 안고 있는 아버지는 붉은색의 망토를 입고 있습니다. 그림을 보았던 남은 기억만으로 저는 그 그림의 대부분이 아버지의 붉은 망토로 뒤덮여 있다고 착각했습니다. 그러한 망토의 따뜻한 붉은색만이 선명하게 떠오를 만큼 그 아버지의 모습은 인상적이었고 노을빛을 닮은 그 붉은빛이 한없이 자애로운 용서의 빛깔이라는 것을 알게 되었습니다.

아버지의 자애는 용서로 이어지지만 어머니의 자애는 인내와 헌신의 다른 말입니다. 우리의 어머니 이야기는 웅녀로부터 출발합니다. 곰족과 범족의 권력 다툼에서 곰족이 살아남은 이야기의 신화화이든 아니든, 은근한 지혜로움, 그러한 인내의 상징이 된 곰이 우리나라의 첫 어머니가 되었고, 그것이 무슨 예언인 양 우리의 어머니들은 긴 고통의 역사를 인내와 견딤으로 살아왔으며 오늘에 이르렀습니다.

감정이 배제된 절제를 보여주고 있지만 김남규 시인의 「주차금지」를 읽으며 자식이 퇴근해서 돌아올 때까지, '지팡이가 휠' 때까지 골목에 나와 앉아 주차할 자리를 지키고 있는 노모의 모성애에 콧날이 시큰해집니다.

김남규 시인은 이 작품에서 시인의 감정은 배설하지 않고 독자의 감정은 배설하게 하는 시의 모습을 보여줍니다.

생각은 환한 유등 속에서
한껏 부풀다, 흐른다

조안「잠실철교를 지나며」
최영효「개살구」
서정화「염소와 나」
고은희「철학하는 강」

잠실대교, 영동대교, 한남대교, 반포대교, 마포대교…….
늦은 밤 서울의 올림픽대로를 운전해 가다 보면 한강을 가로
지르는 다리들에 밝혀놓은 색색의 불빛들이 강물에 어리어
흔들리는 것을 볼 수 있습니다. 울긋불긋한 물감이 물속에
번져 어리는 이 풍경들은 마치 인상파 화가들의 그림을 어설
프게 복제한 그림 같기도 한데요. 이런 풍경이 주는 느낌은
다소 가볍고도 무겁습니다. 굳이 말하자면 빛이 넘치는 그
조야한 표면 아래에는 검은 물처럼 어두운 현실이 흐르고 있
다는 것, 그런 것일까요.

뻐꾸기 울음 속에
풍경처럼 잠겼다가

서울로 와 전철에 간신히 끼어 탔다

물살에
떴다, 가라앉았다, 쓸려가는 나뭇가지
– 조안 「잠실철교를 지나며」

밤에는 알록달록한 색감의 불빛이 어룽대는 한강인데 낮에는 이런 나뭇가지들이 부침하며 쓸려 가고 있네요. "뻐꾸기 울음 속에/ 풍경처럼 잠겼"던 "나뭇가지"가 "서울로 와 전철에 간신히 끼어 타"고 대처라는 "물살에/ 떴다, 가라앉았다, 쓸려가"고 있습니다. 고향을 떠나와서 서울에 간신히 발붙이고 살고 있는, 피로에 절어 눈을 감고 있거나 스마트폰을 들여다보느라고 토끼 눈이 되어 흔들리고 있는 사람들입니다. 저의 집은 잠실 너머에 있어서 오다가다 잠실철교를 지나는 초록색의 2호선 전동차를 종종 보게 됩니다. 한강 물에 "떴다, 가라앉았다" 하며 "쓸려가는 나뭇가지"들을 태운 전동차는 "서울로 와 전철에 간신히 끼어" 탄 사람들로 만원이겠지요. 마루야마 겐지의 소설 「조롱을 높이 매달고」는 삶에 지친 주인공이 피리새의 울음을 찾아 오래전 떠났던 고향을 찾아가는 데서 시작됩니다. 이 나뭇가지들이 고향으로 돌아가 뻐꾸기 울음 속에 풍경처럼 다시 잠겨볼 날이 오겠지요. 현실은 많이 달라지지 않겠지만 인생 '후반부'를 살아낼 새로운 힘을 얻을 수는 있을 것이니까요.

희극배우 찰리 채플린(1889~1977)이 문득 생각납니다. 작은 중절모, 꽉 끼는 저고리에 대비되는 헐렁한 낡은 바지, 커다란 구두를 신었어요. 지팡이와 콧수염으로 그 시절에 유행하던 댄디 스타일의 멋을 내었었지요. 뒤뚱거리는 걸음걸이와 과장된 몸짓, 무심한 표정, 애수 어린 눈빛으로 떠돌이 부랑자가 되어 무성영화 속에서 슬랩스틱 코미디를 하던 그였고 기계가 되어가는 인간, 그런 소외의 문제들을 말이 아닌 몸으로 열연해 주던 그였습니다. 그리고 배삼룡(1926~2010)이라는 한국의 코미디언이 있었습니다. 그는 우스꽝스럽고 못나고 어눌한 바보를 연기했습니다. 답답하리만큼 눌변이었던 모습으로 그만큼 답답하고 서러운 심정을 억누르고 살아가던 사람들의 마음을 어루만져 주던 코미디언이었습니다. 국립현대미술관 덕수궁관에서 바짓가랑이를 두 팔에 끼고 두 다리는 윗도리 소매에 밀어 넣은 마네킹을 세운 한 현대 외국 작가의 설치미술 작품을 보았었는데 꼭 그런 모습으로 그가 칠삭둥이 바보 연기를 했었다고 하던 한 작가의 말이 생각납니다.

잎 먼저 꽃이 피는 칠삭둥이 개살구야

피어봤자 눈시울 젖지 익어봤자 개꿈만 꾸지

쓰다 만 이력서 뒤에 발목 부은 여름만 가지

– 최영효「개살구」

"칠삭둥이 개살구"도 필경 한 "나뭇가지"처럼 그렇게 고향을 떠나 취직을 하려고 성공의 꿈을 품고 대처로 나왔을 겁니다. "잎 먼저 꽃이 피는" 마음이 급하군요. 그런데 어쩌지요. 열심히 "피어봤자", 눈물 나게 노력하여 "익어봤자" 되는 일이 없네요. "눈시울 젖"는 일이 다반사, 성공의 꿈은 "개꿈"이 되고 "쓰다 만 이력서"만 쌓여갑니다. 이력서 들고 얼마나 뛰어다녔는지 발목이 부었네요. 취직의 계절인 봄이 가고 "발목 부은" 채 또 여름이 가고……. 고향의 부모님께 부쳐드려야 할 생활비며 그동안 진 빚은 언제나 다 갚게 될까요.

큰따옴표를 해야 할 시어가 엄청 많이 나와 있네요. 보통은 한 작품에서 이처럼 많은 시어가 나오면 혼란스럽고 산만해지기가 쉬운데 그런 것을 전혀 느낄 수 없이 읽힌다는 것은 이질감이 없는 시어들의 이음새가 부드럽다는 것, 그들이 한곳으로 잘 집중되고 있다는 것, 그것이겠지요.

가는 길이
무너지며
주르륵 쏟아졌다

시원始原의
좁다란 벽

문득, 뒤돌아보니

아득한
수직 절벽이
한 몸인 게 보인다
  - 서정화 「염소와 나」

　그러나 누군들 가는 길을 찾았다 하더라도 그것이 꽃길만
이겠습니까. 살면서 "가는 길이/ 무너지며/ 주르륵 쏟아지"
는, 눈앞이 캄캄해지는 경험을 해보지 않은 사람은 없을 겁
니다. 걸어온 길 "문득, 뒤돌아보니// 아득한/ 수직 절벽"과
"한 몸"이 되어 위태롭게 붙어 있는 염소 같은 내가 보이는군
요. 차마고도의 옥룡설산 절벽에 가파르게 붙어 있던 염소
들이 생각납니다. 이 작품 속에 염소로 표현된 나의 모습이
해발 4~5천 미터의 험준한 설산과 가파른 협곡 사이를 다니
는 마방의 모습처럼 아찔하네요.

반반한
수면을 믿고
온몸을
확, 맡길까
깊이도 모른 채
건너가는 비정규직

생각은

환한 유등 속에서

한껏 부풀다,

흐른다

    – 고은희「철학하는 강」

제목이 독특한 이 작품은 종장 "생각은/ 환한 유등 속에서/ 한껏 부풀다,/ 흐른다"에서 희극적인 모습의 일단을 보여주네요. 한껏 부풀다 흐르는 것은 비정규직의 몽상과도 같고요, '철학하는 강'이란 제목에서도 냉소적인 모습을 볼수 있군요. "깊이도 모른 채/ 건너가는 비정규직"들의 생각들이 모여 흘러가는「철학하는 강」은 서양철학에서도 동양철학에서도 느낄 수 없는 페이소스가 흐르고 있네요.

오늘 읽어본 시조들은 모두 불완전한 사회 시스템 속에서 살아가야 하는 생활인의 불안, 뿌리를 잃고 사는 서민들의 고통스러운 삶을 표현하고 있습니다. 이러한 내용들이 시조의 리듬과 구성에 잘 실려 있어 조화로운 균형을 이루고 있군요. 최영효 시인의「개살구」에서는 시어가 어울려 빚어내는 아름다움도 느낄 수 있네요. 무엇보다 시대의 아픔과 절망을 이만큼 승화된 시의 형태로 표현해 내는 현대시조의 역량이 믿음직합니다.

배면에 깔린 따뜻한 측은지심들과 그리고 투영된 대상인

나뭇가지, 개살구, 염소 등의 이미지가 부자연스럽지 않고, 종장의 운용에 있어서 모두 긴장미를 잃지 않고 있어 시조로서의 작품성도 지닌 것으로 읽었습니다.

이 시대에 시를 쓴다는 일도 "물살에/ 떴다, 가라앉았다, 쓸려가는 나뭇가지"와 같은 모습이거나 "칠삭둥이 개살구"의 일이거나 "아득한/ 수직 절벽"과 "한 몸"이 되는 일이거나 "반반한/ 수면을 믿고/ 온몸을/ 확, 맡길까" 의심하며 "깊이도 모른 채/ 건너가는 비정규직"과 같은 처지인지 모르겠습니다. 채플린이나 배삼룡이라면 현대의 시인을 어떻게 표현할까요. '인생은 가까이서 보면 비극이지만 멀리서 보면 희극'이라고 하지요. 좀 웃고 싶어서 어디 우스운 코미디 영화가 없나 찾아보기도 하지만 저의 삶 자체가 희극이라는 생각은 별로 해본 적이 없는 것 같아요. 오지 않을 것을 기다리는 것, 오고야 말 것을 피하려고만 하는 것……, 그런 슬픈 코미디 같은 나날을 살아가고 있으면서 말이지요.

준절 한 채찍 으로만
겨우 몸을 가눈다

장순하「구심」
최재남「호오이」
지성찬「雪夜」
함세린「봄비」

피아골에서 막 돌아왔습니다. 하산길은 비가 오락가락하여 미끄러운 너덜겅이었습니다. 발이 빠른 일행들을 모두 보내고 혼자 고개를 있는 대로 떨구고 엉거주춤 내려오고 있었던 모양입니다. 힘들어 보였던지 지나가던 등산객이 한마디 해주고 가시더군요.

"용기 내십시오. 너무 고개를 숙이지 마시고요."

"……."

'내가 그랬구나, 풋-' 하고 속으로는 웃음이 났지만 정말 용기를 내어 순간 고개를 들어 하늘을 보았습니다. 그런데 어느새 말끔하게 갠 푸른 하늘이 너무나 청명한 빛깔로 거기 있는 게 아니겠습니까. 네발로 기다가 마치 처음 고개를 들어보는 첫 인류와 같은 기분이었습니다. 한참 전에 읽었던 제이콥 브로노우스키의 『인간 등정의 발자취』를 다시 뒤적

여 봅니다.

오모(인류의 기원지 아프리카 에티오피아에 있는 강)와 같은 바싹
말라붙은 아프리카의 풍경 속에서 인류는 처음으로 땅에 발을
딛고 서게 되었다. (……) 사실 인간이 땅에 발을 딛고 직립하여
걷게 되었을 때 인간은 새로이 통합된 삶을, 사지를 종합하는 생
활을 영위하게 되었다.
(……) 그리하여 모든 동물은 존재의 흔적을 남기지만 오직 인
간만이 창조의 흔적을 남긴다. (김은국·김현숙 옮김, 바다출판사,
p.24, p.40)

그에 따르면 직립하면서부터 인간은 창조하게 되었고 지
금까지 눈부신 창조의 역사를 이어오고 있다는 것이었습니
다. 그래서 그런 건가요. 돌 지나 서고 걸으면서부터 다섯 달
이 지나 숟가락을 쓰고 그림책을 보고 부모의 말을 알아듣
고 대답하고 율동하고 의사 표현을 하는 외손녀 해인이의 놀
라운 성장 속도를 지금 보고 있기도 하네요. 중력이 계속 아
래로 당기니 할머니가 된 저의 피부와 위장이 처지고 있기는
하지만 저는 아직 걸을 만한 직립 인간이니까 해인이를 보
려고 샌프란시스코에 갔을 때 가본 빙하가 만들어놓은 계곡
요세미티공원의 거대하고 웅장한 나무들처럼 나이가 들어
가도 허리와 어깨를 펴고 고개를 들어야겠다는 생각을 합니
다. 하물며 비도 "수직으로 서서 죽는"(허만하 「프라하 일기」)

데 말입니다.

　지리산은 곳곳에 비경을 숨겨놓고 있었습니다. 비만 수
직으로 서서 죽는 것이 아니라 생장이 멈춘 나무들 역시 그
대로 서 있는 것을 지리산 고사목 숲에서 보았습니다. 고사
목 숲의 나무들은 고사한 후에도 이마에는 흐르는 구름을 이
고 등에는 빛과 바람을 지고 서 있습니다. 흰 구름 명주 수건
을 하늘로 올리고 옹이 많은 몸은 구불텅구불텅 굳은 채 빛
과 바람으로 추는 살풀이춤. 그 살풀이의 춤사위로 그들은
멈추어 있었습니다. 그러나 그곳은 정령들만이 가득히 살고
있는 곳이어서 아무리 거센 바람이 그 신비로운 흰 구름을
흩어놓아도 이미 죽은 나무들은 자연의 흔들림에 초연하더
군요. 살아 있는 것들은 아주 조그만 바람에도 몸을 가누지
못하고 흔들리는데 말이지요. 그러나 그 흔들림 속에서도
"준절한 채찍으로" 몸을 가누는 시조를 소개합니다.

　　나의 하루는
　　구심하는 팽이 꼭지

　　반경 안에서는
　　태풍이 휘몰아치고

　　준절한 채찍으로만
　　겨우 몸을 가눈다.

― 장순하「구심求心」

　지리산의 영봉들이 반경으로 둘러 "구심하는" 오도재에 외로운 학처럼 시인은 계셨습니다. 몇 해 전 문학기행으로 장순하 시인을 뵈러 지리산에 다녀오면서 얼마나 한 "채찍으로" 시인의 삶이 이어졌을까를 생각해 보았습니다. 그리고 이 시조가 참으로 느껍게 다가왔습니다. 채찍으로만 수직으로 서는 팽이의 모습을 보며 다지는 시인의 자기 다짐의 모습이 보일 듯합니다. 필시 "태풍이 휘몰아치"는 삶이었고 주어진 삶의 반경 안에서 하루하루 끊임없이 휘둘렀을 "준절한 채찍"입니다. 주저앉지 않고 몸을 가누어 꼿꼿이 바로 서기 위해서지요. 그리고 과연 저의 준절한 채찍은 무엇인지 생각해 보기도 하였습니다. 욕망을 위한 것이라면 시가 들어설 자리가 없을 것이고 욕망을 버리기 위한 것이라야 시가 들어설 자리가 있을 것이니 저의 채찍은 진정 욕망을 버리기 위한 채찍일 것을 소망해 봅니다. 시인의 채찍도 그런 채찍 아니었을까요.

　'창작은 실험이다'라고 하신 시인의 말씀이 큰 메아리로 와닿은 것도 그 말씀을 하셨을 적에 전해진 진정성 때문이 아닌가 생각되었습니다. 옛 그릇을 지키면서 새로움을 창조해 내는 것, 시조의 정형에 어떻게 현재의 나를 담을 것인가 하는 것이 모든 시조시인이 탐구하는 바일 것입니다.

저토록 너른 바다에
숨구멍 하나 없어

바닥 깊이 박힌 삶이
턱까지 차오르면

호오이
바늘구멍 같은
천지 다시 뚫는다
　– 최재남 「호오이 - 숨비소리」

　"저토록 너른 바다에／ 숨구멍 하나 없"군요. 숨비소리는
바다를 삶의 터전으로 살아가는 해녀들이 물질을 마치고 물
밖으로 올라와 참았던 숨을 내쉬는 소리이지만 해녀가 아니
었던 저의 어머니도 종종 숨비소리를 내셨습니다. 얼마나
"바닥 깊이 박힌 삶이"었으면, 얼마나 "턱까지 차오르"는 고
단함이었으면 그 너른 "천지 다시 뚫는" "바늘구멍 같은" 소
리를 내셨겠습니까. 그렇습니다. 그 바늘구멍 소리가 천지
를 다시 뚫습니다. 나도 모르게 나오는 그 소리를 내며 앞이
보이지 않는 길을 걸어갈 힘을 모아보는 것, 그것은 어머니
세대가 감당해야 했었던 어려움 속에서 터득한 삶의 한 방도
이기도 하였겠지요. 그러나 딸이 들을세라 은연중에 그것마
저도 참으셨을 어머니. 어머니, 그립습니다.

나무들이
은빛 고운 드레스를
입는다
밤을 맞이하는
가슴은 달아오르고
외딴집
작은 불빛이
금단추를 풀고 있다
　- 지성찬「雪夜」

　마음이 텅 빈 것같이 쓸쓸한 날이면 이렇게 어여쁜 시조를
읽어봅니다. 그러면 다시 어떤 정다움과 따뜻함이 저의 쓸
쓸한 마음 한구석을 위로하며 고요히 스며듭니다. 시들 중
에는 깨달음을 주는 시도 있고 놀라운 발견으로 나를 정신
차리게 해주는 시도 있으며 생각의 지평을 넓혀주는 훌륭한
시도 있지만 내게 정녕 위안을 주는 시, 나를 빙그레 웃게 하
는 시는 바로 이런 시들입니다.
　놀라운 구도의 시, 남다른 서사의 시, 어떤 깊은 사유의 시
들은 읽을 때도 그에 걸맞은 마음의 준비가 필요하여 쉽게
접근하기에는 거북하고 부담스러운 점이 있을 것이지마는
"나무들이/ 은빛 고운 드레스를/ 입"고 "외딴집/ 작은 불빛
이/ 금단추를 풀고 있"고 "밤을 맞이하는/ 가슴은 달아오르"

는 이런 어여쁨을 가진 시는 들꽃을 안듯이 안아주고 싶어집니다. 김광균은 같은 제목의 시「雪夜」에서 "머언 곳에 여인의 옷 벗는 소리"로 눈 오는 소리를 표현했지만 시인은 나뭇가지에 눈이 쌓인 모습을 나무들이 은빛 고운 드레스를 "입는다"고 했군요.

봄비가 밤늦도록 처마 밑에 칭얼대고

바람은 소리 낮춰 창문을 두드리고

아득히 멀리 있어도 네 숨결을 보노라.
    - 함세린「봄비」

지성찬 시인의 작품「雪夜」와 함세린 시인의「봄비」는 모두 정갈함과 단정한 품격을 가진 시조입니다.「雪夜」가 현대적 느낌이라면「봄비」는 그 정취가 고전적 느낌이 있군요. 서로 다른 행 나눔의 표기법에서도 그렇지만 아마도 종장 마지막 구의 어미 '-노라'도 기인한 것 같고요. 지금은 잘 쓰이지 않는 이러한 영탄의 어미도 이 작품의 경우에서는 어울리게 잘 앉아 있지요. "봄비"가 "칭얼대"는 소리, "바람"이 "창문을 두드리"는 소리도 "네 숨결"인 듯 느끼는 애틋한 마음이 삼가는 듯 점잖게 드러나 있군요. 이 두 작품은 모두 자연과 하나가 된 아름다운 교감으로 이루어져 있어 서정시의 참맛을 느끼게 해주고 있습니다.

　사람의 삶이 참된 아름다움을 찾아가는 과정이라고 한다면 특히 시를 쓰는 일이 그렇습니다. 고려 이규보의 「논시論詩」에서 갈파했듯 허세와 과장, 가식을 벗어야 한다는 것은 예나 지금이나 변함이 없습니다. 그리고 그것은 앞으로도 변함이 없을 겁니다. 바로 보고 진솔하고 참되게 드러내고 거기서 뜻을 얻는 것이야말로 시를 쓰는 첫걸음이자 마지막 걸음입니다.

없는 듯 은빛 나룻배 한 척
푸른 해협 건너가네

명작에는 '기운생동氣韻生動'하는 것이 있어야 한다고 했습니다. '천지 만물이 지니는 생생한 느낌을 기교는 남기지 않으며 비속하지 않은 품격으로 표현하는 것'이라는 설명이 있군요. 오래전《현대시학》에 연재한 글들을 한데 모은 정민 지음『한시 미학 산책』(휴머니스트, 2010)의 첫 번째 이야기도 이 기운생동에 대한 것이었습니다. 그 첫 이야기「허공 속으로 난 길」중에 '살아 영동하는 운치'를 '생취' 또는 '생의'라 하고 "생취나 생의가 없는 시는 결코 독자의 마음을 사로잡을 수 없다"(p.18)라고 하였고요. 송나라의 평론가 엄우의 글을 빌려 시인이 지녀야 할 미덕을 '흥취'에서 찾는다고 하였으며 그 흥취는 곧 '생취'라고 하였습니다. 그리고 독자는 "행간에 감춰진 함축, 단어와 단어가 만나 부딪치는 순간순간의 스파크, 그런 충전된 에너지 속에서 살아 숨 쉬는 생취를 읽을 수 있어야 한다"(p.23)라고 하였군요.

편백이 하늘에 그린, 지도에도 없는 해협

멧새 몇이 오면가면 날갯짓해 훔쳐쌓더니

없는 듯
은빛 나룻배 한 척

푸른 해협 건너가네.
— 송선영 「숲길 산책 – 축령산에서」

편백나무 숲에 가본 적이 있으시겠지요. 식물이 분비하는
살균 물질인 피톤치드를 많이 내뿜는 편백나무입니다. 편백
나무 숲이 더욱 시원하고 상큼한 향을 내뿜는 것은 이 피톤
치드 때문이라고 하네요. 이것이 심신을 맑게 해준다고 하
니 편백나무 숲길을 산책하는 시인의 시에 이토록 맑은 기운
이 흐르는 것이겠지요.

미국에서 본 거대한 협곡과 웅장한 나무들은 대륙을 닮아
그 크기가 엄청나게 컸고요, 독일 시골 지방에서 본 정돈된
숲은 나무와 나무의 간격이 너무나 일정해서 마치 규율사회
의 모습을 보는 듯했고, 일본 오키나와의 오래된 숲은 정령
이라도 있는 듯 그 깊고 짙은 녹음이 부드럽게 살아 움직이

는 듯했지요. 사키하마 신의 단편소설 「숲」에서 읽은 숲도 죽은 이들이 살아 나오고 살다가 다시 숲으로 들어가 사라진다는 그 설정이 오키나와의 숲이 가지고 있는 음침한 기운을 한껏 어둡게 드러내고 있었습니다. 또한 밤하늘 대기가 유선형으로 굽이치고, 살아 있는 별들이 둥글게 돌고 있는 고흐의 그림 〈별이 빛나는 밤〉, 그 속에 서 있는 불꽃의 사이프러스나무도 신령한 기운을 갖고 있지요. 이처럼 서로 다른 환경에서 자연이 주는 느낌은 다른데요, 이 시조에 나타난 우리나라 숲의 정경은 무척 선명한 빛깔로 정갈하게 빛나는군요. 여기서는 이승과 저승의 경계조차도 눈부신 은빛으로 드러나고 있습니다.

편백나무 숲의 경계를 따라 하늘에는 해협이 생겼군요. 하늘과 바다가 이렇게 만나 하늘은 그대로 바다가 되고 바다는 하늘이 되었습니다. 날것의 선명하고 눈부신 그림이 보이네요. 맑고 깨끗한 그 해협을 행여나 티끌 있을세라 "멧새 몇이 오면가면 날갯짓"으로 더욱 깨끗이 닦아놓았군요. 그곳을 마침 건너가는 "은빛 나룻배 한 척"은 푸르디푸른 하늘에 흐르는 흰 구름 한 덩이일 텐데 기선이나 범선보다는 나룻배가 어울리네요. 예로부터 배는 이 세상과 저세상을 연결해 주는 것이기도 하고요. 그런 영물로는 또 서양에는 백조가, 우리나라에는 북녘을 보고 앉은 솟대의 오리나 기러기가 있지요. 시인의 뇌리에도 잠시 이런 느낌이 스쳤던 걸까요. "없는 듯"과 "은빛"이 더욱 눈부시게 환하고 고요한 풍경을 강조해

주고 있고 특히 종장의 "없는 듯"이란 첫 음보가 시인의 이러한 이저승 간 시간의 경계를 넘나드는 시선을 느끼게 해줌과 동시에 이 시조에 정적을 얹어주고 있습니다. 깔끔하게 다듬은 언어의 아름다움과 언어 너머에 있는 시인의 정신의 그림자까지 맑게 비쳐 보이는 그 시선이 간결하고 투명하군요.

그러나 어느새 우리가 너무 멀리 와버린 걸까요. 많은 것을 얻은 만큼 잃어버리고 사는 오늘입니다. 미세먼지가 기승을 부리던 지난 3, 4월 어느 날의 측정에서는 인도의 뉴델리 다음으로 세계에서 두 번째로 공기가 나쁜 곳이 서울이라는 보도를 보았습니다. 사람은 자연과 닮는다는데 저도 많이 혼탁해진 것 같습니다. 날이 갈수록 생취를 잃어가고 있는 우리나라 나무님들에게 좀 더 힘내시라고 부탁드리고 싶습니다.

오남매 가슴에 품고 주린 배 채워주시던

우리 어매 돌아가셔도 착한 밥 되셨는지

함박눈 봉긋이 담고 선영에 누워 계시네.
— 손증호 「고봉밥」

저의 집 식탁 옆에는 작은 세밀화 한 점이 걸려 있습니다. 작은딸 은수가 엄마 보라고 가져온 그림입니다. 그냥 백지

한가운데에 이불 한 채가 단정하게 개켜져 있습니다. 하얀 홑청으로 감싼 그 이불은 그 옛날 제가 어릴 때 쓰던 우리 이불, 커다란 붉은 목단 꽃송이와 수선화가 어우러져 그려져 있는 초록 양단 이불인데요, 개켜놓은 그 이불 사이에 아버지와 아이를 기다리는 큰 밥그릇과 작은 밥그릇이 쏘옥 들어가 있습니다. 나란히 보이는 반짝반짝 닦인 두 개의 유기 밥그릇은 늦도록 오지 않은 식구를 기다리는 어머니처럼 앉아 있습니다. 보온밥통이 없던 시절 저의 어머니도 뜨거운 밥을 퍼서 두꺼운 목화솜 이불 속에 넣어놓곤 하셨는데요.

정진규 시인의 시를 좋아해서 시인의 모든 시집을 모으고 이런 시들을 자꾸 읽던 때가 있었습니다.

> (……) 우리나란 아직도 밥이다 밥을 먹는 게 살아가는 일의 모두, 조금 슬프다 돌아가신 나의 어머니, 어머니께서도 길 떠난 나를 위해 돌아오지 않는 나를 위해 언제나 한 그릇 나의 밥을 나의 밥그릇을 채워 놓고 계셨다 기다리셨다 저승에서도 그렇게 하고 계실 것이다 (……) (정진규 「밥 시·1」, 『별들의 바탕은 어둠이 마땅하다』, 문학세계사, 1990)

그리고 이 시에 덧붙인 시인의 짧지만 유려한 아래 시론은 저에게 보이지 않는 시법을 보이도록 해준 완벽하고 감동적인 내용이기도 하였습니다.

이러한 내 어머니의 밥은 그냥 밥이 아니라 그것도 고봉밥이었다. 한 그릇 다 채우고도 모자라 그 위에 봉우리 하나를 더 얹은 넘치는 충만 그것이었다. 당신의 기다림과 사랑을 이렇게 실물화 하셨던 어머니의 그 고봉밥에서 나는 두 가지의 시법을 터득했다. 그 하나는 시가 아무리 결핍과 상처와 혹은 갈등과 절망을 그 인식의 바탕으로 한다 할지라도 그 궁극은 충만과 화해, 저 어머니의 고봉밥과 같은 사랑의 양식樣式이라는 본질적인 자각이었으며, 다른 하나는 역시 저 어머니의 고봉밥처럼 시란 보이지 않는 것을 보이게 하는, 안과 밖이 하나의 몸으로 다시 태어나게 해야 하는 가장 적극적인 사랑의 실체화라는 깊은 깨달음이었다. (『정진규 짧은 시론 – 질문과 과녁』, 동학사, 2003, p.121)

접시꽃 꽃접시로
식탁을 차려볼까

조물조물 유월 담아
그리움도 가지런히

조각보
청보리밭 질러
달려오는
한 아이
   – 김임순「접시꽃」

유난스럽지 않은 은근한 사랑과 싱그러움이 있는 시조입니다. 접시꽃이 피는 6월은 그 접시를 풍성하게 채울 수 있는 갖은 나물이 많이 나오는 계절이며 청보리밭의 계절이군요. "조물조물"은 나물을 무치는 것을 나타내는 우리말의 예쁜 의태어인데요, 언젠가 듣기로 이 나물 무침은 다른 나라에서는 찾아보기 어려운 한국의 조리법이라고 하더군요. 우리네 밥상 위에는 이 나물 무침을 담은 접시가 한두 가지 꼭 올라오지요. 일반적으로 동서양을 막론하고 접시는 꽃무늬가 프린트된 것이 주류인데 그중에서도 이러한 정성이 가득한 정갈한 나물 무침에는 접시꽃 꽃접시가 최고일 것 같네요.

종장에서는 가지런히 정성스럽게 차린 식탁 위에 덮은 조각보, 그 초록빛의 조각보 위에 "청보리밭"이 펼쳐졌습니다. 아이는 그 밭을 "질러/ 달려오"고 있고요. 그러나 "그리움도 가지런히"라고 했으니 기다리는 그 아이는 정작 달려올 수는 없는 아이거나 아주 오랜만에 집으로 오는 아이겠지요. 접시꽃을 보며 아이를 그리워하는 어머니의 그리움이 담뿍 담겨 있는 정갈한 소품입니다.

워쩐다?
꽃샘바람에 이쁜 꽃 다 져뿌리것네

꽃져야 열매 보제 늘 그날이면 뭐하누

허기사, 사람도 그렇제

두런두런 봄길 걷는다
- 노영임 「봄길 위에서」

  세상에 꽃 피는 것, 과실이 열리는 것, 바다에서 고래 헤엄
치는 것, 물가에서 희고 긴 학이 물을 먹는 것, 밤하늘의 숨
막힐 듯한 수많은 별, 빛과 어둠, 우리가 평생 살아가며 숨을
쉬는 일, 가슴 뛰는 인연을 만나는 일……. 참으로 신비롭습
니다.
  장호원 복숭아밭은 축제의 마당이었습니다. 밭의 초입부
터 무겁게 늘어진 복숭아 나뭇가지가 앞을 가려 나아가기가
힘들었습니다. 촘촘히 잎사귀 사이에 매달려 무르익은 수밀
도 사이로 벌과 날것들이 붕붕거리고요, 즙 많은 달콤한 향
기는 온통 사방에 흘러넘쳐서 마치 르네상스시대에 그려진
여신들의 누드화처럼 눈앞에 가득하였습니다. 무르익은 열
매들이 꽃보다 실한 향기를 풍기고 있는 그 복숭아밭에는 봄
의 무릉도원을 넘은 묵직한 감동도 함께 있었음을 말하지 않
을 수 없군요. 꽃샘바람이 있었음을 고마워해야 할까요. 사
람도 마찬가지군요.
  이 시조는 두 사람의 대화가 사투리로 이루어지고 있습니
다. 어떤 상황의 현장감을 살리고자 할 때의 사투리는 더욱

그 효과를 크게 드러내 주기도 하지요.

　정진규 시론에서처럼 "결핍과 상처와 혹은 갈등과 절망을
그 인식의 바탕으로" 시는 이루어집니다. 행복했던 기억도
많이 있지만 그것이 시가 되는 일은 극히 드문 일이더군요.
시가 스스로, 혹은 누군가를 위로하고 치유하며 '궁극의 충
만과 화해'의 삶을 살아내게 할 수 있다면 꽃이 지는 아픔과
열매를 맺는 성숙함이 함께해야 할 것임을 다시 생각하게 되
는 아침입니다.

아직도 남은 목숨이
한천에도 식지 않네

이용상「홍시를 보며」
배우식「산단풍」
김준「가을동학사」
홍사성「기특한일」

내 몸도
내 맘대로
이끌지 못하는 날

살아온 정열보다
죗값이
더
무거워

아직도
남은 목숨이
한천에도
식지 않네.

산티아고에 가고 싶습니다. 아무런 목적이 없어도 그냥 묵묵히 걸으면서 내가 지금, 여기, '걷고 있다는' 삶의 환희를 느껴보고 싶습니다. 노란 조가비의 이정표를 따라 발이 까지고 물집이 잡히고 터지고 무릎이 주저앉도록 가면, 성 야고보의 무덤에 이르겠지요. 800킬로미터는 그렇게 닿을 수 있는 거리겠지만 그러나 평생을 가서야 이를 '나의 길'을 우리 모두 가고 있습니다. 그렇게 가다 보면 어느덧 내 맘도 내 맘대로 이끌지 못하는 질풍노도의 젊은 날이 가고 "내 몸도/ 내 맘대로/ 이끌지 못하는 날"이 옵니다. 몸과 맘의 부조화 속에 우리는 살아가는군요. 사람은 왜 이렇게 불완전한 존재인지요.

그러나 사람으로 살아가기 위해 우리는 "한천에도/ 식지 않"는 목숨이 있는 동안은 목숨을 불태울 것이고 또 그렇게 나아가는 가능성을 가지고 있다는 것에 위로를 얻습니다. 그러면 "한천에도/ 식지 않"는 목숨일 수 있는 까닭은 무엇입니까? 그것은 바로 "살아온 정열보다/ 죗값이/ 더/ 무거"운 탓이라고 했습니다. 이런 아이러니라니요. 알게 모르게 내가 행한 그런 죗값의 무거움으로 한 걸음 한 걸음 순례의 길을 가야겠다는 다짐을 합니다. 이 다짐을 잊지 않는다면 가리비와 화살표가 새겨진 이정표를 찾을 수는 있을 겁니다. "남은 목숨"이 다하는 날까지 이 세상에 다른 동물이나

식물이 아닌 사람으로 태어난 죗값에 감사하며 "한천에도/
식지 않"는 더운 "목숨"이 있는 동안은 길 위에 서겠습니다.
　이용상 시인의 이 시조는 제가 읽은 홍시나 까치밥 등을
소재로 한 시조 중에서 가장 개성적인 작품이었습니다.

　　바람 불면 한 잎의 시,
　　새 울어도 또 한 잎의 시.

　　내 몸의 푸른 시구,
　　단풍드는 늦은 가을.

　　허공에 울음 터뜨리며
　　천 잎 파지 날린다.
　　　- 배우식 「산단풍」

　"바람 불면 한 잎의 시,/ 새 울어도 또 한 잎의 시." 그처럼
자연은 언제나 시를 노래하지만 아무리 해도 평생 한 번의
바람, 한 번의 새 울음을 그려내지 못하는 '시'도 있습니다.
시는 변덕쟁이 애인과 같아서 사흘만 소홀히 하면 토라져서
가버린다고 하니 "내 몸의 푸른 시구,/ 단풍" 들도록 삭이고
익혀서 앉으면 "바람 불면 한 잎의 시,/ 새 울어도 또 한 잎의
시"가 나올까요.
　산고를 견디고 드디어 "허공에 울음 터뜨리며" 태어나는

것은 옥 같은 새 생명이 아닌 "천 잎 파지"이군요. 그러나 한 해의 마지막에 서서 천 잎의 파지를 날리고 선 "산단풍"은 얼마나 놀라운지요. 아마 천 알의 과실을 주렁주렁 달고 서 있다면 오히려 실망할 일입니다. 시는 이렇게 "울음 터뜨리며/천 잎 파지"를 "날리"는 일입니다. 목적이 없으나 목적이 없는 그것이 목적인 그 당당한 허무함이 전율이 일도록 아름다운 종장입니다.

동학사 이르러서
갑사로 넘으려다

노오란 은행잎이
어찌나 날리는지

앞길을 막고 있어서
가다 서다 하였다.
- 김준 「가을동학사」

동학사에서 갑사로 넘어가는 길에는 은행나무가 많습니다. 은행나무가 얼마나 많고, 가을에는 그 은행나무가 "노오란 은행잎"을 얼마나 날리는지 이 시조를 읽으며 실감합니다. 흔히 한겨울 모진 눈보라가 휘몰아칠 때 앞길을 막아 나아가지 못한다고 하는데요, 수만 마디의 말보다 "앞길을 막고 있어서/ 가다 서다 하였다"는 단 한 장의 종장이 은행잎이 마구 날리는 가을 동학사의 모습을 단번에 보여주고 있습니다. 벅찬 정경을 담담하게 갈무리한 모습이 편안하게 드러나 있는 시조입니다.

시조에서 너무 많은 것을 얘기하고 보여주려고 하는 것은 시조의 정형에 어울리지 않는 경우가 많습니다. 시조의 정형은 흔히 말하는 함축과 여백을 그 특장으로 하니까요. 더구나 시조의 수가 길어지면 각 수가 가지는 완결성의 요구가 있느니만큼 유기적 관계를 이어가기도 쉽지 않아지고요. 인생의 한 단면을 보여준다는 단편소설처럼 시조 역시 한 단면을 인상적으로, 개성 있게 보여주는 데에 알맞은, 매우 경제적인 시의 형태라 생각됩니다. 좋은 작품을 쓰는 것은 오랜 수련을 요하는 일이지만 시조 중에도 단시조를 쓸 것이냐, 연시조를 쓸 것이냐, 사설시조를 쓸 것이냐는 시인의 스타일과도 불가분의 관계를 갖습니다.

어제는
구름이 조금 끼었을 뿐이다

오늘은
바람이 조금 불었을 뿐이다

내일은

기온만 조금 더 떨어질 것이라 한다

    – 홍사성「기특한 일」

  잘 지내시지요. 저도 잘 지내고 있습니다. "어제는/ 구름이 조금 끼었을 뿐이"고 "오늘은/ 바람이 조금 불었을 뿐이"고 "내일은/ 기온만 조금 더 떨어질 것이라"고 하는 평범하고 조용한 나날을 무사히 가고 있습니다. 어제 꽃이 만발했는데 오늘 눈보라가 치고 내일 불볕더위가 올 거라고 한다면 이리 잘 지낼 수 있겠는지요. 요절한 사람들이 그렇듯이 불안정한 삶으로 인해 망가지고 말았을 겁니다. 그러나 저는 요절할 나이는 이미 한참 지났으므로 다만 이 삶의 길을 나름대로 무사히 완주하고픈 소망만을 갖고 있습니다. 세상은 요절한 천재를 그 화제성으로 더 열심히 기억하지만 열정을 잃지 않고 평생 '나의 길'을 완주해 낸 사람들이 사실은 더 위대한 영웅입니다.

  김홍도의 스승 강세황은 그의 나이 칠십에 인생의 가장 뛰어난 역작을 만들어냈다고 하고요, 또 19세기 대표적 오페라 작곡가인 베르디는 그 시대의 기준으로는 매우 장수한 노년에 이르도록 긴 생애를 통해 오페라에 대한 사랑과 창작의 열정을 부단히 불태운 것으로 더욱 칭송되어야 한다는 말을 들었던 생각이 나네요.

  빅뱅으로 태어난, 상상도 불허하는 크기의 우주 그 한 귀퉁이에 있는 태양계, 그 태양계 속의 조그마한 지구, 그리고

나. 불가사의라고 하면 세계 7대 불가사의 같은 것이 있다고 하지만 이 큰 우주의 운행이 이렇듯 질서 있게 반복되고 있는 이러한 "기특한 일"이 바로 불가사의가 아니겠는지요.

가을로 들어가는 저녁 무렵, 고요한 가운데 삶을 이슥히 살아내고 계신 한 시인이 계십니다. 역동적인 삶을 살았든, 아니면 그런대로 잔잔한 삶을 살았든 지금은 조금 느슨하게 걸으면서 관조하고 있는 선생님의 모습입니다. 그러고 보니 장마다 "조금"이란 시어가 거푸 쓰여 리듬을 만들고 있네요. "어제는/ 구름이 조금 끼"고 "오늘은/ 바람이 조금 불"고 "내일은/ 기온만 조금 더 떨어질 것"이라는 우주의 운행은 가을로 들어가는 시인의 보폭을 연상하게 하는군요.

시인은 자연 안에서 삶의 비의를 찾고 철인은 그 안에서 진리를 궁구하는데 그 모든 삶의 비의와 진리를 품고 채근하거나 동동거리지 않으며 넉넉하고도 무심한 눈빛으로 가고 있는 하루하루에 감사합니다.

한 고고학 선생님께서 원시시대의 무덤 자리에서 진달래꽃 한 다발의 DNA를 발굴한 보고가 있었다고 하시더군요. "천 잎 파지 날리"는 쓸쓸한 환희, 행복한 고통은 인간이 무덤 앞에 진달래꽃을 바치던 원시의 그 순간부터 시작되어 왔습니다. 인간에게서 영혼이란 것이 발견된 이래, '허무함', '그리움'이란 것들이 그 아득한 시작부터 자리 잡게 되면서 노래가 함께했습니다.

모차르트 오페라 〈피가로의 결혼〉에 「저녁 산들바람이 부드럽게」라는 여성 2중창의 아리아가 있습니다. 〈쇼생크 탈출〉이라는 영화의 후반부 장면에 현실과 극명한 대비를 이루면서 이 아리아가 감옥의 마당에 울려 퍼지는데요. 오페라 속에서 듣는 아리아보다 훨씬 더 감동적으로 들렸던 기억이 납니다. '꿈꿀 수도 없는 높은 곳에서 새들이 날아가는 것 같은 말로 표현할 수 없는 아름다움'이라고 했던가요. 18세기 오페라 아리아가 세기를 뛰어넘은 어두운 현실 속에서 더욱 감명 깊게 연출되었듯이 그것이 홍시 한 알이든 늦가을의 산단풍이든 인간의 노래 속으로 들어온 자연 또한 이렇듯 그 아름다움이 증폭됩니다.

3부

일흔을 넘기고 난 지금
꽃 질까 두려워

일흔을 넘기고 난 지금
꽃 질까 두려워

백이운 「사막의 달」
조영일 「불면」
문무학 「불경기」
김종렬 「산중국화」

두 가지의 사막이 있습니다. 하나는 자연의 사막이요, 다른 하나는 마치 사막을 연상케 하는 삭막한 도시 문명이 만들어놓은 사막입니다.

이십여 년 전 타클라마칸사막에 다녀오고 지난 9월 우즈베키스탄에 있는 아이다르사막에 다녀왔습니다. 타클라마칸사막에 갔을 때는 보름이었습니다. 열차를 타고 밤새 사막을 횡단하며 본 보름달은 더할 수 없이 밝고 크고 환하게 정적의 세상을 온통 금빛으로 찬란하게 비추고 있었습니다. 인디언의 이야기에 보름달이 뜨면 바닷가로 몰려와 혼인 춤을 추는 환희에 찬 물고기들이 있다고 하지요. 정말 물고기들의 춤이 보일 것 같은 달밤이었습니다. 파가니니를 연주하던 열두 살의 신동이 이제는 차세대를 이끄는 유수의 바이올리니스트가 되었지요. 누가 바이올린이고 누가 사람인지

한 몸이 되어 연주하던 사라 장의 그 풍부하고 관능적이기까지 한 화려한 연주가 그려지기도 했습니다.

지난 9월, 아이다르사막에 뜬 달은 초승달이었습니다. 만월이 봄의 달이며 금빛이라면 사막의 초승달은 파르스름한 빛, 그 푸른 기운이 깨끗하고 차고 선명하고 날카로운 가을의 달이었습니다. 만월이 넘치는 에너지를 내뿜는 달이라면 초승달은 섬세한 감성의 선을 가진 절제의 달이었습니다. 만월은 밤새 우리와 함께 달렸습니다만 초승달은 잠시 모습을 보였던 것 같군요. 하는 양이 새침한 그 생김새와 어찌 그리 닮았는지요. 도시의 빌딩들과 불빛들 너머, 스모그와 미세먼지의 장막 너머에 있는 사막의 달은 이처럼 영롱한 자태를 갖고 있었습니다.

내 귀가 문드러져

내 입이 문드러져

내 살이 문드러져

내 뼈가 문드러져

화약 문 내 피가 문드러져

검은 비에 젖고 있네
　　－ 백이운 「사막의 달」

　그러나 백이운 시인이 그리고 있는 "사막의 달"은 어떤지
요? "귀", "입", "살", "뼈", "피"가 다 문드러져 있군요. 밖에서
안으로 들어가며 모두 문드러져 "검은 비에 젖고 있"는 모습
입니다. 왜 이렇게 참혹한가요?

　닐 암스트롱이 달에 첫발자국을 디뎠을 때 '이제 계수나
무에 옥토끼가 살던 달의 신비는 다 사라졌다'느니, '드디어
인류가 달을 정복했다'느니 연일 걱정 아닌 걱정이며 과장
을 했지요. 그러나 지금은 영화나 오락에서 빌런이 된 인간
이 초능력을 가진 동물이 되거나 곤충이 되거나 기계가 되거
나 하여 지구와 우주를 파괴하는 모습을 아무렇지 않게 보게
되었고요, 인터넷과 더불어 빅브라더와 같은 CCTV의 포로
가 되어 물 샐 틈 없는 감독 속에서 살아가고 있는 현대사회
입니다. 핵을 비롯한 모든 전쟁 무기 같은 것들, 지구를 위태
롭게 하는 모든 환경은 예전의 인류가 보았으면 경악했을 만
한데요, 우리는 이제 그러한 일상을 큰 자각 없이 살아가고
있군요.

　지구의 생명체들 혹은 우주의 다른 생명체들이 어떤 지성
과 상상력과 창의력을 갖고 있는지 아직 다 밝혀지진 않았지
만 지금까지는 인간이 지성과 상상력을 가진 만물의 영장인
데 시인은 왜 이 고도의 문명사회를 황막한 사막으로 표현하

는지요? 어디서건 밤하늘의 달은 문드러지지 않겠지만 시인의 마음에 떠오르는 달은 이렇듯 그 얼굴과 온몸이 다 문드러져 있습니다. 그 달은 그믐달인가요? 아니, 아닐 것 같네요. 우중충한 매연의 검은 비에 흉측하게 일그러져 보이는 보름달이 맞겠네요. 그래야 더 기괴한 모양이 됩니다. 마치 방부제 속에 둥둥 떠 있는 상어와 소, 혹은 다이아몬드를 박은 두개골을 만든 데미안 허스트의 작품을 보듯 충격적입니다. 해골은 낱낱이 파괴된 죽은 자연, 다이아몬드는 그 파괴된 자연 위에 세운 거대한 도시의 불빛들인가요. 깜깜한 밤에 홀로 불이 빼곡히 켜진 신도시의 아파트를 지나오며 문득 그 다이아몬드 해골이 떠올라 소름 돋은 적이 있습니다만. 아니면 죽음 뒤에까지 세습되는 인간의 탐욕, 그런 것일 수도 있겠네요. 다양한 해석이 가능한 것이 예술이니까요.

"문드러져"가 여러 번 반복되었습니다. 반복은 주제를 명확하게 해주는 효과가 있고요, 단순하게 거듭되는 율격으로 인해 여기서는 화약을 물고 있는 지구상의 끊임없는 전쟁, 혹은 화약을 물고 있는 것과 같은 재앙으로서의 문명을 경고하는 주술적 느낌까지 있군요. 그로 인해 공포와 음산함이 주는 그로테스크한 기분이 더욱 강조되고 있습니다.

    눈 감고 뜨는 사이 꽃이 피고 진다

    일흔을 넘기고 난 지금 꽃 질까 두려워

한숨도 잠 못 이루고 뜬 눈으로 새운다

– 조영일 「불면不眠」

　시인에게는 이런 불면의 밤도 있습니다. 진정 '고아高雅하다'는 말이 어울립니다. 저도 수면제를 먹고 잠드는 날이 많아 불면의 괴로움을 좀 알기는 하는데요. 고통이 아닌, 마음이 이처럼 넉넉해지고 높아지고 부드러워지는 불면이라니요. 현대시조에는 고시조가 가지는 '멋'이란 것이 늘 부족하다고 여기고 있었는데 이 시조, 정말 멋이 넘치는군요.

　사막을 다녀와서 주해를 곁들인 『장자』 내편을 다시 읽기 시작했습니다. 첫머리에 곧바로 '곤'과 바람이 두껍게 쌓여야만 날아가는 것을 도모하는 '붕새'의 이야기가 있고요. 제2편 「제물론齊物論」의 마지막에는 그 유명한 '나비의 꿈' 이야기가 있네요. 참 놀라운 붕새와 나비의 대비입니다. 그런 대비, 그리고 그 제물론의 앞부분에 나오는 '한가하고 너그러운 대지大知' 그리고 '대언大言'의 분위기가 이 시조에도 서려 있습니다.

　"눈 감고 뜨는 사이 꽃이 피고 지"듯이 빠른 세월입니다. 여기에서 "꽃"을 인간사의 비유로 읽는 분도 계시겠지마는 저는 그냥 마당에 핀 한 떨기 꽃으로 읽습니다. 마치 붕새와 나비의 대비와도 같은, 일흔을 넘긴 한 시인과 어느 곳에 피어나는 한순간의 꽃, 그편이 훨씬 더 가슴 떨리기 때문입니

161

다. "눈 감고 뜨는 사이"에 "일흔을 넘기고 난 지금 꽃 질까 두려워"하는 그 마음이 저의 마음도 두렵게 합니다. 일흔은 '마음이 하는 바를 좇아도 도에 어긋남이 없다는 종심지년從心之年'인지라 과연 이 시조에서 느끼는 것도 대상과 하나 된 마음의 여유네요. 이토록 빠른 세월에의 두려움을 말하고 있는 노래에서 저는 참 가슴 아린 여유를 느끼는군요. 서정이 보여줄 수 있는 위엄이 있다면 바로 이것 아니겠는지요.

삼계탕 집 주인 양梁씨
점심시간에 세차한다

그 참,
삼계탕 끓여야 할 그 시간에

아, 그래
세차가 아니다
세심洗心이 맞겠다.
　- 문무학 「불경기」

이 시조의 핵심어는 "세심"입니다. 살면서 끊임없이 닦아야 할 것은 마음이라고 합니다. 불경기에 있든지 호경기에 있든지, 재물이 있건 없건, 재주가 있건 없건, 학식이 높건 낮건 마음을 닦으며 살지 않으면 괴물이나 짐승이 되어버릴 겁니다. 제가 일을 하는 것, 음악을 듣고 책을 읽고 차를 마시고 시를 쓰는 일, 기도하는 일, 여행을 가는 일, 그 많은 일들의 밑바탕에 있는 것도 바로 이 "세심"이겠지요. 특히 손녀를 볼 때는 제가 가진 가장 깨끗한 눈으로 그 아이의 맑고 푸른 눈을 보려고 합니다.

사막에서 1달러를 구걸하던 어린 집시 소녀의 눈빛도 더 없이 맑았습니다. 머무는 그 이튿날 같은 자리에서 또 마주친 약간은 멋쩍어하던 눈빛도 그랬습니다. 그러나 아침에 눈을 뜨면 엄마와 어린 동생과 같이 길바닥에 나가서 낯선 사람에게 손을 내밀고 밤이면 들어와 고꾸라져 자는 그 일을 끝없이 되풀이하는 날들 속에서 어린 소녀가 그 눈빛을 잃지 않고 크려면 얼마나 많이 울어야 하며 얼마나 많이 마음을 추스르고 닦아야 할까요. 『장자』를 몇 번이나 읽어야 할까요.

몇 수레의 책으로 이야기해도 다 못 할 이 "세심"을 시인은 이렇게 단시조 안에 쉽게 툭, 던져놓고 있군요. 삼계탕 끓여야 할 점심시간에 세차하는 그 상황이 놀라울 만큼 잘 들어맞아서 고개를 끄덕이는 웃음이 지어집니다. 문무학 시인은 이처럼 어려운 것을 쉽게, 그러나 날카롭게 독자에게 깨우쳐 주는 특별하고도 빛나는 개성의 시인입니다.

'없다'는 가볍다/ 비었기 때문이다// 무거울 것 천지에 없을 것 같지만// 가진 것/ 정말 없을 땐/ 온몸이 다 무겁다. (「없다」)

내쳐서 삼천리를 다 못 가고 마는 땅// ·······················// 가
다가 뚝 끊긴 길 끝에 이념만이 선명한 (「중장을 쓰지 못한 시조, 반
도는」)

이러한, 가슴을 뭉클하게 하는 위트와 차분한 실험의식,
촌철살인의 기지가 시인의 모든 시조에 가득합니다.

누가 이 능선에
한 줌 뼈를 고했나보다

봉분도 비문도 없이
동그마니 국화 한 다발

무심결 바람 한 줄이
경전처럼 읽힌다
- 김종렬 「산중국화」

가을은 국화의 계절이지요. 이른 봄엔 차갑고 매운 향기
의 매화, 그리고 곧이어 환희를 터뜨리는 복사꽃 진달래 벚
꽃 장미 모란 작약, 여름엔 수국 연꽃 그리고 불같은 열정의
칸나 해바라기 백일홍, 가을엔 아련한 쑥부쟁이 구절초 코
스모스 국화입니다. 계절과 참 잘 어울리는 꽃들인 것이 자

연의 신비이네요. "인제는 돌아와 거울 앞에 선/ 내 누님같이 생긴 꽃이여"(서정주 「국화 옆에서」)라고 노래한 국화는 아무래도 송이가 좀 큰 국화를 떠올리게 되는데 위의 시조에서 보이는 국화는 높은 하늘 아래 연보랏빛이 사무치는 자잘한 들국화지요.

다큐멘터리 〈한국전쟁 중 민간인 학살 생존자 증언 - 불갑산 인근〉에는 "요것이나 살려주면, 요것이나 살려주면"이라는 구절이 나옵니다. 어른은 두고라도 이 어린것이나 살려주었으면…… 하고 바라는 마음이 애타게 묻어 있는 구절입니다. 그 기록과 함께 불갑산 산골짜기에서 찍힌 빛바랜 흑백사진. 다 삭은 고무신 안의 흙에 피어 있던 크고 작은 두 송이의 상여꽃—꽃과 잎이 만나지 못하는 상사화가 피어 있던, 가슴 아팠던 사진 한 장. 그렇습니다. 우리의 강산에 피어 있는 애틋한 꽃은 모두 그런 사연들을 갖고 있기에 "무심결 바람 한 줄이/ 경전처럼 읽히"기도 하는 까닭입니다.

가을이 깊어가고 바람이 차가워지니 동그마니 남은 국화 한 다발을 따뜻하게 덮어줄 흰 눈이 기다려지네요.

몇 해 전 눈발 속에 새해를 맞으며 '올해는 아무것도 하지 않고 다만 시조다운 시조만을 써봐야겠다'고 마음먹었던 생각이 납니다. 포기하지 않고 무엇인가 결심하게 되는 새해이기를 기도합니다.

물소리 뱉으며 운다
흘천변 꽃 댕강 피듯

조동화 「수련」
김윤숙 「휘파람새」
이태순 「귀」

조각배에 동자를 데리고 앉은 한 노인이 먼 절벽 위에 핀 매화를 바라보고 있는, 한 편의 고요한 시와도 같은 김홍도의 그림 〈주상관매도舟上觀梅圖〉가 있습니다. 절벽은 하늘과 물이 구별되지 않는 빈 여백에서 가운데 윗부분에 걸려 있고 아래로 더 긴 여백이 있고 정말 그 하늘에 앉은 것 같은 작은 배에 술상을 놓은 노인과 동자가 있습니다. 주황빛이 도는 도포를 입은 노인의 시선은 아스라이 매화 절벽을 바라보고 있군요.

먼 하늘 저쪽에도 날 아는 이 있는가

오늘 이따금씩 흰 구름이 건너와서

몇 송이 환한 안부安否를 내 쪽으로 부리네
   - 조동화「수련垂蓮」

  〈주상관매도〉에서 하늘과 물의 경계를 지운 선경이 펼쳐
진 것처럼 이 시조에도 그러한 분위기의 선경이 펼쳐지고 있
군요. 넉넉한 한가로움과 더불어 이제는 아련해진 그리움의
정서도 어리어 있습니다. "먼 하늘 저쪽에도 날 아는 이 있는
가"라는 초장과 "내 쪽으로 부리"는 "몇 송이 환한 안부"가 그
것인데요. 그 그리움은 안개 속처럼 희미한 것이 아닌, 수련
으로 피어난 흰 구름의 환한 눈부심으로 드러나고 있네요.

   이른 새벽
   며칠째를
   새가
   와서 울고 있다

   어머니 아버지,
   뚝 끊긴 이승의 전화

   물소리 뱉으며 운다
   홀천변
   꽃 댕강 피듯
    - 김윤숙「휘파람새」

167

이른 새벽부터 새가 와서 울고 있습니다. 시인은 그 어떤 이유로 며칠째 일찍 일어나 있고요. 그리고 어울리지 않는 것 같은 중장이 있네요. 다만 그 중장은 시인이 잠을 설치고 이른 새벽부터 새소리를 듣고 있는 연유가 무엇인가를 짐작게 해주기는 합니다. 그리고 종장은 초장을 받아 그 휘파람새가 어떻게 우는지를 덧붙여 보여주고 있군요. 그 새의 울음소리는 "물소리(를) 뱉"는 것처럼 맑고 영롱하고 그러나 다급하여 "흘천변/ 꽃 댕강 피"는 듯한 울음소리이기도 하네요. 꽃댕강은 작은 종 모양의 꽃이 폭포수처럼 늘어지며 퍼져나가는 꽃나무입니다. 휘파람처럼 영롱한 물소리를 뱉으며 울고 있는 휘파람새의 울음소리는 과연 작은 종鐘들이 함초롬 달린 모습과 닮아 보이는군요. 종장이 좋습니다. 아, 그리고 다 읽고 난 다음에야 깨닫게 되는 것, 그것은 그런 휘파람새의 소리가 "어머니 아버지,/ 뚝 끊긴 이승의 전화"란 중장으로 인하여 유독 더 잘 들리고 있다는 겁니다. 일견 많은 다른 시조들처럼 가신 부모님에 대한 그리움을 노래하고 있는가 싶은데 실제는 휘파람새의 울음에 집중하고 있고 그러나 결과적으로는 "물소리 뱉으며" 울듯 더 사무치게 부모님을 추억하게 되는 효과를 낳는, 놀라운 묘수를 두고 있는 시조. 다시 보게 되는 김윤숙 시인의「휘파람새」입니다.

연밭의 시퍼런 귀

저 큰 귀를 빌립니다

"물은 제 길로 흐르니더, 물은 제 길로 흐르니더"

그 말이 들립니다 엄마,
그 말 알 것 같습니다
　 - 이태순 「귀」

　"연밭의 시퍼런 귀", "저 큰 귀"의 강조, "물은 제 길로 흐르
니더"의 반복, 또 "그 말"의 반복이군요. 깨달음의 순간, 그
벅찬 느낌은 아무리 반복해도 모자라지요. 그래요. 계시처
럼, 벼락처럼 오는 큰 깨달음의 순간을 이처럼 애타게 드러
내는 것도 진정성을 느끼게 하는군요. 깨달음이란 내가 간
절히 찾을 때 오는 것. 그 어떤 절박한 심정으로 인해 시인은
"연밭의 시퍼런 귀" 그 큰 잎사귀를 나의 귀로 빌리고 어떤
말을 듣게 됩니다. 사필귀정事必歸正과도 같은 그 말. 그 말은
평소 엄마가 하시던 말씀이지요? 무언가 꼬여 있을 때, 일이
잘 풀리지 않을 때, 힘들어서 견디기 어려운 때, 주술처럼 위
로처럼 힘을 주는 그 말이 사투리에 힘입어 엄마를 마주하고
있는 듯 생생하네요. 종장 "그 말이 들립니다"에서 표현된 현
재형의 시제, 엄마의 말은 엄마가 안 계시는 현재에도 시인
의 귀에는 들리는 것이지요.
　시조에서는 불필요한 반복을 경계하고 있습니다만 또 시

조는 반복을 좋아합니다. 시조의 운율 자체가 이미 반복이고요. 형식에서 그러하기에 내용에서까지 부적절한 반복이 오면 쉽게 지루해지는 점도 있지만, 이 시조의 경우처럼 강조·심화하는 적절한 반복은 시조의 리듬에 실려 더 확실한 효과를 가지기도 하지요.

제 길이 아닌 길을 걸어가고 있는 사람들에게, 제 길을 찾지 못해 헤매는 사람들에게 마치 주문처럼 스며들기를 기원합니다.

"물은 제 길로 흐르니더."

또 다른 허기가 운다
편의점 문에 매달려

센텀시티
엘리베이터에
파란 나비
타고 있다

가파른
수직 상승
금이 간
얇은 날개

빌딩 벽
넝쿨장미가
저도 따라

오른다

- 정희경 「오르다」

    부산 해운대구에 '센텀시티'가 있습니다. 버스를 타고 지나오다가 부산국제영화제가 열리는 곳이라고 해서 돌아본 그곳은 높은 빌딩과 초고층 아파트들이 모여 있는, 전혀 다른 느낌을 주는 별개의 동네였습니다.

    거기에도 나비와 넝쿨장미가 살고 있군요. 그런데 따뜻한 봄바람 따라 날아야 할 나비는 엘리베이터를 타고 있습니다. "가파른/ 수직 상승"으로 얇고 보드라운 날개는 "금이 가" 있네요. 그렇게 오르는 나비를 따라 넝쿨장미도 올라갑니다. 나비가 보고 싶은 넝쿨장미가 오르는 곳은 빌딩 벽입니다. 그도 그럴 것이 나비는 그 빌딩의 엘리베이터를 타고 있으니까요. 그래요. 그들은 "오르"고 있습니다. 그들이 자연의 생명들이건 아니면 도시에 적응하기 힘든 자연의 모습을 한 사람들이건 너무 힘들어 오르기를 포기하지 말아야 할 텐데요.

    서울 잠실에 있는 555미터의 초고층 빌딩을 맨손으로 오른 한 젊은 여성 클라이머가 있었습니다. 파란 나비와 빨간 장미의 모습이 그녀에게 겹치는군요. 센텀시티 빌딩 벽을 오르는 넝쿨장미도 그녀처럼 발가락이 빨갛게 붓고 열 손가락이 터지고 찢어지고 그랬을 겁니다. 그러나 빌더링에 성공하여 인공을 극복하는 의지를 보여준 그녀처럼 나비와 장미도 그리하겠지요. 나비와 장미는 아무리 열악한 환경에서도 늘 우리를 웃게 하니까요. 빌딩 옥상에 오른 그녀가 지친 기색 없이 환하게 웃어준 것처럼.

88올림픽과 함께한 제가 사는 아파트도 삼십 년 전에는 공기가 다른 쾌적한 섬처럼 보였었습니다. 그러나 지금은 미세먼지와 소음에 갇혀 힘들어하는 서울의 한 귀퉁이에 불과하군요. 도시의 확장이 불가피한 일이라면 그곳에 "나비"와 "넝쿨장미"가 같이 살 수 있는 "센텀시티"가 많아지길 기대해 봅니다.

어느 어두운 밤, 차와 사람과 빌딩과 공사 중인 도로가 서로 엉킨 좁은 하늘 끝에 가로수 한 그루가 일렁이고 있었습니다. '사람아, 너는 얼마나 힘드냐?' 가시면류관을 쓴 예수처럼 그 얼굴은 고통으로 일그러져 있었지만 그를 보는 저를 위로하며 측은히 내려다보고 있었습니다. 사람이 자연을 가꾸는 것이 아니라 자연이 사람을 가꿉니다.

우리는 한 편의 시 속에서 시인의 삶과 더불어 지금 살아가고 있는 우리 삶의 적나라한 모습을 봅니다. 그 센텀시티 빌딩에 붙어사는 넝쿨장미 같은 사람이 또 있습니다.

고층 빌딩 유리창에
외줄타기로 매달렸다

발끝으로 더듬어

가까스로 지탱한 목숨

한 촉수
눈물 틔운다
기왓장에 붙은
풍란
 - 손영자「생명」

　최근에는 옛 이름이 사이공이었던 호찌민에 다녀왔습니다. 아오자이를 입은 가녀린 여성들과 미세먼지와 매연에 얼굴을 가리는 마스크를 쓰고 거리를 가득 메우며 달리던 오토바이 행렬의 시민들, 미군이 쓰다가 버리고 간 군용 트럭을 오픈카 삼아 바닷가를 쌩쌩 달리며 관광객을 실어 나르던 청년들, 짝퉁을 만들고 팔며 짝퉁의 삶을 살고 있던 깡통시장의 온갖 상인들. 짧은 시간에 스친 많은 베트남 사람 중에 그 어떤 경치나 사람들보다도 제게 더 깊은 기억을 남긴 한 사람이 있습니다.
　그 사람은 따가운 해에 많이 그을린 듯 얼굴빛이 가무잡잡하고 허리는 한 줌밖에 되지 않는, 어린아이처럼 작고 가냘픈 몸을 한 젊은 엄마입니다. 앳된 얼굴을 한 그이의 한 팔에 아기가 안겨 있었기에 분명 엄마였습니다. 뒤로 질끈 묶은 머리칼 몇 올이 이마 위에 흘러내려 더 힘들게 보이던 그이의 등에는 커다란 검은 배낭이, 그리고 다른 한 팔에는 옛날

엿장수가 어깨에 메고 다니던 것과 같은 목판이 들려 있었습니다. 그 목판에 있던 것은 열쇠고리, 부채, 수첩, 효자손, 볼펜, 조잡한 목걸이 같은 것들입니다. 등에는 배낭, 왼팔엔 아기, 오른팔엔 목판을 멘 피곤한 얼굴의 그녀는 이미 많이 어두워진 거리에서 몰려선 관광객들 사이를 다니며 물건을 팔고 있었습니다. 퇴근길 교통 체증으로 관광버스가 늦게 도착하는 바람에 도심의 그 짝퉁 시장 앞에서 한 사십 분쯤 서 있었습니다. 저는 그녀보다 훨씬 더 체중이 나갈 것이지마는 시간이 지날수록 서 있기조차 힘들더군요. 그러나 더 신경이 쓰였던 것은 그녀만이 그 사십여 분 동안 물건을 단 한 개도 팔지 못하고 있다는 사실이었습니다. 장사에 서툰 것이 분명하였습니다.

돌아갈 때 다시 잠시 사라진 그녀를 눈으로 찾았습니다. 아, 저기 있네요. 그녀는 길가에 세운 한 낡은 오토바이의 안장에 아기를 앉히고 그 아기에게 컵에 든 불어터진 국수 한 가락을 들어 먹이고 있었습니다. 그리고 그런 그녀 옆에 다정한 눈으로 아기와 아내를 보고 있던 아기 아빠. 그녀에게 기댈 수 있는 가족이 있다는 사실이 고마웠습니다. "가까스로 지탱하"고 있는 "목숨"이지만 마른 땅에 뿌리를 내리고 "한 촉수/ 눈물 틔우"며 지난날을 그리움으로 돌아볼 때가 꼭 오겠지요.

손영자 시인은 고층 빌딩에 매달려 유리창을 청소하는 사람을 "기왓장에 붙은/ 풍란"으로 그려내었습니다. 초장과 중

장은 누구나 쓸 법한 내용을 노래하고 있습니다. 초·중장만
으로는 평범한 다른 시조와 별다를 바 없지만 그리 평범하지
만은 않은 종장이 작품에 생명을 주고 있군요. "발끝으로 더
듬어/ 가까스로 지탱한 목숨"이란 중장을 받아 종장의 "기왓
장에 붙은/ 풍란"이 참신한 비유로 받아들여집니다. 그 삶의
위태로움을 견뎌 살아내는 모습을 "한 촉수/ 눈물 틔운다"로
드러내었군요. 선명한 그림이 있는 종장입니다. 아래에 소
개하는 또 다른 작품처럼 현장을 강렬하게 보여주는 것이 이
러한 시의 장점입니다.

> 컵라면 끓는 동안 뱃속은 요동친다
> 초점 잃은 눈빛들 적막 속에 고이고
> 또 다른 허기가 운다
> 편의점 문에 매달려
> ‒ 김동관 「24시, 풍경風磬」

　편의점 문은 여닫을 때마다 '땡그랑, 땡그랑' 하는 얄팍한
종소리를 냅니다. 그 소리는 사람을 반기는 소리가 아닌, 나
는 네가 들어오는 것을 알고 있다고 말하는 경고의 종소리
입니다. 그러나 시인은 그 종소리를 도시의 "풍경" 소리로 듣
고 있군요. 24시, 자정에 울리는 풍경입니다. 고요하고 적막
하고 느슨한 자정의 분위기는 마치 고요하고 적막한 어느 산
사와도 같지만 여기는 그때까지 저녁을 먹지 못해 기운 없는

중생들의 "초점 잃은 눈빛들"이 컵라면이 끓기를 기다리는 도시입니다. "또 다른 허기가 운다/ 편의점 문에 매달려"는 자정에야 허기진 배를 움켜쥐고 편의점에 들어오는 그러한 사람들이 흔히 있다는 것이지요. 자정은 아니지만 저도 편의점을 지나며 라면이나 삼각김밥으로 한 끼를 때우고 있는 청년들이나 학생들을 자주 봅니다. 편의점은 허기를 달래고 마음의 안정을 찾는 현대 도시 근로자들, 그리고 학생들의 절과 같은 곳이군요.

'센텀'은 라틴어의 숫자 '100'이고요, '센텀시티'는 그러면 100퍼센트 완벽한 도시란 뜻인데 그 작명의 의도와는 상관없이 정희경 시인의 시조에서 시니컬한 뉘앙스를 강하게 풍기고 있는 것처럼 「24시, 풍경」이란 제목에도 이러한 냉소적인 기운이 서려 있습니다. 자정에 편의점에서 컵라면을 먹어보지 않은 시인은 쓸 수 없는 시조입니다.

미국의 월가에서 밥 먹을 시간도 없이 바쁘게 일하는 사람들을 위하여 패스트푸드가 처음 생겨났다고 하지요. 그 기계적인 바쁨 중에도 "안 하는 것을 택하겠습니다"라고 말하며 자신의 존엄을 지킨 바틀비의 이야기, 허먼 멜빌의 소설 「필경사 바틀비」에는 소화불량과 신경과민을 안고 일하는 월가의 사람들이 나옵니다. 지금 여기도 사정은 달라지지 않았군요. 많은 사람이 제때 식사를 하지 못하고 소화불량과 신경과민을 안고 살고 있습니다. 그렇게 바쁜 사람들을 위해 우리나라 서민의 가장 대표적인 간편식으로 인식되고 있는 것이 컵라면이고요. '컵라면'이라고 하면 또「우리 모두가 죄인이다」라는 박시교 시인의 시조가 생각나는군요.

> 컵라면 한 개를/ 먹는 데 걸리는 시간// 그 몇 분이 모자라서/ 배곯고 떠난 젊음// 어떻게/ 그 스크린 도어에/ 시詩를 새길 것인가

2016년 지하철 구의역에서 일어난, 용역업체의 열아홉 살 김 군이 스크린 도어와 열차 사이에 끼어 사망한 사고가 있었습니다. 너무 시간에 쫓긴 나머지 2인 1조로 해야 할 작업을 혼자 하다가 당한 사고인데 그의 가방 안에는 미처 먹지 못한 작은 용량의 컵라면 한 개가 들어 있었다고 하지요.

이 통렬한 작품들을 읽으며 시조를 쓰는 자세는 어떠해야 하는가를 다시 한번 고민해 봅니다. 기왓장에 붙어서 싹을 틔우는 "풍란"과 날개에 금이 가면서도 위로 또 위로 끊임없이 오르는 "나비"와 "넝쿨장미", 편의점을 배경으로 드러낸 적나라한 현실과 그리고 그에 대한 연민의 마음을 어떤 웅변보다 극명하게 보여주고 있는 이 짧은 단시조들을 읽으며 그어떤 메시지라도 촌철살인으로 드러낼 수 있는 단시조의 힘과 깊이를 다시 생각해 봅니다.

> 듬성한 모래밭 혹은 마른 풀더미

손에 흙을 묻히고 지쳐 눕는 한낮

가는 길 가물거릴 때

말을 거는 친구여
  – 제만자 「메꽃」

우리가 가는 길은 거의 모두 "듬성한 모래밭 혹은 마른 풀
더미"입니다. 손에 물이 마를 날 없고 손에 흙을 묻히지 않는
날이 없이 가야 하는 길. 그 길 위에 잠시 "지쳐 눕는 한낮"이
군요. 그렇게 지쳐 눕는 한낮 "가는 길 가물거리"는 그때 문
득 내게 말을 걸어주는 친구는 "메꽃"입니다. 우리네 삶의 현
장과 가까운, 공사장이나 둔덕이나 마을 길이나 어디든 피
어나는, 순박한 빛깔과 모양의 야생화이기에 더욱 이 시조
의 내용과 딱 맞는, 네 마음 내가 안다고, 나도 그렇게 살고
있다고, 그래도 이처럼 고운 꽃을 피우고 있지 않냐고 담담
하게 위로해 주는 친구입니다.

공허한 감상感傷이 아닌 진심 어린 교감이 담긴 노래였던
가. 제가 노래했던 야생화는 어떤 것들이었나 다시 생각해
보았습니다. 메꽃은 시인에게 친구이지만 작품 「메꽃」은 정
희경, 손영자, 김동관 시인을 비롯하여 이 시조를 읽는 독자
모두의 친구가 되고 있습니다.

해 지면 업었던 산이
다시 업혀 그려진다

신필영「석남사」
임영석「靑山圖」
정표년「구름이 산허리 잡고」
정혜숙「우듬지에 가볍다」
김경옥「머루포도」

예로부터 지금까지 그리고 앞으로도 일 년 삼백육십오 일이란 시간을 지구라는 공간에서 사는 것은 그대로일 텐데 현대물리학은 이 시간과 공간을 다차원으로 넓혀가고 있습니다. 언제 출발해서 언제 끝날 것인지 알 수 없는 시간과 어디가 처음이고 어디가 끝인지 알 수 없는 공간의 아득함 속은 기氣의 일렁임, 그 흐름으로 가득 채워져 있습니다. 우주로 날아가서 미래가 된 이가 과거로 들어와서 현재가 되어 시간의 벽을 넘어 딸을 만나는 이야기를 애틋한 부성애로 풀어낸 영화를 보았습니다. 아주 단순한 생각이겠지만 그것이 5차원의 세계라면 시인은 이미 그 차원에 살고 있는 것 아닌가요. 시공을 초월하는 공감, 그것이 바로 문학이며 시가 아닌지요.

원효는 해골의 물을 마시고 한순간 깨달음을 얻어 유학을 접고 돌아옵니다. 지금 내가 유의미하게 바라보고 있는 한 순간, 아름답다고 말할 수 있는 한순간은 어떤 순간일까요. 지금 일렁이고 있는 그 숱한 파동 속에서 선택된, 가장 인상적이고 강렬한 순간은 아무리 사소한 순간이라 해도 이미 사소하지 않습니다. 시에 선택된 그 사소함이란 것에는 '삶의 본질, 생명의 본질이라고 말할 수 있는 영적인 무엇이 실려 있기' 때문입니다. 『잃어버린 시간을 찾아서』의 마르셀 프루스트가 '더할 나위 없이 초라한 사물도 시인이 정신성을 주는 것에, 곧 혼을 불어넣는 데에 성공한다면 그것은 이 세상의 비밀을 밝혀주는 것임'을 말한 바로 그것과도 같습니다. 시는 우리가 발견한 그 한순간을 공감과 교감으로 드러내는 일입니다.

울어
산을 넘는
절집 종소리거나

그 길섶
돌아앉아
향을 짓는 산국이거나

익히고
잦힌 생각들

운을 떼듯,

어슬녘

  - 신필영 「석남사」

  "향을 짓는 산국"이 있으니 가을입니다. 저는 석남사에 가본 적은 없습니다만 이 시조를 읽으며 가을 석남사의 정적에 싸인 고즈넉한 모양을 짐작해 볼 수 있었습니다. 출연진은 "절집 종소리"와 "산국"뿐이지만요. 그들은 "산을 넘"거나 "향을 짓"고 있습니다. 이런 종소리와 산국은 오래된 절의 차분하게 가라앉은 조금은 쓸쓸하고 외로운 풍경을 보여주는 이미지들이군요. "울어" 산을 넘고 있는 종소리와 "돌아앉아" 있는 산국으로 석남사의 풍경을 보여주고 있는 것입니다. "익히고/ 잦힌 생각들/ 운을 떼듯" 오랜 묵언수행을 마친 풍경들이 짓고 있는 분위기는 "어슬녘"입니다. 한 줄기의 사색이 산국의 향기처럼 스며들어 은은히 풍기는 작품입니다. 그리고 "그 길섶/ 돌아앉아"와 같은 언어의 정련과 배행이 그럴 만하고 전편에 흐르는 가락이 편안하지만 세련된 멋을 갖고 있군요. 그것은 '-이거나'로 무심한 듯 끝나는 초·중장과 '-듯, 어슬녘'으로 슬쩍 끝나는 종장이 안성맞춤으로 호응하고 있기 때문일 겁니다.

  시는 리듬을 갖고 있습니다. 비문, 산문화, 실험과 자의식이 넘치는 시, 혹은 산문시라 해도 시라고 하면 리듬은 있는 거지요. 하물며 수필이나 소설도 내재율을 느낄 수 있는 문장이 읽기가 편합니다. 마루야마 겐지는 그의 소설『달에 울다』를 시적 문장으로 쓰며 '시소설'이라고 이름하지 않았나요. 그러나 요즘 자유시에서 건조한 산문체의 시들을 많이 보게 됩니다. 극도의 현대성을 지향하는 시의 경향이 그런 것인지 개인적인 성향인지는 모르겠지만 의도가 무엇이든 그런 시들은 마음먹고 논문 읽듯 읽어야 하니 쉽게 읽히지는 않습니다. 아니군요. 논문은 서론 본론 결론이 뚜렷하니 읽기가 더 쉽겠군요.

서정시에는 리듬이 큰 역할을 하지요. 특히 시조에서 원래 그러했던 것처럼 자연스럽게 외형률을 드러내는 일은 어렵습니다. 글자 수의 맞춤을 넘어 운율을 만들어나가는 일은 참으로 어려운 일입니다. 시조의 완성은 그러한 운율에 있다고 말할 수 있겠습니다만 많은 현대시조에서 외형률의 파기가 지나치게 일어나고 있는 일은 이 자연스러움을 얻기가 어려운 때문이겠지요.

운율이 편안하고 자연스러운 좋은 시조 한 편이 더 있습니다.

산에서 산을 본다
산 너머 산, 그 너머 산,

산이 산을 업고 업어
청산도가 그려졌다

해 지면

업었던 산이

다시 업혀

그려진다.

　- 임영석 「靑山圖」

　「석남사」가 섬세한 접근으로 풍경을 그렸다면 임영석 시
인의 「청산도」는 하나의 산이 아닌 겹겹의 산봉우리를 조망
하고 있는 거대한 스케일로 그려졌습니다. 마치 점층법처럼
점점 나아가 종장에서는 웅장한 산맥의 가운데에 있는 듯 더
욱 가득 찬 느낌으로 다가옵니다. "해 지면/ 업었던 산이/ 다
시 업혀/ 그려진다"에서는 한국의 산이 가진, 어머니가 아기
를 업어주는 것 같은 그 첩첩 산의 깊고 부드러운 능선들이
해가 져서 짙어지는 그림자로 인하여 다시 반대로 서로를 업
어주는 것처럼 보이는 것을 드러낸 것이며 내적으로는 어우
렁더우렁 함께 어우러져 살아가는 우리 삶의 모습을 내보입
니다.

　여러 곳에서 보았던 산의 경치가 있습니다만 제게 그중 가
장 인상적이었던 것은 영주의 부석사에서 보았던 정경입니
다. 벌써 노랗게 오래된 책의 냄새를 풍기기 시작하는 최순
우의『무량수전 배흘림기둥에 기대서서』(학고재, 2002)를 오
랜만에 다시 꺼내봅니다. 그는 무량수전의 말로 표현하기

어려운 "희한한 아름다움"을 위해 그 겹겹산 능선의 풍경이 있다고 말하고 있습니다만, 저는 좀 늦어 당도한 길을 올라 드디어 들어선 절 마당에서의 첫 만남, 어슬녘의 그 시원하고 아늑하고 부드럽고 아득하게 물결치던 능선들이 먼저 떠오릅니다. 제가 무량수전보다 먼저 만난 것은 안양루에 올라 바라보던 그 소백 연봉들이었거든요. 파도가 넘실넘실 내게로 파도쳐 밀려오는 것 같은, 연꽃이 겹겹 꽃잎을 벌리고 있는 듯한 그 모습은 속계가 아닌 것이었습니다.

며칠 전 1차 통독을 끝낸 장경렬 옮김, 로버트 M. 피어시 그의 『선禪과 모터사이클 관리술』(문학과지성사)을 읽으며 제가 떠올렸던 것은 바로 이 무량수전으로 오르는 길의 석축이었습니다. 주인공은 한국의 한 성벽에 대하여 "그것이 아름다웠던 것은 그 성벽을 쌓는 일을 하던 사람들이 대상을 바라보는 나름의 독특한 방식을 소유하고 있었기 때문이다. 그들은 자기 초월의 상태에서 그 일을 제대로 하도록 자신들을 유도하는 방식을 스스로 알고 있었던 것이다"라고 하였으며 한국의 성벽이 그에게 일깨워 준 것은 "고요함이 물질적으로 현현하는 것을 가능케 하는 그런 작업"이라고 하였습니다. 아마도 부석사의 석축과 비슷한 느낌의 성벽이 아니었을까 해요. 오늘 읽어보는 시들은 '고요함이 시로 현현하는 모습'일 것 같은데요.

온갖 구름의 이야기가 담긴 한 권의 구름 시집을 갖고 싶습니다. 물이 불어 학교에 가지 못한 어릴 적의 어느 날, 툇마루에 앉아 본, 개어가는 하늘에 젖니처럼 돋아나는 햇빛을 받아 환하게 빛나던 눈부셨던 신생의 구름들, 아버지가 말년을 보내신 홍성 가까이, 석양에 시시각각 변하던 대천 바다 광활한 수평선에 걸렸던 붉은빛의 구름들, 제주의 여름날 한때 야수처럼 하늘을 집어삼키며 몰려오던 먹구름의 검은 빛깔과 그 움직임들, 밤늦어 돌아오던 산책길 온 밤하늘에 수묵의 모란꽃을 펼치며 금빛 달빛 머금어 찬란하던 구름밭, 무수한 흰 돛단배처럼 달려오던 새맑은 강원도 인제의 구름 떼, 취준생 시절 대구 앞산 안일사 약수터로 오르는 새벽길에 본 계곡에서 피어나던 신비한 구름, 청도역에 내리며 바라본 낯익은 그리움처럼 떠 있던 구름들이 자유, 허무, 방랑, 무소유, 천진함, 즐거움, 무한을 노래하며 지나가네요.

그러나 헤르만 헤세가 "기나긴 방랑의/ 온갖 슬픔과 기쁨/ 맛본 나그네 아니고서야/ 저 구름의 마음을 알 수 없을"(「흰 구름」) 것이라고 했으니 그 온갖 구름의 마음을 과연 얼마나 짐작할 수 있을지요. 또 그 안에 숨겨진 세상 온갖 "숨겨진 것의 신비"를 얼마나 노래할 수 있을지요. 태생적으로 소심한 제가 여태껏 맛본 세상의 슬픔과 기쁨은 얼마나 사소한 것일까요. 온갖 슬픔과 기쁨을 맛본 시인의 시는 어떤 시일까요.

그러나 구름은 그가 본 것의 신비를 세상에 알리지 않는군요. "세상에 알리지 않"는 그러한 구름의 마음이 되어 솔기가 보이지 않는 무심으로 적은 시조가 있습니다.

구름이 산허리 잡고
숲의 은밀함을 본다

숨겨진 것의 신비
세상에 알리지 않고

슬며시 잡은 허리 풀고
하늘 저쪽으로 간다
    - 정표년 「구름이 산허리 잡고」

위의 시조가 무심으로 적은 시라면 다음의 시조는 무심을
그린 시조입니다.

바람의 필법을 빌어
그려놓은 절창 한 편
오랜 퇴고 끝에 버릴 건 다 버리고
비로소 흰 구름 몇 장
우듬지에 가볍다
    - 정혜숙 「우듬지에 가볍다」

"바람의 필법을 빌어/ 그려놓은 절창"이라고 하였네요.

"오랜 퇴고 끝에 버릴 건 다 버리고" 나무는 그 "우듬지에" "흰 구름 몇 장"을 "가볍"게 이고 서 있습니다. 나뭇잎은 다 털어내고, 흰 구름과 바람 더불어 선 가을 나무의 시조이면서 "오랜 퇴고"를 끝내고 절제가 빛나는 "절창 한 편"을 완성한 시인의 마음도 보이는 시조입니다.

'문학을 향해 걸어온 지 오십 년이 넘었지만, 아직 사람의 마음을 볼 수 있는 혜안이 없으니 문학에 도달하지 못한 것이 분명하다'고 한 신달자 시인의 말을 빌려봅니다. 시인의 많은 시를 저는 공감으로 읽었습니다만 그래요, 아무리 수없이 많은 날이 지나도 세상에서 정작 가장 알 수 없는 것, 가장 읽기 힘든 것은 사람의 마음이겠지요. 그러나 가장 읽기 힘들고 또 읽히지 않는 시조는 가라앉히지 않은 생경한 마음을 그대로 내보이는 시조들입니다. 참 이상한 일이지요. 사람과 사물과 또한 모든 존재의 마음을 읽는 것이 문학이고 시인데 그 마음을 날것 그대로 드러낸 시에는 향기가 없군요.

평원을 달려온 숨 막힌 질주 끝에

이제 막 당도한 황홀한 골인지점

아무도 눈치채지 못한 내 마음속 젖은 눈
 – 김경옥 「머루포도」

"내 마음속 젖은 눈"이란 어떤 눈인지 초장과 중장에서 미루어 짐작합니다. 젖은 눈동자와도 같은 머루포도의 싱싱하고 탱탱한 보랏빛 알갱이들을 그려보며 이 시조를 읽어봅니다. 시인의 마음과 혼을 불어넣으면 작은 머루포도 한 알에서도 이렇듯 황홀한 충만을 느낄 수 있네요. 살아 있는 오늘, 일렁임으로 가득 찬 시간이 흐르고 있습니다.

수십 년 난전에 내놓은
값을 잃은 골동이다

정경화「손도마」
김광희「달팽이」
강현덕「스타킹」
류미야「물음표에게 길을 묻다」

김영재 시인의 시조에「나물 파는 할머니들」이 있습니다.

　이른 봄을 불러내 꽃들이 앉아 있네/ 세상에서 가장 귀한 꽃들이
웃고 있네/ 풋정 든 푸성귀들을 꽃들이 바라보네

　정경화 시인의「손도마」를 읽으며 시장통에서 혹은 길가
에서 고사리, 취, 냉이 같은 푸성귀를 팔거나 사과, 감, 밤 같
은 과일을 옹기종기 "천불천탑"(이해완「천불천탑」)처럼 쌓아
놓고 팔거나 귀퉁이 묵집에서 묵을 팔거나 하던, 이런 할머
니들이 계시던 장터 마당의 정경이 떠올랐습니다.

　골목시장 묵집 할매는
　손바닥이 도마다

단단한 나무가 된

물컹하던 손금의 길

수십 년

난전에 내놓은

값을 잃은

골동이다

  - 정경화 「손도마」

  골목시장 할머니의 손바닥은 도마입니다. 묵을 올려서 쓱쓱 썰어주던 그 손바닥은 세월 따라 칼이 손바닥을 베지 않을까 염려하지 않아도 좋을 만큼 무디어져 버린 단단한 도마가 되었습니다. "물컹하던" 것이 "나무가 되"도록 허리 펼 날 없이 일하고 아이들을 키우고 공부시키고 집안을 꾸려갔던 손바닥입니다. 남정네들이 꿈을 좇아 배를 타고, 서울로 가고, 다 못 한 공부를 하고, 나라를 구하러 떠나고, 전쟁 통에 실종되고, 혹은 색싯집에서 바람이 나고, 그러다 병을 얻어 실의하고, 폐인이 되어 술주정뱅이가 되고 할 동안 억척스럽게 일어나 우리의 현실 생활을 책임진 분들은 이들이었습니다.

  오래전에 어느 지인께 도토리 가루 한 봉지를 산 적이 있습니다. 늙으신 강원도의 어머니가 산을 오르내리며 모으고

껍질을 벗기고 말려서 빻은 자연산 도토리 가루라고 하였습니다. 연로하신 지금도 옛 습관을 버리지 못하신다고 걱정하면서 말이지요. 도토리 가루를 집에서 요리해 먹어본 적은 없지만 가르쳐준 대로 묵을 쑤어 먹어보니 정말 자연산이라 그런지 그 담백하고 고소한 맛이 흔히 먹어보는 밋밋한 묵과는 차이가 나더군요. "묵집 할매"의 묵도 모두 자연산이었겠지요. 예전 그 시절에 무슨 수입 도토리 가루가 있었을까요. 그렇게 도토리를 같이 먹어도 오히려 지금은 귀한 조그만 우리나라 다람쥐가 그때는 얼마나 많았는지요.

날마다 묵을 만들고 팔며 가계를 지킨 그 힘든 삶을 생각해 보면 그 손바닥은 충분히 살아 있는 국보, 골동의 가치를 인정받아야 할 손바닥임에 틀림없지요. 그러나 지금 그것은 "값을 잃은/ 골동"이 되어 있군요. '값을 매길 수 없는'이 아니라 "잃은"이라는 것이 씁쓸하네요. 여기에 이 시의 시안인 핵심어가 나타나 있습니다. 값을 잃은 골동이 된 우리나라 할머니들의 그 손도마는 사실상 어떤 값으로도 대신할 수 없는 귀하디귀한 골동이 아닐 수 없으니까요. "세상에서 가장 귀한 꽃들"인 그들을 알아보는 시인의 눈이 따뜻합니다.

겨울이 가고 봄이 와서 그해의 첫 부추가 파릇하게 올라오면 부추전을 부쳐 먹습니다. 이 햇부추는 너무 여려서 거칠게 만지면 금방 물러지니 살살 다듬고 씻어야 하지요. 은근하게 간을 한 밀가루 물도 부추가 어울릴 정도로만 묽은 농도로 하고 팬에 먼저 한 숟갈 기름을 두른 후 자르지 않은 부추를 가지런히 올린 뒤 밀가루 물을 적시고 센 불에 재빨리 지져내야 합니다. 이때 밀가루는 우리 밀가루를 씁니다. 우리 밀가루를 쓰면 부추의 본래 맛이 더 살아나지요. 순 우리 밀가루는 우리 국민이 소비하는 전체 밀가루의 1~2퍼센트밖에 되지 않는다고 하는데 그마저도 창고에 남아도는 실정이라고 들은 적이 있습니다. 수입 밀가루에 길든 입맛을 잠시 잊고 가끔은 진관사의 비구니 스님들이 심고 가꾸고 요리한 사찰 음식을 맛보듯 깔끔한 기분을 느껴봐도 괜찮습니다. 예로부터 '초벌부추 한 접시는 피 한 접시'라는 말이 있습니다. 햇부추전을 먹으면 겨울 동안 움츠렸던 몸에 맑은 피가 돕니다.

그해 봄 그렇게 예쁜 달팽이를 처음 보았네요. 부추 한 단을 사 와 막 풀었더니 창으로 들어오는 봄 햇살 속에 쪼그마한 모습을 드러낸 달팽이 한 마리가 있었습니다. 연녹색 부추 이파리 위에서 경각에 달린 목숨도 아랑곳없이 마치 대자연을 거니는 양 고요히 가던 어린 달팽이 한 마리. 저도 달팽이를 따라 한참 거닐었습니다. 외롭고 삭막한 서울의 아파트에서 만난 달팽이 한 마리가 얼마나 반가웠으면 그랬을까요. 달팽이의 걸음이 점점 느려지더군요. 아파트 화단에 놓아주었던 그 쪼그만 달팽이가 아직 지구의 무게를 잘 견디고 있는지 궁금합니다.

싱크대 배수구를
올라오는 울 어머니

어디도 세 들데 없어
걸음마다 눈물자국

등에 진 이삿짐보따리
풀데 없어 헤맨다
　– 김광희 「달팽이」

　어머니의 삶이 얼마나 심란하고 힘드셨을지 돌아가시고
난 다음에야 뼈저리게 느꼈습니다. 그러나 저의 어머니는
박완서 소설가의 어머니처럼 강한 분이셨습니다. 어머니의
눈동자에서 삶을 견디는 오기가 사라지는 걸 본 적이 없었습
니다. 제가 미처 알지 못했을 뿐 돌아가시기 서너 달 전에 벌
써 마지막을 예감하셨던 것 같습니다. 곡기를 끊은 어머니
가 평생 이사한 횟수를 적어보시는 것이었습니다. 총 36회,
아마도 빠뜨린 것은 있어도 더한 것은 없을 겁니다. 전남 광
주에서 시작하여 전국 열세 군데의 학교를 전학 다니고서야
제가 초등학교를 졸업할 수 있는 생활이었고 군인이셨던 아
버지가 일찌감치 의가사제대를 했어도 어머니의 피난민 같
은 생활은 끝날 줄을 몰랐던 것이었습니다.

　너무나 공감하였던, 진정성이 우러나는 단정한 시조 「달

팽이」를 읽으며 어머니를 추억했던 시간은 힘들었지만 눈
물겨운 시간이었습니다.

> 내가 벗은 허물은
> 언제나 거기 있었다
>
> 모든 내 허물이
> 당신 것인 줄 아시고
>
> 어머니 마른 다리엔
> 늘 줄 나간 스타킹이
> ─ 강현덕 「스타킹」

신던 스타킹을 벗어놓으면 과연 뱀이나 곤충이 벗어놓은
허물처럼 보입니다. 그 허물이 중장에서는 실수, 과실, 흉을
말하는 허물이 되었군요. 생물의 허물─흉을 말하는 허물─
그리고 다시 스타킹이 자연스럽게 이어졌습니다.
시는 시인의 손을 떠나면 독자의 것이라고 합니다. 시인이
어떤 비유로, 어떤 의도로 쓴 것이든 간에 독자가 읽는 대로
시는 존재하게 됩니다. 시는 상상력의 산물이기도 하기 때
문이지요. 그러나 전통적인, 쉽게 공감할 수 있는 주제의 시
들은 그럴 염려는 거의 없어서 읽기가 편안한 점이 있으나
감동을 끌어오기 어려운 점이 있습니다. 그렇더라도 김광희

시인의 「달팽이」와 강현덕 시인의 「스타킹」은 독특한 소재가 주는 참신함과 세련된 표현으로 평범한 주제가 주는 식상함을 놀랄 만큼 신선하게 불식하고 있네요.

통영에 있는 박경리문학관을 찾았을 때 걸려 있던 박경리의 시 중에 이런 시가 있었습니다.

> 어머니 생전에 불효막심했던 나는/ 사별 후 삼십여 년/ 꿈속에서 어머니를 찾아 헤매었다.// (……)// 꿈에서 깨면/ 아아 어머니는 돌아가셨지/ 그 사실이 얼마나 절실한지/ 마치 생살이 찢겨나가는 듯했다.// (……) (「어머니」)

그분의 어머니에 대한 사랑과 그리움도 우리 모두의 그것과 같았습니다. 어머니는 이제 세상에 안 계시고 "마치 생살이 찢겨나가는 듯" 서러운 바람 소리만이 추위를 재촉하고 있습니다. 그러나 저는 압니다. 제가 어머니를 기억하는 한 어머니는 저와 함께 계신다는 것을. 혹 제가 떠나더라도 어머니는 지구상의 어디에나 그런 모습으로 계실 겁니다.

이제 더 이상 "등에 진 이삿짐보따리/ 풀데 없어 헤매"시진 않겠지요. 조홍감을 품어 가도 반겨줄 이가 없는 것처럼 불러봐도 대답해 줄 어머니가 없는 저이지만 그러나 "납추 같은 눈물 한 점"으로 늘 내 안의 깊은 곳에 계시는 어머니.

문門 밖에 내걸렸다

귀 닮은 미늘 한 촉

그 아래 묵직한
납추 같은 눈물 한 점

깊은 곳 드리우라는
아주 오래된 전언
　– 류미야「물음표에게 길을 묻다」

　『눈먼 말의 해변』(솔, 2018)이란 첫 시집을 펴낸 류미야 시인의 작품입니다. 이 작품에서 문間은 물론 물음이지만 "문 밖에 내걸렸다"에서는 그 의미가 문門과 중첩되어 중의가 되었습니다. "귀 닮은 미늘 한 촉"과 "납추 같은 눈물 한 점"으로 물음표를 이미지화하였군요. 사유의 깊이를 보여주는 부분이기도 합니다.

　진중한 류미야 시인은 "물음표에게 길을 묻"고 저는 늘 어머니에게 길을 묻습니다. 두려움 없는 사랑을 보여주신 어머니는 세상 속으로 드리워놓은 나의 미늘입니다. 그리고 "깊은 곳 드리우라는/ 아주 오래된 전언"을 지금도 들려주고 계시는군요. 이제야 알 듯합니다. 언제나 옳은 길을 주저 없이 일러주신 어머니의 딸로 태어난 것이 세상이 내게 주신 가장 큰 축복이었다는 것을.

시선에 따라 하나의 오브제를 보는 방법은 참으로 다양하
듯이 오늘도 개성 있는 접근과 깊은 사유의 표현을 통하여
시를 읽는 즐거움을 누렸습니다.

얄팍한 내 바자울을
짓부수고 가버렸다

정용국「늙은 동백이 나에게」
한분순「목숨」
박명숙「그늘의 문장」
김소해「용접」

선운사를 찾았을 때는 가을이었습니다. 꽃무릇이 보고 싶어서 갔었습니다. 새까맣게 구운 전어를 팔고 있는 노점들을 지나 숲길을 따라 들어갈수록 유난히 사람 사는 세상과는 다른 경계가 느껴지던 선운사. 속세의 근심 같은 것은 잠시 달아납니다. 선운사에는 오래된 나무들이 많습니다. 제가 선운사에 가서 본 가장 인상 깊었던 것도 이 오래된 나무들이었습니다.

그날의 햇살은 둔황에서 본 갈대꽃 무리 같은 우윳빛이었습니다. 옷깃을 펄럭이며 앞서가는 혜초 스님이 보일 것 같은 길이었어요. 아늑한 그늘이 어른대는 그 길에는 서 있거나 누워 있거나 비스듬히 질러 있거나 속이 다 파인 쭈그러진 자궁을 갖고 덩그렇게 솟아오른 나무들의 주검들이 물길 따라 이어져 있었고 자세히 본 그 상처투성이 검은 자궁의

199

유적 안에는 온갖 벌레들이 드나들고 있었습니다. 뭇 생명의 삶터가 되어주는 나무의 주검, 그것이 바로 살아 계시는 부처의 모습임을 느끼는 순간 그 시커먼 자궁 속에서 연꽃이 등불처럼 피어나는 환각을 보았습니다. 자연은 이렇듯 온갖 생명을 살리는 성스러운 유전자를 가지고 있었습니다.

그렁그렁 눈물 같은
근심을 다 떨군 채

선운사 뒤뜰을 지키던
수척한 늙은 동백이

얄팍한
내 바자울을
짓부수고 가버렸다
  - 정용국 「늙은 동백이 나에게」

언젠가 해외의 어느 미술관에서 피카소의 그림들을 보다가 여러 큰 대작들 사이에 있는 몇 점의 크로키에 시선이 머물렀습니다. 순간에 쓰윽 내려 그은 곡선이었습니다. 그러나 분명 느껴지던 거장의 손길. 한달음에 내려간 거침없는 그 손길의 부드러운 상쾌함을 어떻게 표현할까요. 금방이라도 움직일 것 같은 선, 살아 있는 기운이 느껴지는 한 줄 여체의 곡선이었습니다. 말하자면 그것은 분명 인위적인 것이 아닌 자연의 모습이었습니다. 예술이란 것은 궁극적으로 자연스럽고 부드러운 자연의 모습이라는 데에 생각이 미쳤습니다. 초현실의 작품일지언정 그 안에 녹아 있는 철학이 있다면 자연일 것이요, 원숭이가 그렇듯이 철학이 없다면 잡된 흉내에 그칠 것입니다.

선운사 따라가는 길에 선 그 오래된 나무들처럼 "얄팍한/ 내 바자울을/ 짓부수고 가버"린 늙은 동백의 모습도 그랬을 것 같네요. 자연이라는 거장의 손길로만 창조할 수 있는 모습, 그러하기에 시인을 "짓부"술 만큼 강렬합니다. 도톰하게 윤이 나는 초록의 잎사귀들 사이에 새하얀 눈을 이고 붉게 피어 있는 동백꽃도 그렇거니와 떨어진 꽃들로 붉게 펼친 카펫의 한가운데에 서 있는 동백은 진정 그 혼이 온통 뿜어져 나와 이글거리는 듯 장관이지요. 그러나 이 시조 속의 동백은 이러한 젊음을 다 소진하고 남은 근심마저 떨구어버린 동백입니다. "수척한 늙은 동백"은 맑은 뼈대로 서 있는 선인과 같은 모습이군요.

초장에 투영된 것처럼 시인은 어떤 근심을 떨쳐버리려고 선운사를 찾았는지도 모르겠습니다. 송이째 꽃을 다 떨구고 선 동백나무는 근심이 있었던 시인에게 하나의 충격이었고 그를 본 순간, 시인의 정수리에 날카롭게 박힌 깨달음이 종장에 드러나 있습니다. '감동은 꿰뚫고, 죽인다'고 합니다.

놀라운 것은 그 동백이 시인의 "바자울을/ 짓부수고 가버렸다"는 데 있습니다. 딱 한 번의 번개처럼 내려친 죽비, 그런 깨달음이었다는 것을 표현한 그것이군요. 동백나무가 설마 어디로 가버렸겠습니까마는 그가 가진 마지막 기운을 시인에게 전해준 그 순간에 나무는 이미 사라졌습니다. 나무는 그대로 있지만 내게 문득 신령처럼 다가왔던 그 순간의 나무는 사라지고 없습니다. 시가 스쳐 가는 너무나도 짧은 한순간, 물고기를 낚으려면 그 순간을 놓치지 않고 낚싯대를 잡아채야 합니다.

선운사 뒤뜰에 있어야만 할까요? 그렇겠네요. 그래야만 늙은 동백나무가 가진 그의 세계가 더욱 신령스러운 힘을 발휘하겠지요. 시인이 받은 충격처럼 멍한 마음을 잠시 바위에 기대고 멀리 맑은 하늘을 볼까요. 담장을 부수어버리니 드넓은 자연이 나의 소유가 되었다고 한 공광규 시인의 시 「담장을 허물다」가 떠오르는군요.

햇빛
언저리에 달려
장다리는 춥네

눈먼 바람 넘나들면
꽃대는
서로 부딪치네

진종일

살을 비꼬아

푸른 멍이 들겠네

– 한분순 「목숨」

춥네요. 봄이 왔나 싶어 옷을 좀 가볍게 입고 외출한 날, 꽃
샘추위가 유리 조각처럼 날카로운 한기로 뼛속까지 시리게
하던 날처럼 춥습니다. "언저리"가 춥고 마구 넘나드는 "눈
먼 바람"도 춥고 "살을 비꼬아"라는 표현도 춥습니다. 한분
순 시인의 작품들은 잘 않힌 시어들로 우리말의 아름다움을
찾아보는 시의 맛이 있습니다. 이 시조에서는 "햇빛/ 언저
리에 달려", "눈먼 바람 넘나들면", "진종일/ 살을 비꼬아" 등
을 찾아볼 수 있네요. 초봄의 시린 추위를 느끼게 해주는, 장
다리가 햇빛 "언저리에 달려" 춥다는 표현, 꽃대를 서로 부
딪치게 하는 바람이 방향도 없이 부는 "눈먼 바람"이라는 사
실, 그들이 제멋대로 "넘나"든다는 것, 그런 바람에 장다리는
"푸른 멍이 들" 만큼 "진종일/ 살을 비꼬"고 있는 것과 같은
표현이 맛깔스럽습니다. 이렇듯 이 시조는 초·중·종장으로
갈수록 시간의 진행과 함께 그 추위의 강도가 점점 세어지는
이미지의 연결로 이루어져 있습니다. 이러한 점층법으로 인
해 파랗게 피어난 장다리가 진종일 초봄의 싸늘한 추위를 견
디고 있는 모습이 더욱 선연하게 그려집니다.

구멍 난 양말들은 어디로 가는 걸까// 타인의 생을 감싸/ 올올이 헤어져도// 이별에/ 사무침 없이/ 입을 벌려 웃는다.

시인의 「양말 경극」이란 제목의 시조입니다. 재미있는 종장과 제목이 시조를 살려내었군요. 이러한 작품에서 보듯이 시인의 작품들은 무척 독보적인 시풍을 보여주고 있기도 하지요.

느티나무 긴 팔 내려 첫 소식을 받는다

거미발처럼 몰려들어 일렁이는 푸른 획들

실팍한 그늘의 문장으로 입하가 오고 있다
　- 박명숙 「그늘의 문장」

시인의 시조집 『그늘의 문장』(동학사, 2018)의 표제시입니다.

여름이 시작되는 절기, 입하가 오고 있습니다. 산천초목의 잎이 연두에서 초록으로 바뀌고 무성해질 때이군요. 느티나무 가지도 우렁우렁 긴 팔을 내렸습니다. 느티나무는 특히 그 넓고 두껍게 늘어지는 가지가 좋지요. 「그늘의 문장」 역시 이 가지에 시선이 모입니다. 그 가지에 달려 몰려든 "거미발"들처럼 일렁이고 있는 잎들, 혹은 줄기들이 있네요.

"거미발"이라고 하여 무성한 것이 더욱 실감 납니다. "획"이 무성하여 "문장"도 꽤나 "실꽉"해졌습니다. 무성한 줄기는 "푸른 획들"이며 그 획이 만드는 그늘은 바로 문장이 되고 있으니 느티나무도 내면을 글로써 표현할 줄 아는 인격체가 되었군요.

　"거미발"로 표현한 것은 동물에게서 영감을 받는 샤먼적인 모습입니다. 그러고 보니 "푸른 획들"과 "그늘의 문장"도 다분히 주술적이네요. 그래요. 이처럼 수령이 많은 우리나라의 느티나무는 신령스러운 나무, 인격을 넘어 신목神木이기도 하지요. 당산나무, 동구나무, 보호수들은 대부분 그 수종이 느티나무이고요. 마을의 평안을 지키고 선 그들은 거의 오백 년 이상 나이를 먹은 선대의 할아버지 할머니 나무들입니다. 그리고 그 신령한 힘이 참 특별한 느티나무도 있습니다. 경상남도 의령군 유곡면 세간리에 있는 천연기념물 제493호 '현고수懸鼓樹'는 홍의장군 곽재우가 북을 매달아 의병을 모았다고 하고 경상북도 영주시에 있는 우리의 목조 건축 중에서 가장 유려하고 오래된 부석사의 무량수전 기둥도 이 느티나무라고 되어 있지요.(강판권, 『역사와 문화로 읽는 나무사전』, 글항아리, 2010, p.695)

　시인은 지금 "긴 팔 내려" 여름의 "첫 소식을 받는" 느티나무를 보고 있습니다. 그러나 무성한 가지를 "거미발"이라고 드러낸 것, 또 그 무성한 것을 햇빛 속에서 표현하지 않고 "그늘" 속에서 발견하고 있는 것 등이 싱그러움에 음영을 입히고 있군요. 긴 팔을 내리고 있는 느티나무에 드리운 신비한 음영으로 인해 이 시조가 주는 입하의 분위기는 더욱 짙고 무성해졌습니다.

어디서 놓쳤을까 손을 놓친 그대와 나

실마리 찾아가는 길 불꽃이어도 좋으리

뜨겁게 견뎌야하리 녹아드는 두 간극
— 김소해 「용접」

세상의 모든 것은 용접으로 인하여 쓰임새를 가집니다. 서로 녹아들어 손을 잡아야 비로소 쓸모를 가집니다. 현대사회의 과학기술, 산업기술, 교통, 전자, 의료, 기계, 건축물 등 거의 모든 분야에 이 용접 기술이 이용됩니다.

"불꽃이어도 좋으"니 "뜨겁게 견디"는 사랑이라야 한 편의 시도 인간 속으로, 자연 속으로, 생명 속으로, 사물 속으로 녹아들어 생명을 가집니다.

혹한이 며칠째 이어지자/ 둠벙은 몇 차례 숨을 깊게 들이쉬더니/ 한가운데 남겨놓은/ 제 숨구멍을/ 마저/ 닫아버렸다.// 송사리 떼가 살고 있었다.

얼음 속으로 녹아들어 얼음의 따뜻함을 발견한 윤효 시인의 「따뜻한 얼음」입니다. 시인의 온화한 눈빛은 차가운 얼음마저도 따뜻한 물질로 바꾸어놓습니다.

밤새 새하얀 눈이 쌓이면 아침의 온 세상이 눈부십니다. 어떤 고요하고 포근한 무혈혁명이 이토록 놀라운 세상을 펼쳐놓을 수 있을까요. 놀라운 세상을 보여주며 나와 함께해준 겨울들에 감사합니다. 윤효 시인의 눈이 되어 보는, 결국 따뜻한 그리움으로 남을 모든 이야기들에 감사합니다.

둥글게 지구를 굴리네
착 감기는 그의 병법

장수현「오도송」
손증호「고양이 발톱」
성국희「긍정」
김정연「출구」

나비야 청산 가자 범나비 너도 가자/ 가다가 저물거든 꽃에 들어
자고 가자/ 꽃에서 푸대접하거든 잎에서나 자고 가자

익히 알려진 이 고시조에서 이처럼 작은 나비 한 마리에
실은 것이 거리낄 것 없는 대자유라면 여기 어린 소 한 마리
에 실은 것은 오도송입니다.

농부가 어린 소에게
일 공부 가르칠 때

되새김질 소리로
우어우어, 이랴하면

말귀를 알아들은 듯

밭고랑이 가지런해진다

 – 장수현 「오도송悟道頌」

이 어린 소의 스승은 농부이며 그 농부가 가르친 건 그냥 "되새김질 소리로/ 우어우어, 이랴" 한 것뿐이랍니다. "되새김질 소리"이군요. 되새김질이란 한번 삼킨 거친 음식을 소화가 잘되게 다시 게워 씹어 부드럽게 하는 것을 말하니 되새김질 소리란 것도 거친 말을 한번 삼켰다가 걸러서 부드럽게 다시 뱉어내는 소리이겠고요. 그러니 "우어우어, 이랴" 하는 그것은 마치 할아버지가 어린애를 달래듯 애정이 듬뿍 묻어 있는 소리일 것은 분명하네요. 영화 〈워낭소리〉에서 들었던 할아버지의 소리처럼 그렇습니다. 그리고 그렇게 어린 소를 가르치면 "말귀를 알아들은 듯/ 밭고랑이 가지런해지"고요. 그래요. 뉘엿뉘엿 해가 넘어가는 저녁 들판 가지런해진 밭고랑에 서면 오도송을 들은 하늘도 들도 사람의 마음도 가지런해질 것 같습니다.

어린 소를 가르칠 때도 이렇듯 해야 할진대 하물며 사람에게는 어떠해야 할지요. 어떤 오도송이 있어야 할지요. 최근 학교폭력, 노동력 착취, 성폭력 등 아동 학대의 문제들을 어떻게 풀어야 할지, 또 극성스러운 과외로 주눅이 들어가는 아이들을 보며 어린아이를 대하는 어른의 태도는 어떠해야 할지도 이 작품을 통해서 다시금 생각하게 됩니다.

시조를 가다듬은 오랜 연륜을 말해주기라도 하듯 읽으면 읽을수록 편안하고 또 읊으면 읊을수록 맛이 나는 시조입니다. '오도송'은 내용의 편안함에 깊이와 성찰을 주고 있는 좋은 제목이군요.

할으려 해 내민 손을 할퀴진 말아다오

달콤한 웃음 뒤에 숨겨놓은 날 선 발톱

할고는 또 할퀴려는 고흔 눈빛 무섭다.
　　　- 손증호 「고양이 발톱」

이 작품의 작품성은 반복과 균형에서 찾아집니다. "할"고 "할퀴"는 상반된 행위의 대비와 "달콤한 웃음"과 "날 선 발톱"의 대비가 정직하게 드러나 있네요. 또한 초장과 종장이 중장을 중심으로 기울어짐 없는 균형을 보여주고 있습니다. 글자 수의 흐트러짐이 없는 것도 균형미를 증폭시키고 있어 마치 시조의 전형을 보는 것 같군요. 그런 반복과 균형을 통해 다른 동물과는 다른 고양이만이 가진 개성과 고양이로 빗대어지는 의미가 더욱 확연하게 살아나고 있습니다.

그러나 무엇보다 이 시조를 다시 보게 한 것은 종장의 "고흔"이었습니다. 이 시어의 원래 의미는 '고운'일 것인데, 우선은 강조의 의미로 쓴 표기겠지요. 그러나 다시 읽어보면 강조의 의미에 더하여 이 시조 전체에 시니컬한 분위기를 드리우고 있는 것을 알 수 있습니다. 하나의 시어가 한 수의 시조를 끌어당기는 눈이 되어 생동감과 긴장감을 더해주고 있는 것입니다.

공벌레가 기어가네 젖은 땅을 끌어안고

구둣발로 툭툭 차면 돌돌돌 굴러가네

둥글게 지구를 굴리네 착 감기는 그의 병법兵法
　- 성국희 「긍정」

병법이라고 하면 제일 먼저 『손자병법』이 생각납니다. 잘은 모르지만 '지피지기知彼知己 백전불태百戰不殆'라는 말이 있다는 것은 알고 있습니다. 나를 알고 상대를 알면 백번 싸워도 위태롭지 않다는 말입니다. 정말 맞는 말씀입니다. 나를 알지만 적을 모르면, 적은 알지만 나 자신을 모르면, 더구나 나도 적도 모르면 어떻게 싸움에서 이길 수 있겠는지요. 그리고 또 한 가지 마지막 병법 제36계는 작전상 후퇴, 즉 달아나기라지요.

공벌레는 적이 나타나면 놀라서 몸을 둥글게 마는 습성이 있습니다. 시조에 나타난 공벌레는 기어가다가도 "구둣발"에 차이면 적인 줄 알고 얼른 몸을 말아서 "돌돌돌 굴러가"

는 모습입니다. 그 굴러가는 모습을 "둥글게 지구를 굴"린다
고 하였군요. 지구가 둥글다는 것을 한낱 공벌레가 어떻게
알았을까요. 그리고 『손자병법』을 또 어찌 알았을까요. 힘이
없는 공벌레가 위험에 대처하는 법은 최대한 빨리 몸을 피하
는 것이겠지요. 적이 누구든 제 몸을 지구와 똑같이 말아 재
빨리 굴리는군요. 피하는 방법 하나는 일등인 공벌레의 병
법이 참으로 신기합니다. 공벌레는 아마도 자연의 본능으로
지구는 둥글다는 것과 자신이 살아남을 수 있는 병법은 굴러
서 도망가는 것이라는 것을 알고 있나 봅니다.

 "병법"이라고는 했지만 '긍정'이라는 시조의 제목으로 보
면, 또 마른 땅이 아닌 "젖은 땅을 끌어안고" 굴러가고 있는
모습을 보면 그 병법이란 공벌레와 지구의 교감, 혹은 소통
의 병법, 그것인 듯합니다. 소통으로 교감하게 되고, 성장하
게 되고, 지속적인 성장으로 인해 지속되는 기쁨을 누리게
된다고 하였습니다. 우리 삶에 있어 가장 궁극의 지향점은
단발성의 기쁨이 아닌, 바로 그 지속되는 기쁨이라고 하고
요. 그렇다면 우리가 나아갈 방향은 지속적인 성장, 그것이
어야 하는군요.

 소가 밭을 가지런히 가는 것, 공벌레가 지구를 돌돌돌 굴
리는 것, 그것은 으레 해야 하는 공부요 당연히 매일 하는 일
이겠지만 날마다 일구어 풍요해지는 밭을 보며, 끌어안은
지구와 나와의 융합, 나와의 일치를 느끼며 매일매일 살아
간다면 같은 날이라도 날마다 어찌 새날의 기쁨을 느끼지 않

겠는지요.

문틈을 비집고 든 풍뎅이 한 마리가

달군 솥에 콩 볶듯이
좁은 방 휘젓다가

창문을 날파람 나게 들이받는다, 너처럼
- 김정연 「출구」

마지막 등장인물은 풍뎅이입니다. 제가 청소년 시절부터 좋아하던 프란츠 카프카의 「변신」이란 단편이 있습니다. 주인공인 그레고르 잠자는 어느 날 아침 '등딱지가 거북처럼 단단하고 다리가 많은 벌레'가 된 자신을 발견합니다. 이 소설을 처음 읽었을 때 그 상상력이 놀라웠는데요. 사람이 변신한 그 벌레의 모습이 풍뎅이와 흡사하였는데 이 시조의 풍뎅이도 사람에 비유되어 있군요. 마지막 "너처럼"에서 자연스럽게 떠올리게 되는 '사람'입니다.

풍뎅이는 지금 "문틈을 비집고" 제 갈 곳이 아닌 "좁은 방"을 분간 없이 들어가 "출구"를 찾아 온통 "휘젓다가// 창문을 날파람 나게 들이받"고 있습니다. "너처럼"의 너는 거울 속의 나처럼 '나'일 수도 있고 아니면 또 다른 '너'이거나 일반적인 사람인 '너'일 수도 있어 풍뎅이는 단순한 대상이 아닌 그것의 행동이 상징하는 내면의 의미를 가진 존재로 나타나고 있습니다.

네가 되어보는 공감 능력, 너의 형태가 어떤 것이든 간에 이상하다 혹은 이상하지 않다고 단언하지 않고 그가 가진 본 모습을 찾아보는 것, 그것이 상상력의 가장 큰 바탕이 되는 것은 아닐까, 네 편의 시조를 읽으며 생각해 보았습니다.

이곳서 종신서원 한
그 고독이 슬프다

폐가

담장 밑

야생화가 피었다

그것도 그늘진 곳

새하얗게 내민 얼굴

이곳서 종신서원한

그 고독이 슬프다

- 유자효 「야생화」

경북 왜관에 있는 성베네딕도회수도원에 가서 수사들의
종신서원 모습을 본 적이 있습니다. 종신서원이란 일생을 마칠 때까지 하느님께 자신을 바치겠다고 약속하는 것입니다. 바닥에 엎드려 하느님께 서약하는 청년 수사들의 모습을 보고 눈물이 났었습니다. 그들은 얼마나 영혼으로 사는 사람들이기에 몸이 없는 사랑, 실체가 없는 사랑에 일생을 바치겠다고 약속하는 걸까요. "그대 앞에만 서면 나는 왜 작아지는가"라는 노랫말을 가진 노래를 즐겨 불렀다던 '큰 바보' 김수환 추기경이 생각나네요. 그분도 몸이 없는 사랑이 괴로웠던 순간이 있었을까요, 아니면 몸이 없는 사랑을 너무나 사랑한 걸까요.

마더 테레사 수녀, 김수환 추기경, 이태석 신부와, 소록도에 와서 환자들과 그 가족들에게 평생을 바치고는 처음 올 때 가져왔던 낡은 가방 하나만 들고 떠난 마리안, 마가렛 수녀. 우리는 이렇듯 사랑의 삶을 살았던 그들을 감동으로 기억하지만 아직은 너무 어리게 보이는 새파란 비구니들, 아직은 소녀티가 나는 새하얀 수건 속의 어린 수녀들이 삼삼오오 다니는 것을 보면 그늘 속에 있는 여린 야생화를 보듯이 왜 또 그렇게 마음 한구석이 짠한가요.

야생화는 어디서든 움직이지 못하는 운명이기에 기왕이면 친구들이 많은 밝은 풀밭에서 행복하게 태어나야 할 것을, "폐가" 그것도 "담장 밑" "그늘진 곳"에서 피어났군요. 그러나 운명을 원망하지 않고 종신서원의 고독을 견디는 그 모습이 시인에게 연민의 마음을 심었으니 그것이 그 아이에게 큰 위로가 되었으면 합니다.

시에 평생을 바친 고독한 시인의 삶도 종신서원의 삶입니다. 시가 아닌 다른 염원에 마음을 빼앗기고, 고독을 잊어버리고 살고 싶어 한 제가 조그만 야생화보다 더 작아 부끄럽습니다.

> 오동도 갯바람에 동백꽃잎 붉어지고
> 두터운 방한복들 겹겹이 껴입었는데
> 깡마른 억새풀만은 꼿꼿하게 서 있네.
> ─ 김진수 「여수 세한도」

김진수 시인을 처음 만난 것은 2011년, 《현대시학》 사무실에서였습니다. 이미 시인이었던 그는 그때 시조로의 등단도 준비하고 있었습니다. 웃음이 고여 있는 크고 서글서글한 눈매에 물기가 어려 있었습니다. 그는 여수에 살고 있으며 그의 고향은 여수에서도 바닷길을 달려야 하는 조그만 섬, '풀섬'이라고 했던가요. 그러고 보니 그의 눈에 고인 그것도 그가 평생 사랑한 바다, 그 물결의 어른거림이 아니었나 싶군요.

〈세한도〉는 추사의 신품입니다. 칠십 평생에 벼루 열 개를 뚫었고 붓 천 자루를 몽당붓으로 만들었다는 추사. 만년에는 고졸의 경지를 보여준 추사이지만 찬 겨울을 견디는 유배지의 외로움이 진하게 묻어나기도 하는 이 〈세한도〉에는 소나무와 잣나무를 통해 절개와 지조를 그렸습니다. 김진수 시인의 「여수 세한도」에서 볼 수 있는 것도 이렇듯 꼿꼿한 지조이군요.

'여수 세한도'라는 예사롭지 않은, '여수'와 '세한도'를 결합한 이 제목에서는 여수를 뒷배처럼 거느리고 있는 자신감과 배짱이 묻어납니다. 그는 선비의 표상인 소나무와 잣나무 대신 민초의 표상인 '억새풀'로 여수를 나타내었습니다.

"오동도 갯바람에 동백꽃잎 붉어지고" 살을 에는 바람이 불어오는지 "두터운 방한복들 겹겹이 껴입었"군요. 날이 가고 갯바람이 부니 동백꽃잎 붉어지기도 하고 추우니 방한복들 겹겹이 껴입기도 하는데 "깡마른 억새풀만은 꼿꼿하게 서 있"습니다. 아무리 바람 불어도 그 빛깔 변하지 않고 아무리 춥고 헐벗어도 웅크리지 않는 억새풀. 단시조이지만 어떠한 연시조에도 싣지 못할 무게를 지닌 「여수 세한도」의 결기입니다.

> 잠깐을 머물다 갈 길손인 걸 알면서도
> 새가 막 자릴 뜨자 나뭇가지 요동친다
>
> 한 사람 길을 떠나는
> 하늘이 참 푸르다
> – 이광 「발인」

우리는 모두 지상에 "잠깐을 머물다 갈 길손인 걸" 알고 있습니다. 그러니 어떤 고매한 깨달음이 있다고 해도 왜 흔들림이 없겠습니까. 월명사께서도 우리나라 정형시의 원류인 향가에서 "어느 가을 이른 바람에/ 이에 저에 떨어질 잎처럼/ 한 가지에 나고/ 가는 곳 모르온저"(「제망매가」)라고 애타게 노래하지 않았습니까. 사람이 세상을 뜨는 것처럼 "새가 막 자릴 뜨자 나뭇가지 요동"칩니다. "잠깐을 머물다 갈" 찰나의 가벼움이 새와 나뭇가지의 비유와 잘 맞는군요. 또한 더욱이 그러한 것은 죽은 사람의 영혼을 데리고 가는 것도 이승의 오리, 기러기, 저승의 옥새와 같은 새이기 때문입니다.

"새"가 "자릴 뜨자" "요동치"는 "나뭇가지"를 시인의 시선은 놓치지 않았습니다. 그 가지는 잎을 다 떨어뜨리고 겨울에 들 준비를 하는 까맣게 마른 여윈 가지일 겁니다. 그러하기에 그 가벼운 새가 자릴 떠도 그렇게 요동쳤을 겁니다. 새가 앉았던 나뭇가지는 요동치지만 다행히 "길을 떠나는/ 하늘이 참 푸르"군요. 흔히 가을 하늘을 높고 푸르다고 하지만 맑은 날 겨울 하늘을 한번 보세요. 정말 쨍하니 시리게 푸르답니다.

하늘 길을 따라 "한 사람" 떠나는 길을 따라가면 닿는 곳은 미타찰彌陀刹이겠지요. 그렇기에 월명사께서 그 극한의 슬픔을 담은 노래를 "아으 미타찰에 만날 나는/ 도 닦아 기다리련다"라는 종교적 발원으로 끝맺지 않으셨을까요. 하늘이 눈 시리도록 참 푸를 만도 합니다.

김진수, 이광, 두 분의 작품은 완성도 높은 시조의 참맛을 보여주고 있습니다.

> 돌담 안 고목 위 얼굴 붉힌 감이 있다
> 높고 푸른 하늘이 내려다보고 있다
> 까치와 입 맞추라고 집주인도 허락했다
> ─ 구중서 「까치밥」

봄과 여름이 많은 시를 남기고 뜨겁게 지나가고, 마지막 열정을 불사르는 가을의 정경은 곧 맞이해야 할 혹독한 겨울을 앞두고 있기에 아쉽고 애잔합니다. 더구나 서리라도 하얗게 뒤집어쓴 새빨간 홍시 하나가 입동 지나 소설 가까운 즈음 싸늘한 허공에 아직 매달려 있다면 그것은 정말 정감 어린 우리나라의 한 풍경이 아닐 수 없을 것입니다.

이 까치밥에 대하여 김남주 시인은 그의 시 「옛 마을을 지나며」에서 "찬서리/ 나무 끝을 나는 까치를 위해/ 홍시 하나 남겨둘 줄 아는/ 조선의 마음이여"라고 노래하였고 송수권 시인은 그의 시 「까치밥」에서 "눈 속에 익은 까치밥 몇 개가/ 겨울 하늘에 떠서/ 아직도 너희들이 가야 할 머나먼 길/ 이렇게 등 따숩게 비춰 주고 있지 않으냐"라 하였으며 정완영 시인은 작품 「감」에서 "한 톨 감 외로이 타는/ 한국 천년의 시장기여"라고 노래했습니다. 이처럼 우리나라의 까치밥은 궁휼을 베풀 줄 아는 "조선의 마음"이며 "한국 천년의 시장기"의 표상이며 '가야 할 먼 길을 비춰주는 등불'과 같은 존재로 표현되었지요.

구중서 시인의 「까치밥」은 어떤가요. 이처럼 이미 상징화된 사물을 시의 대상으로 다시 살려내는 일은 정말 어려운 일일 것입니다만 그러한 이미지를 이렇듯 재미있고 친근하게 넘었습니다. "고목 위 얼굴 붉힌 감이 있"고 "높고 푸른 하늘이" 증인처럼 "내려다보고 있"고 "집주인도 허락했"고 이제 까치는 입만 맞추면 되겠군요. 하늘이 내려다보고 있으니 온 천하가 다 보고 있다는 것인데 러브신의 사인이 떨어졌으니 참 난감한 상황이네요. 그 난감한 상황을 어느 돌담 뒤에 숨어서인 듯 짓궂게 보고 있는 화자는 참 개구쟁이 같습니다. 그래서 감은 더욱 얼굴을 붉히고 있군요. 그래요. 이제 분위기는 다 무르익었으니 빨리 까치가 와서 감에게 입 맞춰주기를 기대합니다. 까치는 그 배 속에 감의 씨앗을 품고 어디든 날아갈 겁니다. 그렇게 어딘가에서 또 하나의 감나무가 자라날 것이고 지구에 감나무가 퍼져갈 겁니다. 이 감나무처럼 흔쾌히 나의 살과 뼈를 내어주는 사랑이 있어야 지상의 삶은 이어지는군요.

편안한 격조가 느껴지는 구중서 시인의 시조를 읽으면 시조의 고향에 돌아온 것 같은 기분이 듭니다. 그러나 그의 시조는 고색창연하지 않습니다. 오래된 연륜이 가질 법한 굳어진 사고의 틀 대신에 큰 품과 넉넉한 천진성과 유연함이 친근하면서도 신선한 맛을 느끼게 합니다. 구중서 시인의 시조는 구중서 시인만이 부를 수 있는 특별한 노래입니다.

지상의 모든 나무가
로켓처럼 쏘아 올려 진다

김영숙「평화」
박정호「세월의 숲」
황영숙「흉터」
이창규「관, 세음」

  잠시 떠났다가 돌아온 지난 9월 저의 아파트 창문에 찍혀
있던 제법 큰 새의 것으로 보이는 죽음의 자취, 부딪혀 사방
으로 튄 핏빛 무늬와 유리창에 붙어 있던 깃털들은 말라 잘
지워지지 않았습니다. 길 떠나기 전에 유리창을 닦았었습니
다. 가을이 잘 와 있으라고 밀대로 손이 안 닿는 데까지 깨끗
하게……. 그런데 유리가 안 보이도록 너무 깨끗하게 닦았
나 봐요.
  병상의 아버지로부터 전화를 받고 아버지가 드시고 싶다
는 초밥을 사서 식당에서 급히 뛰어나오다가 저도 유리문에
이마를 찧어 혹이 난 적이 있었습니다. 계단을 급히 내려오
다가 발목을 삐어 한 육 개월 고생을 한 것도 그렇고요, 뭐든
급하면 하찮은 일에서도 사고가 일어납니다. 그 새도 무슨
급한 일이 있었을까요. 누가 아팠던가, 아니면 배고픈 아이

나 아비를 위해 급히 먹이를 물어 오던 길이었던가, 혹은 시력이 나빠 흐린 날에 유리를 미처 못 봤을지도 모르겠군요.

한평생 야전잠바를 입은 군인으로, 사기꾼들 좋은 일만 시킨 순진한 장사꾼으로, 시골 학교의 선생으로 외지를 다니며 사신 아버지의 마지막은 병마로 검은 온몸이 풍선처럼 부풀어 고통스러웠습니다. 파란만장.

사라지고 나서야 그립고 아름다운 것으로 남는 완생. 비로소 아름다워지셨으니 좋은 곳에서 잘 쉬세요, 아버지.

다시 가을입니다. 곧 겨울이고요. 각기 다른 마음을 품었던 사람들이 구름처럼 모여들었던 광화문 광장도, 서초동 법원 앞도, 여의도 국회의사당도 모두 하나로 뒤덮어 버리는 함박눈이 내릴 겁니다.

열심히 일한 귤나무의 한살이도 내리는 눈 속에 고요하군요. 한 해 동안 귤밭에서 산 사람도 이제 평화 속에 있습니다.

수확 끝난 귤밭에
눈이 내린다

모시나비
날아들 듯
눈은 날린다

쪼그려 그것을 본다

심장 소리 잦아든다

  - 김영숙 「평화」

    자연에서 온 "모시나비"와 사람의 "심장 소리"가 함께 놓여 있습니다. 모시나비들이 날아와 내려앉으니 내 안의 심장 소리도 나비의 움직임에 맞춰 잦아드네요. 이 두 시어가 한 수의 단시조를 다 채웠습니다.

    눈을 유정하게 바라본 사람이 아니면 그 속에서 모시나비를 발견할 수 있을까요. 그 잔잔한 정경 속에 있는 모시나비의 가벼움이 고요하고 들리는 나의 심장 소리도 충분히 고요합니다. 열과 성을 다한 귤 농사의 수확이 끝났기에 느낄 수 있는 평화입니다. 모시란 무게가 거의 없는 얇고 고운 여름 옷감인데요, 그 빛깔도 눈송이 같은 흰빛이네요. 모시 저고리의 배래선을 떠올리게 하는 모시나비. 나비는 모두 가벼울진대 그 가벼운 나비 중에서도 더욱 가벼운 느낌이 드는 "모시나비"이군요. 하늘하늘 날아드는 눈에 그 비유가 선명합니다.

    종장의 첫 구는 "쪼그려"입니다. 중장의 정경을 심장 소리 잦아들도록 오도카니 넋을 놓고 바라보고 있는 모양이네요. 이 "쪼그려"는 한적한 정경이 그냥 한적하지만은 않은 긴장감을 주고 있습니다.

떨어지는 나뭇잎엔 천문도가 그려져 있다

살아서는 다 갈 수 없는 희망가옥인 별의 길

지상의 모든 나무가 로켓처럼 쏘아 올려 진다.
 - 박정호「세월의 숲」

　우주를 창조하고 지상의 온갖 생명을 불어 넣으신 그분
은 어찌 그리 한 치의 어긋남도 없이 치밀하신지요. 그리 크
신 분이 어찌 이토록 구석구석까지 완벽하게 돌보셨는지요.
'큰일을 잘하는 사람은 작은 일도 잘한다', '작은 일을 잘해
야 큰일도 잘한다'는 말을 하곤 하는데 과연 맞는 말인 것 같
네요. 대칭과 균형이 더할 수 없이 정확한 나뭇잎의 잎맥인
데 시인은 그 나뭇잎에서 천문도를 보고 있군요. 〈천상열차
분야지도〉의 별자리들이, 떨어지는 나뭇잎들엔 그려져 있
습니다.
　오늘 공원을 산책하다가 본 낙엽들에는 벌레가 먹은 까
만 구멍이 빼곡하게 나 있었습니다. 성한 곳이 한 군데도 없
는 구멍투성이 낙엽들이 벤치 위에 떨어지고 벤치는 무릎을
꿇고 그들을 경건히 받아안는 모양이더군요. 지금 거리에는
소신공양하고 떨어진 별자리들이 지천입니다. 이 "떨어지는
나뭇잎"에는 "희망가옥"으로 가는 "천문도가 그려져 있"습
니다. 우울증은 절망이 아닌 무망無望의 상태에서 온다고 하

더군요. "희망가옥인 별"이 있는 동안은 "지상의 모든 나무가 로켓처럼 쏘아 올려"질 것입니다.

　등단 삼십 년 만에 펴낸 시인의 첫 시집 『빛나는 부재』(고요아침, 2019)를 시인의 온화한 미소를 기억하며 반갑게 읽었습니다.

　　불혹에 유학을 떠난 그의 방이 아프다

　　실업의 쓰린 상처를 달래주던 벽지들

　　견디던 청춘의 궤적
　　울퉁불퉁
　　밤이 깊다
　　 - 황영숙 「흉터」

　"불혹에 유학을 떠난" 심정이 어떠했을지 짐작이 갑니다. 그렇게 노력했건만 나에게 맞는 일, 맞는 일자리를 찾지 못했습니다. 우울하군요. 얼마나 가슴이 아프고 속이 상했을까요. 그리고 불혹이 되었습니다. 날마다 책상 앞에 앉아 자기소개서를 쓰던 방, 그 방마저 "아프다"고 하는군요. "실업의 쓰린 상처를 달래주던 벽지들"과 그가 견디던 "청춘의 궤적"이 그대로 "울퉁불퉁" 드러나 있는 방은 늘 "밤이 깊"어 있습니다.

죽어갈 꽃을 한 아름 품지 않았다면/ 강이 되어 흐르고자 하지 않았다면/ 이 거리 저 골목 바람에 날려/ 뒹굴며 부서진 눈사람처럼/ 소리 없이 울부짖었으리라

이 시는 이민호 시인의 「오아시스에 대한 명상」의 일부입니다. 누구나 "죽어갈 꽃을 한 아름 품"고 살고 있으며 결국은 죽음으로 갈 길이더라도 "강이 되어" 흘러갈 염원으로 살아갑니다. "죽어갈 꽃"이라야 생명이란 것이 있는 삶의 아이러니가 오묘합니다. 살아 있으려면 죽음으로 가야 합니다. 죽지 않는 꽃은 살아 있지도 않음이니 살아 있음을 느낀다는 것이 그토록 소중한 삶의 동력이 되는 것이었군요.

유학을 떠난 그가 느끼는 실업의 아픔과 분노, 그것이 살아 있음을 느끼는 그의 삶의 동력이 되고 있으니 좀 늦으면 어떻습니까. 너무 일찍 성공하거나 삶의 동력을 잃어버려 마약이나 도박에 빠지는 불행한 사람도 많습니다. 살아 있음을 느끼고, 나에게서 타자에게로 삶의 지평을 넓히며 조금씩 나아가면 될 일입니다.

많은 사연을 풀어 쓸 수도 있었을 것을 잘 절제하여 단시조로 표현하였습니다. 시조 정형의 가장 중요한 특성은 한 수의 단시조 안에 시상의 매듭이 지어지는 것이니 시조의 특장점이 단시조에 있다는 것은 바로 이것을 말하는 것이라 해야겠습니다.

아무 날
아무 시에
무연고 봄이 오듯

세월의 바깥쪽은
저리 환한 모양이라

물 아래 달빛을 씻는
바람소릴 읽는다
— 이창규 「관, 세음」

 겨울이 오면 봄이 멀지 않습니다. 아무런 특별한 연고가 없이도 봄은 고맙게도 기필코 찾아와 수많은 나무를 하늘로 쏘아 올릴 준비를 합니다. 내가 견디는 세월은 어둡고 음산하여도 봄이 찾아오는 바깥은 환합니다. 그 환한 바깥의 소리에 귀를 기울여 볼까요. 환한 세상이 그리울 때 어머니들은 이렇게 외셨지요. "나무아미타불 관세음보살."

 관세음보살은 '세상에 있는 일체중생의 소리를 자유자재로 관찰하고 세상을 고통과 불행으로부터 구하는 보살'입니다. 도심에서 듣는 새소리가 반가운 아침, 관세음보살께서도 이 새소리를 듣고 계실까요. 재화를 쓰고 또 쓰고 쓰레기를 쌓고 또 쌓는 인간의 욕망으로 점점 살기 어려운 환경이 되어가는 지구의 오늘, 위험을 무릅쓰고 우리 곁에 남아 있는 생명들의 소리를 듣고 그들을 고통과 불행에서 구해주실 것이라 믿어봅니다. 그리고 그들에게 평화가 함께하기를 기원합니다.

무엇으로 다친 상처를 치유해야 할까요. 그것이 무엇이든 이것만은 확실한 것 같군요. 지상의 생명들이 그들만의 절실함으로 한세상 살아내는 것처럼 시인도 그런 절실함으로 시를 써야 할 것이라는 그것 말입니다. 나의 경험에서 우러나는 간절함이 없는 시는 그것이 없는 삶처럼 거짓된 것일 터, 그런 곳에는 관세음보살도 귀를 기울이지 않을 겁니다.

4부

쉽사리 허물어지지 않는
엇각을 지니고 있다

쉽사리 허물어지지 않는
엇각을 지니고 있다

쪼르르… 쪼르르…

방안을 밝히는 소리

그 보다 초록의 세상

온 우주 흔드는 소리

낙수가 바위에 구멍을 내듯

그리 뚫릴 나의 혼줄.
– 이상범 「차시茶詩 1」

옛 선비들은 새봄을 맞으면 산에서 보내줄 햇차 한 봉지를 기다린다고 했습니다. 맑은 물을 데워 우려내면 연둣빛으로 풀리는 찻잎에 산의 고요, 솔잎에 이는 바람, 맑은 기운, 햇살, 새의 지저귐, 봄눈, 고라니의 발소리 같은 것들이 같이 우러난다고 하고요. 차에는 시고 떫고 달고 쓰고 짠 맛이 다 있다고 하니 인생의 모든 맛이 다 들어 있을 것 같기도 하네요. 그래서 특별히 차를 '음미'한다고 하니까 우리가 먹는 것으로 정신적 인격이나 철학적 깨달음을 함께 논하는 것은 바로 차, 차인 것만은 틀림없는 것 같군요.

이미 사방이 어두워졌습니다. 차를 준비해 두었군요. 고요한 가운데 차를 따르는 소리 유독 크게 들립니다. "쪼르르… 쪼르르…." 찻물을 따르는 소리에도 말을 줄이는 여운이 함께하고 있네요. 어두운 "방안을 밝히는 소리"는 곧 중장에서 "온 우주 흔드는 소리"로 확대되었군요. 방 안에서 갑자기 우주 공간으로 뛰어넘는 높이뛰기입니다. 그리고 이것은 지금 이 방 안의 공간이 얼마나 고요한지를 간접적으로 보여주는 역할도 하고 있군요. 인위적인 소리가 한 끝이라도 있으면 들리지 않을, 기실 그것은 내 마음의 소리이므로 천지 사방이 고요하지 않으면 들을 수 없는 '소리'입니다. 우주 공간은 공기가 없으므로 실제의 소리는 전달되지 않기 때문이지요. 그런데 방 안에서 우주로, 우주를 흔들고 다시 돌아온 이 찻물 따르는 소리가 마지막으로 들어와 앉는 곳은 바로 내 영혼이네요.

"쪼르르… 쪼르르…" 가느다란 소리지만 어느 소리보다 힘 있는 소리, "낙수가 바위에 구멍을 내듯" "나의 혼줄"을 "뚫"을 그 소리입니다. 이 작품은 온통 찻물을 따르는 소리로 가득 차 있습니다. "방안을 밝히는 소리"에서부터 시각과 청각이 조응하는 신묘한 힘을 보여준 소리는 종장에서 시인과 완전히 한 몸으로 감응하는군요. 시인의 마음속에서 한 방에 빅뱅을 일으킨 찻물 따르는 소리. 가히 다도茶道라고 할 만하네요. 명작에는 정신의 향기가 있습니다.

　　도문 교외 늪지산장
　　두만강변
　　수풀 사잇길

　　사방 풀벌레들
　　숨죽여 끓는 바람결 위로

　　저만치
　　반만 열린 달
　　오시는 듯
　　서신 듯
　　 – 김성영 「국경의 반달」

"두만강변/ 수풀 사잇길"이 보이는 "도문 교외 늪지신장"

에 와 있습니다. 이 시조의 내용은 이 늪지 산장에서 보는 한 컷의 풍경입니다. 그 한 컷의 풍경 속에 있는 것은 반달인데 그 반달은 "사방 풀벌레들/ 숨죽여 끓는 바람결 위로" "오시는 듯/ 서신 듯" "저만치/ 반만 열린 달"입니다.

"숨죽여 끓는" "풀벌레들"과 올 듯 말 듯 "저만치/ 반만 열린" "국경의 반달"은 참 절묘한 이미지군요. 봉쇄된 국경지대의 긴장을 섬뜩하게 표현해 주고 있습니다. 풀벌레들마저 숨죽여 끓고 있으니 그곳의 사람들은 또 얼마나 "숨죽여" 살고 있을까요. "끓는"다는 표현으로 견디기 힘든 절박한 상태를 드러내고 있고 아득한 거리에 뜬 달조차도 오금이 저려 가도 될까 망설이는 모양입니다.

인상 깊은 한 장면을 단시조로 잘 다듬었군요. 국경의 한 풍경으로 그 풍경의 이면을 단적으로 드러낸 수작입니다.

단풍든 복자기 잎 골바람에 되작거린다

서쪽으로 반 뼘 정도 남쪽으로 반의 반 뼘

온종일 찢기지 않으려 이래저래 애쓴다
— 정옥선 「나도박달」

단풍 들었으면 이제 떨어져야 할 텐데요. 그것이 나무의 일생일 텐데 복자기나무는 이대로 떨어지기 아직도 많이 아

쉬운가 봅니다. 그도 그럴 것이 단풍나무 중 가장 색이 곱고 진하다는 "나도박달"이니까요. 골짜기에서 불어오는 바람에 잎을 "되작거리"고만 있네요. 되작거리고 있어봤자 그저 "서쪽으로 반 뼘 정도 남쪽으로 반의 반 뼘"이 고작, 운신의 폭이 딱 그만큼인데 이미 물도 다 말라 가늘어질 대로 가늘어진 몸피를 "찢기지 않으려" "애쓰"고 있습니다.

이형기 시인의 「낙화」가 떠오르네요.

> 가야 할 때가 언제인가를/ 분명히 알고 가는 이의/ 뒷모습은 얼마나 아름다운가// (……)

가야 할 때 사라질 줄 아는 미덕을 우리는 나무를 보며 배웁니다. 겨울을 인내하고 한 개의 나이테를 더 두르고 나면 찬란한 새봄이 온다는 것도 나무는 보여줍니다. 그러나 실상은 이 복자기나무처럼 "온종일 찢기지 않으려 이래저래 애쓰"는 안쓰러움도 있군요. 세상을 놓는 일이 어디 그리 쉽겠습니까. 사철을 사는 나무의 생애도 철마다 힘들기는 마찬가지입니다. 나무가 걸어온 사철을 생각하면 생의 투쟁을 담고 있는 한 잎, 한 잎입니다. 그러나 놓아버려야 새 삶을 살 수 있는 이치를 깨닫게 되지요. 잎들을 놓아버려야 겨울을 견딜 수 있고 겨울을 견디어 살아남아야 새봄의 환희도 맞을 수 있습니다.

깊은 연민을 담은 "이래저래 애쓴다"는 일상어가 시어로 격상될 수 있을 줄은 생각지도 못했습니다. 그러나 제법 제자리를 잘 찾아 앉아 있군요. 잃어버린 것을 찾기라도 한 것처럼 기분이 좋습니다.

절경이다!

흰 사발 속에 모락모락 김이 나는, 질펀한 짜장들이 질척하게 깔린 뻘에

눈부신 청옥青玉 서너 알

알몸으로
나뒹구는,
— 이종문 「절경絶景 2」

초장 첫 음보 "절경이다!" 뒤에 휴지가 있고 이 시조의 나머지를 한달음에 달려서 읽게 되는군요. 초장 첫 음보와 시조의 나머지 부분이 같은 무게를 갖고 있네요. 작품의 나머지 부분이 초장 첫 음보를 그려 보여주고 있고요. 그만큼 "절경이다!"가 가진 공간 장악력이 크고 나머지 부분이 이 첫 음보를 향해 집중되고 있습니다. 시조 일반의 흐름이 귀납적이라면 이 작품의 흐름은 연역적이라고 할 만하고요.

이러한 초반의 충격은 나머지가 한달음에 달릴 수 있는 흐

름을 가져와 이 시조의 분위기를 상쾌하고 활달하게 합니다. 먼저, 짜장면이라는 피사체에 맞춘 흐트러지지 않는 시선의 긴장감과 시어와 시어 사이의 탄력이 쫀쫀하군요. 그리고 흰 사발의 흰빛, 짜장의 검은빛, 청옥의 초록빛 선명한 대비도 긴장감을 유지하는 데 일조하고 있고, "모락모락 김이 나는" 뻘에 "알몸으로/ 나뒹구는" "청옥"에 와서는 사뭇 도발적이기까지 하네요. 완두콩 서너 알이 화룡점정이 되었습니다. 그리고 무엇보다 그러한 것들을 가능하게 하는 데 크게 공헌하고 있는 것은 시조의 구성이나 의미상으로는 말미에 와야 할 "절경이다!"를 맨 앞에 세운 강조의 도치라고 해야겠습니다.

기실 초장 첫 음보 "절경이다!"라고 한 부분은, 단순히 의미상으로 보자면 독자를 위한 친절한 서비스라고도 할 수 있겠네요. 이 시조의 제목과도 중첩되므로 없어도 될 부분이지요. 그러나 이 시조의 첫 행을 빼고 읽어보면 전체적인 긴장감과 힘이 빠져버리니 참 미묘하군요.

이렇듯 긴박한 호흡의 짧은 단시조이지만 읽고 나니 사설시조 한 수를 읽은 듯 느껴집니다. 왜일까요. 아마도 그것은 작품에 드러나 있는 아이러니 때문일 겁니다. 한 그릇 짜장면을 그린 과장된 표현에서는 현대라는 사회가 부추기고 있는 한없는 존재의 가벼움, 그 가벼움에 대한 반어를 읽을 수 있네요. 이 시조의 실험성도 그러한 반어의 하나라고 생각해 봅니다. 요즘은 TV, 유튜브 등 매체에서도 먹는 방송이 넘쳐나고 전국에 유명한 맛집도 많은데 어느 깔끔한 중국음식점의 한 벽에 이 작품의 시화가 걸려 있어도 좋지 않을까 싶군요.

시조의 힘을 보여주는 3장의 완결성과 촌철살인의 날카로움은 단시조의 생명입니다. 위의 작품들과 더불어 다음에 소개하는 이애자 시인의 작품에서 단시조의 힘을 다시 한번 느껴보시기를 바랍니다. 시조의 완결성은 한 치 틈도 없이 꽉 막힌, 닫힌 완결이 아니라 제주의 밭담들이 "바람 앞에 틈을 내주"는 엇각을 "부러" 지니고 있듯 자수에 얽매이지 않는 활달하고 시원한 틈을 은연중에 가지고 있는 완결인 것입니다.

    부러 바람 앞에 틈을 내준 밭담들 보라

    어글락 다글락 불안한 열 맞춤에도

    쉽사리 허물어지지 않는 엇각을 지니고 있다
      - 이애자 「제주사람」

햇살이 드는 날 오면
미친 듯이 뛰고 싶다

어느 외진 별에서는
끊임없이 신호를 보내고

지상엔 알 수 없는 부호
봄날을 날아다니고

꽃나무 주술呪術이 풀려
번쩍번쩍 눈을 뜬다
  - 정광영「기별」

　처용을 모셔야 할까 봅니다. 처용이 다시 온다면 세계의
어떤 히어로보다 더 막강한 슈퍼 히어로가 될 텐데요. 그러
나 마스크로 입을 가려놓았으니「치용가」를 제대로 부를 수

있을지는 모르겠군요. 봄이 만개하여 "꽃나무 주술이 풀"렸으니 세계를 뒤덮은 바이러스의 주술도 하루빨리 풀리길 기대해 봅니다.

꽃나무의 주술이 풀리기까지는 "어느 외진 별에서" 보내는 "끊임없(는) 신호"와 함께 "알 수 없는 부호"와 같은 지상의 신비가 함께해야 하는군요. 그 "끊임없(는) 신호"와 "알 수 없는 부호"는 무엇일까요. 주술을 푸는 것은 현세와 초월의 세계를 이어주는 중간자의 일이니 그 신호와 부호는 바로 샤먼의 일과 같은 것이겠군요. 별이 보내는 "신호"와 "봄날을 날아다니"는 "알 수 없는 부호"인 봄의 정령들을 '기氣'라고 정의해 봅니다. 사실 기란 삶의 원동력과도 같은 말이겠지요. 기가 막힌다는 것은 곧 죽음을 말하는 것이니까요. 코로나바이러스가 인간을 공격하는 방법은 폐를 뒤덮어 숨을 쉬지 못하게 하는 것이라고 하지요.

장자는 꿈속에서 나비가 되어 초월의 세계를 날고 절대 자유의 정신체인 진군眞君은 경험계의 속박이 없는 무궁한 곳에 노닌다고 합니다. 그러면 경험계의 속박이 없는 무궁한 곳에 노니는 절대 자유의 정신체인 진군은 보통의 사람과 어떻게 다를까요. 제가 아는 한 가지는 제가 평소에 쉬는 숨은 그저 코끝에서 들락날락하는데 진군의 숨은 한 번 쉴 때마다 발바닥 끝까지 내려갔다가 올라온다는 겁니다. 지금 발바닥 끝까지 내려가는 큰 숨을 한번 쉬어보십시오. 제가 만일 저의 몸의 머리끝에서 바닥까지 가는 숨을 쉴 수 있게 된다면 절대 자유의 영혼이 될 수도 있겠다 싶군요.

　한자리에 꼼짝없이 멈추어 있지만 뿌리에서 우듬지 끝까지 수액을 길어 올려 만개한 꽃들이 허공의 세계를 활짝 피워놓았습니다. 지금 여기는 우주의 기가 만개한 봄날입니다. 기운생동의 노래, 가득한 정령들의 기운이 이 시대의「처용가」가 되길 바라는 마음 간절합니다.

　　내가 한 일이라곤

　　어제를 따라 걷는 것

　　절지 않았다고

　　아픔이 없었을까

　　햇살이 드는 날 오면

　　미친 듯이 뛰고 싶다
　　 – 임채주「골목·길」

　오늘 "내가 한 일"은 "어제를 따라" 걸어온 것이네요. "내가한 일이라곤/ 어제를 따라 걷는 것"뿐이었다고 해도 자책하지 말기로 해요. 어제가 있어 오늘이 있고 오늘이 있어 내일이 있는 것이니까요. 어제가 오늘의 나를 만들고 오늘의 나는 내일의 나를 만듭니다.

어제는 어떠했나요. "절지 않았"지만 "아픔이" 있었네요. 절어서 내 아픔을 드러내는 것은 자존감 있는 점잖은 사람이 할 행동은 아닙니다. 그러나 "절지 않았다고/ 아픔이 없었을까"요. 아픔에는 치유될 수 있는 아픔과 치유될 수 없는 아픔이 있습니다. 모두 어렵지만 열심히 사는 것은 치유될 수 있는 아픔은 치유하고 치유될 수 없는 아픔에 대해선 끝까지 사람의 도리, 사랑과 책임을 다하기 위함이겠지요.

경제 사정이 어려운 것은 딛고 일어설 수 있는 아픔입니다. 「골목·길」에서 보듯이 "햇살이 드는 날"이 오기를 기대할 수 있는 아픔은 치유의 희망이 있는 아픔이겠지요. 그런 기대조차 할 수 없는, 치유되지 않을 천형과 같은 남모를 아픔을 안고 사는 사람도 알고 보면 많으니 마음을 넓게 먹기로 해요. 아픈 만큼 성숙해진다고 하지요. 아픔이 성숙한 나를 만듭니다. 타인과 세상에 공감할 수 있는 어진 심성을 만들고 아픔에의 자각, 그것이 깊이 있는 시를 쓰게 합니다.

그러나 어제의 어두운 길이 너무 길고 아팠으므로 "햇살이 드는 날 오면/ 미친 듯이 뛰"기로 해요. 하루를 와글와글 앵앵거리는 하루살이처럼, 일주일을 미친 듯이 우는 매미처럼, 봄 며칠을 흐드러지게 피어나는 진달래꽃처럼 살아보기로 해요. 만약 그런 날이 왔는데도 울지 못하고 피어나지 못한다면 하루살이만도 못한 못난이인 겁니다. 하늘이 본다면 인간도 한 마리 하루살이와 같을진대 그날이 오면 미친 듯이 뛰고 싶은 그 마음 감추지 않기로 해요. 그리고 그날이 오늘이라는 생각이 들면 지금 용기 내어 사랑을 고백하기로 해요.

일체유심조一切唯心造. 이 말을 깜빡 잊어버려도 곧 다시 기억하기로 해요. 차라리 지금의 나를 있는 그대로 받아들이고 사랑하며 하루하루를 햇살이 드는 날인 듯 살아보도록 하지요.

> 오가는 이웃들과
> 행복을 나누자고
>
> 따뜻한 마음으로
> 저 가게를 열었겠지
>
> 주인은 어디 갔을까
> 세 놓는다
> 써놓고
> ─ 우도환 「행복마트」

가게 이름을 '행복마트'라고 짓고 행복해했을 주인의 모습이 떠오르네요. "오가는 이웃들과/ 행복을 나누자고" 했던 참으로 다정하고 따뜻하고 친절한 사람이었을 것입니다. 그러나 그러했던 마음을 펴보지 못하고 그만 문을 닫아야 할 처지가 되고 말았군요. "세 놓는다/ 써놓고" 주인은 자취를 감추고 말았습니다. 적자가 불어나면 첫 마음은 꺾이고, 감당할 수 없는 지경에 이르면 문을 닫아야 할 상황이 되기도 할 겁니다. 번창하여서 잘되었으면 '이전, 확장'이라고 써 붙여 놓았을 텐데요. 저의 아파트 상가에도 몇 달째 '임대'라고 써 붙인 빈 가게가 늘어가고 있습니다. 장사는 안되는데 자꾸 오르는 임대료를 감당할 수 없어, 그리고 코로나 사태 이후에는 적자를 감당할 수 없어 문 여는 것을 포기하는 가게가 늘고 있는 것입니다.

한 두어 달 칩거 아닌 칩거를 하다가 길어진 머리카락을 감당할 수 없어 단골 미용실로 머리를 자르러 갔습니다. 다행히 문이 열려 있었습니다. 혼자 손님을 기다리던 미용사가 말하길 문을 닫을까 고민하다가 주인에게 전화하여 사정을 말하니 임대료를 50퍼센트 깎아주더라고 했습니다. 불황이 계속되자 '착한 임대'로 고통 분담에 동참하는 임대인들이 늘어나고 있다는 소식이 사실이었습니다. 지금의 바이러스는 한국만의 사정이 아닌 세계의 사정입니다. 쏟아지는 실업자, 노숙자, 슈퍼마켓에서 화장지를 서로 차지하려고 육탄전을 하는 해외의 영상들을 보며 함께 위기를 극복하는 한국인의 심성에는 자부심을 가져도 되지 않을까 생각해 보기도 하였습니다.

계속되는 불경기에 흔히 보는 광경입니다만 그 광경을 놓

치지 않은 시인의 세심하고 따뜻한 마음과 함께 크게 시적인
수사를 덧붙이지 않은 간결함과 담담함이 불황을 표현한 어
떠한 서사적 시편보다 더 잔잔한 감동을 주고 있군요. 겉멋
을 부리지 않은 진솔한 시조의 모습입니다.

> 하루의 짐이 버거워 인대가 파열된 날
>
> 지하도 계단 앞에 잎 다진 고목 한 그루
>
> 아프면 쉬다가라는 엄니말씀 전한다
> 　- 이승현 「귀가」

　지상에서의 한 편의 '삶'을 온전히 이루려고 하는 사람은
삶이 끝날 때까지 산다는 일에 열중해야 할 것입니다. 그런
후에라야 '완생'이라는 말을 할 수 있을 테지요. 산다는 일의
숭고함을 잊지 않는 삶은 어떤 삶일까요.
　현대미학은 반복을 견디지 못하는 천편일률적인 삶과 사
고가 지속되는 두려움을 '공포'라 이르며 우리의 일상에서
'반복의 폭력성'을 이야기합니다. 그러나 〈진주 귀고리를 한
소녀〉로 잘 알려진 17세기 네덜란드의 화가 베르메르의 그
림 중에는 〈우유를 따르는 여인〉〈레이스 뜨는 여인〉과 같은
그림이 있습니다. 하녀가 우유를 따르고 또 평범한 아낙이
레이스를 뜨는 일상의 순간도 명작이 될 수 있음을 환한 고

요와 집중을 통하여 보여줍니다. 영원을 향해 있는 인간의 시선은 이렇듯 순간 안에 있는 영원의 모습을 보여줍니다. 날마다 변함없이 반복되는 삶 속에서 섬세한 슬픔과 외로움과 고통과 그리움을 시조로 다듬으며 마음속에 이는 기쁨을 많이 가지시기 바랍니다.

소소한 행복의 중요성을 우리는 이 봄을 지나며 새삼 느끼고 있습니다. 날마다 하던 일을 여느 날처럼 할 수 있는 기쁨을 어서 빨리 되찾았으면 좋겠군요. 먹고사는 일과 바이러스 감염의 걱정을 넘어 마음속에 이는 기쁨을 향유할 수 있는 삶이 하루빨리 우리 곁에 와주기를 고대합니다.

잘 살아낸 삶은 균형 있는 삶입니다. 꿈과 현실, 몸과 마음, 이성과 감정, 희망과 절망, 소비하고 싶은 것과 주머니 사정 사이의 균형. 타협이라고 해도 좋습니다. 마음의 면역력을 높이기 위한 나 자신과의 타협은 꼭 필요한 것입니다. 아프다는 것은 좀 쉬다 가라는 몸이 보내는 신호입니다. "인대가 파열"될 정도로 달리는 "하루의 짐"은 버거우니 "아프면 쉬다가"는 것도 그 균형을 찾는 일입니다. 계단에서 넘어져 인대가 파열된 것을 보고 "잎 다진 고목 한 그루"가 전해주는 엄니의 말씀이 지혜롭습니다.

내가 유지해 가는 삶의 균형처럼 어둠과 밝음, 외면과 내면, 형식과 내용, 틈과 틈, 드러나는 것과 감추어진 것 사이에 긴장과 균형을 유지하며 공기의 압력이 가득 찬 공처럼 탄탄한 시가 있습니다.

비탈을 가진 너와

넝쿨을 가진 내가

길이란 길 다 돌아와

쌓아가는 오막살이

이렇게

아픈 더듬이

밤새도록 감아서

    - 최양숙 「다시,」

   바로 설 수 없는 너는 비탈을 가졌고 자력으로는 살 수 없는 나는 넝쿨을 가졌습니다. 어떻게든 살아내려고 "길이란 길 다 돌아와" 이제야 우리가 만났습니다. 무슨 대견한 것도 무슨 거창한 살림도 아닌 "오막살이"에 불과하지만 "이렇게/ 아픈 더듬이/ 밤새도록 감아서" 쌓아가는 그 삶은 감사와 사랑으로 가득 차 있을 것 같군요. 그렇게 서로 닮아가는 부부가 되고 가족이 됩니다. 나를 먼저 사랑하고 타인을 사랑하는 것은 사랑의 순서가 아닙니다. 사랑과 애정뿐 아니라 마음속에서 일어나는 만물과의 조응도 타자에 대한 관심에서 출발하여 내게로 돌아오는 것입니다.

   사람 인人의 한자도 서로 기대 있는 모양인데 그러나 세상엔 늦도록 혼자인 사람들도 많군요. 아직 길이란 길을 다 돌아보지 못했기에 그런 걸까요. 그러나 꼭 사람이 아니어도 좋을 겁니다. 아픈 더듬이 밤새도록 감아서라도 같이 갈 무엇이 우리 곁에 언제나 함께하기를.

꼬끼오 수탉 울음이
꽃 속에서 들렸다

고향집 아침마당에
붉은 볏 맨드라미

부지런히 땅을 긁던
토종닭 서너 마리

꼬끼오 수탉 울음이
꽃 속에서 들렸다
－ 김정 「맨드라미」

　김유정의 단편소설 「동백꽃」에 등장하는 두 가지 중요한
소재는 수탉과 동백꽃입니다. 그들은 더할 수 없이 강렬한
인상을 남기며 이 짧은 소설의 절정과 결말을 만들어갑니

다. 이 시조에도 역시 수탉과 꽃이 등장하네요. 꽃은 맨드라미이고요. 맨드라미꽃의 생김새에서 수탉의 볏을 어렵지 않게 떠올릴 수 있습니다만 여기에서 한발 더 깊숙이 들어간 종장으로 인하여 시가 되는 탄력이 살아났습니다. 맨드라미꽃에서 보는 수탉의 이미지가 종장에서 더욱 확연해졌군요. 그들은 일심동체를 이루었습니다. 「동백꽃」의 두 주인공이 '알싸하고 향긋한' 동백꽃 향기 속으로 무너지는 마지막 장면의 분위기가 있네요. 이 노랑 동백꽃은 강원도에서 부르는 생강나무꽃이라고 하지요. 재능 있는 시조시인이 가질 법한, 한 수의 단시조를 이루어내는 남다른 감각을 느껴봅니다.

홀로 익어 덩그런 누렁호박 몇 덩이와

씨앗들 다 내려놓은 빈 대궁 목울대와

석양에 뒤꿈치 들고 선 흰 고무신 한 켤레
      - 심석정 「고향」

역시 단시조에서 특히 두드러지는 종장의 미학이 돋보이는 작품입니다. 얼핏 보기엔 세 가지의 대상이 나란히 병치되어 있는 것 같으니 초·중장은 종장을 위한 조연들이고 배경이기도 하지요. 배경은 쓸쓸한 가을의 시골 풍경입니다.

"홀로 익어" 쓸쓸한 "누렁호박"은 돌보는 손길이 없이 지내온 시간의 오램을, "씨앗들 다 내려놓은 빈 대궁"은 자손들이 다 떠나고 없는 외로운 공간을 말하고 있습니다. 그렇게 마침내 석양이 된 배경 속에서 주인공인 "흰 고무신 한 켤레"는 마지막에 등장합니다. 모두 떠난 지가 언제인데 아직도 "석양에 뒤꿈치 들고 서" 계시네요. 사실 우리 할머니들의 코고무신은 한국을 대표하는 물건 중의 하나입니다. 고무신의 그 오뚝한 코는 험난한 역사를 헤쳐 나온 돛대의 표상이기도 할 겁니다. 말갛게 씻어놓은 하얀 한 켤레의 고무신은 할머니의 자존이었습니다. 압구정동에 가서 세운 코 말고도 우리에게는 우리의 유전자에 새겨진 코고무신의 낮지도 높지도 않은 위엄의 '코'가 있는 것입니다.

중장의 "목울대"로 인해 고개를 빼어 들고 선 "흰 고무신"의 이미지가 더욱 살아나는군요. 날이 뉘엿뉘엿하니 집으로 돌아오마는 기약도 없는 자식 걱정에 뒤꿈치를 들고 해가 지는 고개를 바라봅니다. 빈집의 댓돌에 그저 놓여 있는 고무신 한 켤레는 그 자리에 언제까지라도 있을 겁니다. 「일리아드」는 전쟁에 나간 이야기이고 「오디세이」는 전쟁에서 고향으로 돌아오는 이야기입니다. 고대 그리스의 이 양대 서사시 역시 인생을 은유하고 있습니다. 인생이라는 전장에 나간 아이가 전장에서 돌아올 때까지 고향의 어버이는 기다림을 멈추지 않을 것입니다.

반쯤 헐린

흙담 안

바스락대는

시래기들

헛기침하듯

무릎걸음으로

마루를

당겨놓고

이 빠진

햇살 한 줌이

찬밥덩이

오물거린다
- 손영희 「정자리 2」

   손영희 시인의 「정자리 2」는 배행이 많이 끊겨 있네요. 3행
이나 6행으로 표기하는 것이 시조의 전통적인 표기 방법이
겠지만 이 시조는 그 내용이 좀 남다른 면이 있어 형태도 그
에 맞추었군요. 모든 장이 4행으로 음보마다 툭, 툭 끊어지
고 끊어지는 곳마다 이미지도 툭, 툭 끊어지고 있습니다. 이
시조에 쓰인 "반쯤 헐린", "바스락대는", "시래기들", "헛기
침", "무릎걸음", "이 빠진", "햇살 한 줌", "찬밥덩이", "오물거
린다"와 같은 거의 모든 시어가 스산합니다. 이 스산한 시어
들이 행갈이로 부려져 있어 초겨울의 풍광을 더욱 스산하게

만들어주는군요. 이 시조의 배행은 이미지를 더욱 효과적으로 드러내기 위한 것이라고 해야겠습니다.

"헛기침하듯/ 무릎걸음으로/ 마루를/ 당겨놓고" "찬밥덩이/ 오물거리"는 것은 "이 빠진/ 햇살 한 줌"이지만 이 "이 빠진/ 햇살 한 줌"이 드러내고 있는 것은 "바스락대는/ 시래기들" 같은, 인생의 겨울에 접어든 한 초라한 노년의 모습이군요. "반쯤 헐린", "헛기침", "이 빠진", "오물거린다"와 같은 시어가 모두 오래되고 낡은, 온전하지 않은 노년의 모습을 보여주고 있지요.

초·중장의 이미지가 모두 종장을 위해 달리고 있는 이 시조는 정치한 언어의 맛과, 겹치는 이미지의 상승작용이 있습니다. 꺼질 듯 가물대는 햇살 한 줌이 마루 끝에 앉아 있는 그 정경이 눈에 보일 듯하고, 시래기들의 바스락대는 소리가 귀에 들릴 듯합니다. 이 시조는 한 노인을 퇴락한 풍경으로 보여주었다기보다는 한 퇴락한 풍경을 노인의 모습으로 보여주었다고 하는 것이 더 시의 맛을 살려주는 읽기가 될 것입니다.

「맨드라미」「고향」과 더불어 「정자리 2」는 시는 그냥 보여주는 것이라는 것을 보여주는 작품입니다. 너무 많은 생각, 너무 많은 자의식, 또는 무의식, 너무 많은 시어, 실험, 제어되지 못한 감정과 감각들로 채우면 시조로서는 실패하기 마련입니다. 그래서 더욱 흐린 물을 가라앉혀 맑은 물을 떠내는 정련이 필요하기도 하고요. 하나의 아이디어로 작품의 뼈대가 만들어지면 끊임없는 퇴고를 하되 그 퇴고는 부자연스러운 개칠을 걷어내는 것이 되어야 할 것입니다.

단풍 든 네 가을의 오른쪽은 무척 환하다

벌레 먹은 나의 왼쪽은 어둠이 매우 깊다

무작정 흔들고 가는

이 스산한 편두통
- 임성구 「불균형의 가을」

저는 편두통을 오래 겪어봐서 편두통의 괴로움을 좀 안다고 할 수 있습니다. 이 작품을 처음 보았을 때 초장과 중장이 편두통의 상황을 충분히 잘 그려내고 있다는 생각이 들었습니다. "오른쪽"과 "왼쪽"은 "편두통"을 드러내기 위한 것으로 보입니다. 이 시조 역시 종장의 미학을 빼어나게 보여주고 있습니다. 편두통은 정말 갑자기 찾아옵니다. 저의 경우는 극심한 스트레스로 인하여 소화가 안 되었을 때 편두통으로 이어졌기 때문에 스트레스 속에서 살다 보면 시도 때도 없이 편두통이 찾아오는 것이지요. 끼니마다 뭘 먹기는 먹어야 하기 때문에요. 그런 면에서 "무작정 흔들고 가는"도 매우 적절한 표현이라고 할 수 있겠고요. 그렇게 스트레스가 많은 상황이 "불균형"인 것도 틀림없는 사실입니다.

우리는 늘 불균형의 스트레스 속에 살고 있지요. "벌레 먹은" 잎은 단풍도 곱게 들지 않으니 인생의 가을이라고 모두가 환하고 아름다운 것은 아니겠네요. 더구나 환하게 단풍든 것은 "네" 오른쪽이고 벌레 먹어 어둠이 깊은 것은 "나"의 왼쪽입니다. 그러나 이런 자괴감이나 어둠, 상실감만은 시인의 편이며 그것이야말로 시인의 재산이라고 해야 할 것이니 시인에게 끊임없이 시를 쓰게 하는 원동력이 되는 것이기도 하네요.

조개는 단단한 껍데기에 싸여 있습니다. 그러나 함지박 속에 바닷물과 같은 소금물을 만들고 뚜껑을 덮어 고요히 어둠속에 담가놓으면 이윽고 스르르 입을 벌립니다. 그리고 해감을 뱉습니다. 제 몸에 있던 찌꺼기를 뱉고 깨끗한 몸이 되지요. 손인지 발인지 아니면 입인지 모를 살의 한 부분을 밖으로 쑤욱 내어놓고 세상을 숨 쉬는 조개를 보며 우리가 그처럼 고요하고 맑게 만나 숨 쉬게 되는 시의 세상에 대한 은유를 만납니다.

〈일 포스티노〉라는 영화에서 파블로 네루다가 우편배달부에게 해주는 말은 '시는 은유—메타포'라는 것이었습니다. 시의 언어 가운데 가장 중요한 것은 은유입니다. 아리스토텔레스는 『시학』에서 '성공적인 은유는 사물들의 유사성을 파악하는 능력이며 유사성이 높을수록 공감과 공명의 장

이 넓다'고 했고 '은유로부터 새로운 이미지가 창출된다'고
했습니다. 은유는 '사물들의 유사성을 파악하는 능력'이군
요. 또한 하이데거는 '얼마나 간절히 자신을 던졌느냐에 따
라 시의 위대성이 가늠된다. 그리고 강렬한 그리움은 범상
한 사람의 눈에는 보이지 않는 사물 간의 유사성을 찾아내는
원동력이 된다. 시는 결핍에 대한 그리움을 노래하는 것이
고 그것을 메타포로 드러내는 것'이라고 했고요, '시인이 가
져야 할 능력이란 메타포를 찾아내는 능력이며 그것은 타고
나는 것'이라고 했습니다.

이 메타포, 사물들의 유사성을 찾아내는 능력은 우리가 흔
히 영감이라고 이야기하는 것과 저는 크게 다르지 않다고 생
각하는데요. 타고나야 하는 이 능력은 그러나 다행스럽게
도 특별한 때에 저도 모르게 생겨나 있기도 합니다. 그것이
언제이냐고요? 바로 사랑할 때입니다. 사랑할 때, 즉 공감할
때, 교감할 때, 한마음일 때, 다시 말하면 '얼마나 간절히 자
신을 던졌느냐에 따라' 그것은 찾아와 주는 것이니 시인이
란 「불균형의 가을」에서처럼 고통과 상실감으로 점철되는
삶일지라도 그 덧없음 속으로 자신을 던지는 간절함을 사는
사람이라야 할 것입니다.

위의 작품들에서는 수탉과 맨드라미, 흰 고무신 한 켤레,
이 빠진 햇살 한 줌, 편두통 등으로 드러내고자 하는 것들이
있었습니다. 그들은 모두 시인이 드러내고자 한 어떤 것들

의 메타포였고요. 제가 열심히 읽어보는 것도 그러한 은유를 통해 시인이 그려주는 이미지 혹은 한 작품 전반을 통해 드러내고자 한 은유는 무엇인지 찾아보는 노력, 그리고 그 진정성과 간절함을 함께 교감하고 공감해 보는 작업이라고 해야겠습니다.

나날이 밀고 일어서는
나는 벽을 가졌다

최영효 「필사적」
장웅두 「벽」
조주환 「소금·1」
권갑하 「김밥 한 줄의 명상」
최도선 「포의풍류도」

　평생 시를 써온 노시인에게서도 '아직도 시가 무엇인지 모르겠노라'는 대답을 듣곤 합니다. 이 대답은 시는 직관의 영역에 있음을 단적으로 말해줍니다. 그것이 얼마나 우리의 미적 감각을 깨우쳐 주었고 깨달음을 주었고 삶을 아름답고 풍요롭게 해주었는지 하는 감상 역시 개인의 감성과 느낌의 영역에 있으니 존재의 본질을 궁구하는 갈망에 목마른 시인이 충분히 토로할 수 있는 말이라 생각되네요.

　장어가 탈출해서

　시장바닥을

　헤매고 있다

밟으면 밟히더라도

머리로 한 발 꼬리로 한 발

먼 고향

해조음 쫓아

머리로 한 발

꼬리로 또 두 발
  – 최영효 「필사적」

  한 마리 장어가 시장 바닥을 헤매며 몸부림치고 있습니다. 장어는 물을 갈구하는 걸까요, 아니면 죽기 직전 숨통이 끊어지는 단말마의 몸부림일까요. 그도 죽음이 눈앞에 당도해 있다는 것을 느끼고 있을 겁니다. 부드러운 살갗이 벗겨지는 딱딱한 바닥에 목구멍을 바싹 조이는 목마름으로, "탈출"한 장어를 잡아들이려는 상인들과 시장 바닥의 왁자지껄한 소리 너머 가물가물 사라지고 있는 "먼 고향/ 해조음 쫓아" "밟으면 밟히더라도" 마지막 필사적인 몸부림을 치는 것이겠지요. "머리로 한 발/ 꼬리로 또 두 발" "필사적"인 몸짓,

몸을 꼬며 처절한 깊은 슬픔을 드러내는 마지막 춤을 끝내고 그 장어는 몸과 맘이 아득히 희미해지는 어느 순간에 지상의 모든 것을 홀가분하게 털고 저 먼 해조음 속으로 유유히 헤엄쳐 갈 수 있을까요.

간절함이 시의 깊이를 만든다고 했습니다. 간절함이 없는 시에서 우리가 읽는 것은 언어의 유희일 뿐입니다. 탈출해서 시장 바닥을 헤매고 있는 것은 장어이지만 정작 우리가 이 시조를 읽고 그려보게 되는 것은 고향을 "탈출"하듯 떠나와서 이방의 시장 바닥을 헤매고 있는 사람입니다. 그 고향은 어머니인 지리산의 아픈 가슴을 두고 서로 돌아앉은 전라도도 아니요, 경상도도 아니요, 어머니에게서 떠나 세상으로 나오는 순간 이미 잃어버린 고향, 지상 모든 시인들의 고향, 해조음이 들리는 영원이 살고 있는 그곳입니다. "저 별은 나의 별, 저 별은 너의 별"이란 노랫말이 들립니다. 광막한 우주의 한구석 저자에서 '나의 별, 너의 별' 가슴에 품고 살아가는 사람들의 노래이지요. 시장 바닥의 장어가 "먼 고향/ 해조음"을 갈구하듯 살아가는 우리 삶의 고통과 굴레를 이렇듯 쉽고 간결한 시조에서 그러나 깊이 있고 간절하게 느껴 볼 수 있습니다.

초장 3행, 중장 2행, 종장을 4행으로 하고 행과 행 사이를 모두 띄웠습니다. 많은 휴지를 주었네요. 독자가 충분히 감정이입을 하며 천천히 읽어주기를 바라는 시인의 의도가 보이는군요. "머리로 한 발 꼬리로 한 발", "머리로 한 발/ 꼬리로 또 두 발"이 반복되어 있습니다. "필사적"인 모습, "한 발" "또 두 발"에서 헤매는 장어의 힘겨운 모습이 선명하게 드러나고 있습니다.

> 주먹을 쥐고 보면
> 만사가 다 됨직하고
>
> 벽으로 돌아누우면
> 서러움만 어리운다
>
> 나날이 밀고 일어서는
> 나는 벽을 가졌다.
> ─ 장응두 「벽」

초장과 중장 사이에 대비되는 갈등이 있습니다. "주먹을 쥐"어볼 때와 "벽으로 돌아누"울 때 늘 마음은 희망과 절망 사이에서 갈등을 일으킵니다. "다 됨직하고"와 "서러움만 어리우"는 사이에 있는 긴장감은 그러나 초장과 중장을 놓고 볼 때 중장에 더 무게가 실려 있네요. 그런 인과로 종장이 결정적인 힘을 얻었습니다. "나날이 밀고 일어"선다는 의지를 보여주고 있죠. "나날이 밀고 일어서는/ 나는 벽을 가졌다" 라는 종장의 도치가 제목을 '벽'이라고 한 시의 맛을 더해주지요. '그러나 그 벽을 나는/ 나날이 밀고 일어선다'라고 했더라면 삶의 눈물겨움보다 의지만이 우선한 재미없는 시가 되어버렸을 겁니다.

시인이 가진 벽은 "나날이 밀고 일어서는" 벽이로군요. 시인은 "서러움만 어리우"는 벽을 가지고 있지만 그 벽은 또한 "밀고 일어서는" 벽이기도 하니 그러한 벽이야말로 사람을 살게 하는 벽이라 할 만합니다. 밀고 일어서는 벽이 있어야 삶도 살아낼 만한 것이 되고 그렇게 살아낼 만한 삶이라야 끝까지 살아낼 수 있지 않겠는지요.

살아
푸르게 끓던
피와 살은
다 빠지고

깨진
유리조각 같은
저 투명한
물의 뼈가

마지막
지상에 남아
혼의 불로
타고 있다.

　가끔은 바다를 보러 갔습니다. 살아갈 동력이 필요할 때, 마음의 다스림이 필요할 때 "살아/ 푸르게 끓"고 있는 바다를 보러 갔습니다. 질정할 수 없이 솟구치고 부서지는 바다, 그러나 결국 제자리로 다시 돌아와 하나 되는 그 거대함. 끊임없는 파도의 생명력과 바닷물이 함유한 염분으로 인해 바다는 밋밋한 강물과는 달리 어떤 결기로 요동치는 힘을 보여줍니다. 그러나 바다도 그 "피와 살"이 "다 빠"질 때가 있던가요. "깨진/ 유리조각 같은/ 저 투명한/ 물의 뼈"에 와서 시를 생각합니다. 과연 "투명한/ 물의 뼈"입니다. 시는 시인이 그의 전 생애를 통해서 다듬어가는 정신의 보석일 것입니다. 인간의 오욕칠정을 "피와 살"이라고 한다면 그 오욕칠정을 다 가라앉힌 "물의 뼈"야말로 시 중에서도 시조가 아닌가요. "마지막/ 지상에 남아/ 혼의 불로/ 타"오를 시. 이 시조는 저에게 시가 가진 본래의 꿈을 잊지 않게 환기해 줍니다.

　　한 줄이면 족하지
　　뭘 더 남길 것인가

　　할 말 많다고 해도
　　한 마디면 족하지

아홉 쪽

김밥 한 줄을

꼭꼭 씹어 먹는 날

  – 권갑하 「김밥 한 줄의 명상」

『오곡밥』(알토란북스, 2020)이란 맛 시조집을 펴내어 시조
의 대중성을 개척해 나가고 있는 권갑하 시인의 시조입니
다. 참으로 그 내용이 단시조에 안성맞춤이네요. 시인이 시
를 쓰지 않으면 더 이상 시인이 아니므로 한 시인의 시가 말
해지지 않은 채 남아 있어야만 시인은 작품을 쓸 수 있고 시
인으로서 남을 수 있다고 했습니다. 그러므로 시인으로 불
리는 동안에 우리가 써야 할 한 편의 시는 남아 있는 것이라
면 "김밥 한 줄을/ 꼭꼭 씹어 먹"을 때 새겨보아야겠어요. 내
가 결국 "족하"게 써내야 할 "한 마디", "한 줄"을 위한 다짐,
그것을요.

  정몽주의 「이 몸이 죽고 죽어」, 이조년의 「이화에 월백하
고」, 김종서의 「삭풍은 나무 끝에 불고」, 황진이의 「동짓달
기나긴 밤을」, 월산대군의 「추강에 밤이 드니」……. 생전에
저명한 학자였든 장군이었든 정치가였든 예술인이었든 결
국 지금에 남아 기억되는 것은 그들의 모든 업적보다 그들이
남긴 단시조 한 수, 3장이군요.

  계곡물에 발 담그고 물소리에 귀 씻는다

읽던 책도 내려놓고 나부끼는 잎을 본다

허물을 벼슬 윗머리에 앉혀놓은 세상에선
  – 최도선 「포의풍류도布衣風流圖」

  시조미학들의 깊은 근저에 있는 것은 바로 향가의 높고 맑은 정신세계와 경건한 신심의 숭고함에서부터 내려오는 우리 민족의 정신성입니다. 예술의 높이는 철학의 깊이를 통해 극대화된다고 하였습니다.

  조선의 지식인들은 벼슬에 나아가서는 유가의 미의식을 따랐고 벼슬에 물러나서는 도가의 미의식을 따랐습니다. 무위자연에서 자연은 인위적이지 않음, 조작되지 않음을 말합니다. 상선약수는 또한 '우주 만물의 근원은 도이며 도의 본래 모습은 물과 같아' 자연스러운 삶은 하늘이 내린 자기의 성품을 따르는 것이라 했지요.

  이 시조 역시 "허물을 벼슬 윗머리에 앉혀놓은 세상"을 피해 "계곡물에 발 담그고 물소리에 귀 씻는다/ 읽던 책도 내려놓고 나부끼는 잎을 본다"는 무위자연의 경지를 노래하고 있네요. "허물을 벼슬 윗머리에 앉혀놓은 세상"이 아닌 세상에서의 삶, 그 꿈은 과연 "나날이 밀고 일어서"야 하는 벽일 뿐인 걸까요.

터질 듯 팽팽한 종아리
채찍 치는 햇살들

박미자 「목련」
정현숙 「비슬산 참꽃」
이숙경 「동백꽃 반지」
조명선 「청도, 그곳에서」
김남환 「봄바다」

오늘도/ 전,/ 길이 끝날 때까지/ 당신을 향해/ 걸어요.// 길이 다
끝나는 그곳에/ 늘,/ 생명으로 출렁이는 바다가/ 있듯이,// 제
삶이 막히는/ 그곳에,// 늘,// 당신이/ 계셔요

김익두 시인의 「바다」입니다. 그의 시집 『사랑혀유, 걍』
(서정시학, 2020)에는 이런 시도 있어요.

이젠/ 옷을 사지 않아요// 지금 있는 옷만으로도/ 남은 생을,
전,// 충분히 가리구두/ 남을 거거든요. (「옷」)

그래요. 옷장 안에 옷이 터질 듯이 들어 있지 않아도 될 거
예요. 두 벌 세 벌 겹쳐 입고 다니지는 않으니까요. 저도 동감
이랍니다. 길을 가려면 "남은 생을" 가려줄 옷도 필요하겠지

만 "길이 끝날 때까지" 우리를 걸어가게 하는 것은 "삶이 막히는/ 그곳에,// 늘" "계시"는 "당신"에 대한 완전한 믿음이군요.

겨울이 지나면 틀림없이 봄이 오리라는 것도 완전한 믿음입니다. 밤이 지나면 어김없이 새벽이 오는 우주의 일하는 방식은 어떤 것인지 궁금합니다. 천체의 궤도, 그 보이지 않는 신비로 오는 에너지의 파동에 봄이 오면 시와 사람도 늘 봄처럼 새롭습니다. 길고 긴 겨울이었으니 오는 봄에는 내가 먼저 "생명으로 출렁이는" 봄을, 대지를 일으키는 그 혼령의 문자들을 만나러 가야겠습니다. 따스한 추억과 언 가슴에 불을 붙이는 참꽃과 목련과 동백꽃 그리고 헐티재의 별, 쏟아지는 봄의 기쁨으로 솟구치는 바다가 되어 맞아주십시오.

가난한 종가 뜰에
잔치가 있나 보다

층층이 쟁여지는
깨끗이 닦인 접시

조금씩
가까워지는
웃음소리
발소리

어릴 적 제 외가는 동네에서도 제법 큰 기와집이었습니다. 잔치가 있거나 해마다 정기적으로 돌아오는 제사가 있으면 일가친척들이 모였습니다. 그때 먹어보았던 짭조름하고 고소한 '돔베기' 고기 맛이 아직 입 안에 남아 있습니다. 우리가 흔히 말하는 삶은 돼지고기를 도마 위에 썰어놓고 먹는 돔베고기가 아니고요, 상어고기라고 하던가요.

"가난한 종가 뜰에/ 잔치가 있나 보다"라고 했습니다. 기억을 소환하며 저도 그 잔치 마당으로 들어갑니다. 환한 목련꽃 아래서 실제로 잔치가 있어도 좋겠군요. 손님을 맞기 위해 깨끗하게 닦은 접시를 층층이 쟁여놓은 목련이 있네요. 목련 꽃잎은 두께가 있고 크기도 큰 편이니 그럴듯하군요. "웃음소리/ 발소리" "조금씩/ 가까워지"니 곧 누군가가 들이닥칠 것 같은 분위기입니다.

환하게 핀 목련, 그 겹겹 순백의 꽃잎들과 그리고 그 아래 "조금씩/ 가까워지는/ 웃음소리/ 발소리"가 금방이라도 대문을 열고 들어올 듯 생생합니다. 잔치와 웃음소리, 발소리란 상상이 서로 호응하는 맑은 울림이 있습니다. 시의 분위기는 밝고 환하지만 이 시조를 특별하게 만드는 목련 꽃잎 "접시"와 "웃음소리/ 발소리"에 깔린 그리움의 정감이 깊이를 주고 있네요.

내 뭐라 카더노 집에 있어라 안 카더나

니 바지 붙은 불도 감당하기 힘들낀데

속에 확 붙은 불길은 인자 우째 끌끼고
 – 정현숙「비슬산 참꽃」

내 고향 사투리는 울퉁불퉁 자갈밭 길/ 럭비공이 어디로 튈지 알
수 없는 자갈밭 길/ 문디야, 가시나들아, 누가 자바 뭉나.

　정현숙 시인의 사투리로만 된 「비슬산 참꽃」을 읽으니 이
종문 시인의 「고향길」이라는 시조가 생각났습니다. 사투리
중에는 어조에 따라 아주 예쁘고 귀여운 말도 있지만 대개는
"럭비공이 어디로 튈지 알 수 없는 자갈밭 길" 같은 울퉁불퉁
한 느낌이지요. 특히 경상도 남자들의 사투리 억양에는 순
박하고 박력 있는 느낌이 있어 더벅머리 총각의 고백처럼 들
리기도 합니다. 사투리란 고향의 말, 나의 본래의 일상어이
기도 하니 친근함을 드러내면서 토속적 정서를 표현할 때,
또는 화자의 진정성을 강조하고자 할 때 쓰면 좋을 겁니다.
　그러나 이렇듯 사투리가 놀라운 효용을 갖고 있기는 해도
위의 시조처럼 한 작품을, 특히 사설시조가 아닌 깔끔한 단
시조 형식을 모두 사투리로 채운다는 것은 그야말로 매우 박
력 있는 용감한 결정이 아닐 수 없군요. 이 꽉 찬 사투리들로

인하여 불쑥불쑥 터져 나올 것 같은 시의 힘이 충만해졌습니다. 속도도 빠르고 긴장감도 팽팽합니다.

초장 첫머리부터 다짜고짜 튀어나오는 힐난조의 어조는 화자와 화자의 말을 듣고 있는 대상이 그야말로 흉허물 없이 지내는 사이임을 드러내 줍니다. 그리고 이러한 힐난조의 어조가 풍기는 것이 상대방에 대한 걱정과 애정의 진한 농도라는 것도 진정 사투리만이 보여줄 수 있는 묘미이지요. 이 시조가 말하고 있는 것은 옷에 불을 붙이는 정도를 넘어 속마음에까지 확 불을 놓는 절정의 비슬산 참꽃입니다. 사투리는 차분하게 이야기할 수 없는 격정의 마음과 비슬산 참꽃이 얼마나 장관인가를 보여주기 위한 아주 효과적인 장치가 되었습니다. 저도 급할 때는 사투리가 마구 튀어나오거든요. 그리고 그 구사가 아주 자연스럽게 발화되고 있다는 점이 시의 맛을 배가하는 이 작품의 강점이기도 하고요.

"속에 확 붙은 불길은 인자 우째 끌"낀지 저도 걱정이 안 되는 것은 아니네요. 어릴 땐 배고플 때 따 먹던 서러운 참꽃인데 청춘이 되니 우째 끌 낀지 알 수 없는 내 속의 불꽃이 되었군요.

시들지도 않았는디
똑 떨어징께 맴 아퍼

손구락 새 한 송이

272

꽃 피웠네, 울 엄니

이쁘다
오지게 이뻐
동박새 또 오것다
　- 이숙경「동백꽃 반지」

　이 시조 역시 "엄니"의 눈높이에서 쓰려니 자연스럽게 사투리로 발화되었군요. 동백꽃은 시들기도 전에 통꽃으로 떨어집니다. 꽃잎이 한 장씩 떨어져 날리며 지는 것이 아니고 목이 뚝, 잘리며 떨어지는 참 특별한 꽃이지요. 그래서 동백꽃은 나무에 달려 있을 때보다 지고 난 뒤 더 빨갛게 화려한 장관을 연출합니다.
　"시들지도 않았는디" 너무 빨리 떨어진 꽃, 우리네 엄마들 같군요. 너무 일찍 시집가서 아이들을 육 남매, 팔 남매 밭고랑에서도 낳았다고 하지요. 시인의 엄니께서도 이제 늙으셨군요. 늙으셔서 다시 아이가 되셨습니다.
　"시들지도 않았는디/ 똑 떨어징게 맴 아퍼." 엄마는 그 꽃으로 반지를 만들어 끼고 딸에게 보여주고 있나요. "이쁘다/ 오지게 이뻐/ 동박새 또 오것다", 이것은 딸의 말이고요. 늙은 아이가 되신 엄마와 엄마를 받아주는 딸의 대화가 중장을 사이에 두고 마주하고 있네요. 신선한 시도입니다. "오지게"는 이 시조를 살아나게 해주는 중요한 시어입니다. '야무지

273

게, 알차게, 실속 있게'란 말인데 '예뻐'가 아닌 "이뻐"와 만나서 참 토속적이고도 생생한 현장감을 겸비한 '이쁜' 느낌을 주고 있지요. 동박새가 또 올까요. 다시 아이가 되셨으니 동박새를 만나볼 수 있을 것도 같네요.

이 「동백꽃 반지」는 「비슬산 참꽃」과 더불어 익숙한 시조의 화법과는 사뭇 다른 현대시조의 한 새로운 경지를 열어주고 있는 듯 느껴지는군요. 이렇듯 대화체로 시작해 대화체로 끝나면서도 시조 정형을 잘 지켜내었다는 것, 그리고 그 대화의 진정성이 사투리로 인해 살뜰하게 다가왔다는 점이 눈길을 끌기 충분합니다.

별 덜컥, 쏟아지는 아찔한 헐티재 넘어

낯익은 얼굴 하나 혀 내밀며 기웃거린다

꼬마야, 감꽃 목걸이 걸어주던 나의 꼬마야
　- 조명선 「청도, 그 곳에서」

아무리 짧은 시조라 해도 한 작품을 끝까지 읽게 하는 것은 초장 첫 줄입니다. 조명선 시인의 「청도, 그 곳에서」도 「비슬산 참꽃」이나 「동백꽃 반지」에 비견될 강력한 초장을 갖고 있네요. 별이 쏟아지는 모양에 "덜컥"이라는 부사를 썼습니다. 별이 쏟아지는 모양에는 좀체 쓰기 어려운 표현인데요. 갑자기 놀라서 가슴이 내려앉을 정도로 별이 쏟아지나요. 왜 이렇게 놀랐을까요. 이어지는 중장과 종장으로 미루어 보건대 아주 낯선 것이 아닌, 잊어버리고 살고 있었으나 매우 낯익은 한 장면과 갑작스러운 마주침이 있었기 때문이었네요. "아찔한"으로 심정적인 변화가 한 단계 더 올라갔습니다. "아찔한"은 헐티재의 높이를 짐작하게 해줌과 동시에 덜컥 쏟아지는 별을 보고 느끼는 시인의 현기증을 함께 보여주고 있군요. 시인은 밤의 헐티재에서 꼬마였던 나와 만나고 있습니다. 그러고 보니 "아찔한"이라는 것은 바로 꼬마였던 내가 보던 그때 그 헐티재의 모습이 아니었을까요. 어릴 때는 아주 컸던 학교 운동장이 아담해 보이거나 버스가 달리던 신작로가 어른이 되어서 가보면 지금의 뒷골목 정도 되어 보이지 않던가요.

다시 보니 "별 덜컥, 쏟아지는 아찔한 헐티재"라는 이 초장은 시인이 그 옛날 "꼬마"였을 때 보았던 바로 그 정경이네요. 시인은 "청도, 그 곳" 헐티재를 넘다가 "낯익은 얼굴 하나"를 만나게 되고 어릴 적 보던 '별이 쏟아지던' "아찔한" 헐티재를 기억해 내고 그 안에서 낯익은 얼굴의 그 꼬마가 "감꽃 목걸이 걸어주던" 일을 떠올립니다.

"별 덜컥, 쏟아지는" 재에서 어른이 된 지금의 별과 그 옛날의 꼬마인 별이 덜컥 마주했군요. 「동백꽃 반지」의 "오지게"처럼 이 시조의 주인공인 꼬마와의 갑작스러운 만남을 암시하는, 그리고 초장 첫머리에 놓은 묘수를 둔 "덜컥", 역시 방점을 찍어야 할 좋은 시어입니다.

긴 칩거 풀고 나와
뛰는 힘줄 못 가누어

삼월을 헹가래치는
저 거창한 쪽빛 행보

터질 듯 팽팽한 종아리
채찍 치는 햇살들.
　－ 김남환 「봄바다」

인자요산仁者樂山 지자요수知者樂水. 인을 최고의 전통적
미덕으로 치는 한국인은 자연 중에서도 산에 많이 의지하지
요. 산에서 보는 많은 풍경과 사물들에서 배우고 위로받고
마음을 가다듬고 시를 쓰며 살아갑니다. 그러나 저는 산이
주는 위안과는 조금 다른 점에서 바다도 좋아합니다. 산은
결국 내가 돌아갈 곳이며 거기의 돌멩이 하나, 풀 한 포기에
깃들어 있을 우리나라 선현들의 영혼이란 것을 생각하면 느
껍기 그지없지만 바다는 제게 위압감을 주어요. 그러나 도
저히 어떻게 해볼 수 없는 도도한 위압감은 오히려 나를 풀
어놓아 줍니다. 그 안에서 노니는 한 마리 작은 물고기가 되
어 헤엄치게 합니다. 산정에 올라서 보는 봉우리들과 수림

도 바다를 떠올리기에 어렵지 않아요. 고대 사하라사막의 일부분은 바다였다고 하지요. 사막에 남아 있는 조개와 물고기 화석으로 그곳이 바다였다는 것을 알 수 있다고 합니다. 그 화석들은 오래고 오랜 세월을 모래바람 속에 감지 못하는 눈을 빨갛게 뜨고서 바다를 그리워하며 살아가고 있지요.

여기 산봉우리들과 수림도 혹 바다라는 고향을 가졌을까요. 발아래 흐르는 구름 덩어리들은 큰 물굽이로 대양을 휘저으며 헤엄치던 고래의 현신 같고 계곡과 낮은 바위 봉우리들은 산호초같이 엎드려 있군요. 바람은 물풀의 향기를 싣고 파도로 흐르고 저는 마스트에 매달려 있는 돛과 같이 펄럭이지요. 그렇게 스노클링이나 스쿠버다이빙이나 바람을 타고 서핑을 하곤 합니다. 정작 바다에 가면 겁이 많아 그런 레포츠를 즐길 형편도 안 되니 그냥 소다수나 한 잔 놓고 바다를 바라보고 있지만 이 글의 첫머리, 김익두 시인의 시가 주는 그런 충만감으로 바다를 조망하는 느낌, 그 막막함 또한 너무 좋지요. 만약 제가 서핑으로 파도를 타고 오르내릴 수 있다면 가슴이 터져버리고 말지 않을까 싶네요. 그러나 가슴 터지는 사랑은 아껴놓아요. 그것이 빛바래지 않고 오래도록 가슴 터지는 사랑일 수 있게.

이 「봄바다」의 정경은 바다의 우람한 육체가 스스로 즐기는 서핑과도 같군요. "뛰는 힘줄"은 바다의 것입니다. 바다의 뛰는 힘줄, 팔뚝의 혹은 장딴지의 그 힘줄은 얼마나 강하고 거대하며 "거창한" 것일까요. 더구나 "긴 칩거 풀고 나"왔

으니 참았던 만큼 더 불끈불끈 솟을, 미스터코리아 아닌 미
스터월드 진의 육체미를 바다에 대입해 봅니다. 지구에서는
아무도 대적하지 못할 육체 중의 육체, 지상 최고의 서핑 선
수입니다. 부풀어 오른 바다의 파도가 높이 솟으며 쪽빛으
로 "삼월을 행가래치"고 있습니다. 경기에서 우승한 선수나
감독을 행가래 치는 모습을 본 적이 있습니다. 모진 칼바람
과 엄동설한을 이기고 돌아온 3월을 넘치는 환희로 이겼다!
행가래 치고 있군요. 무한의 바다, 그 봄 바다가 주는 생명력
도 무한입니다. "터질 듯 팽팽한 종아리"에서 부푼 봄 바다의
파도치는 근력, 그 솟구치는 힘을 짐작해 볼 수 있는데 거기
에 따가운 햇살이 내리쬡니다. 솟아오른 건물들에 이리저리
부딪히며 오는 도시의 햇살과는 비교할 수 없는, 직사광선
으로 오는 날것의 햇살은 아무리 봄 햇살이라 해도 "채찍 치
는" 것처럼 내려치네요. 단숨에 읽어 내려가게 하는 마력을
가진, 단단한, 단 하나의 시어도 긴장을 풀고 있지 않습니다.
　시인은 가셨지만 남긴 숨결은 「봄바다」처럼 힘찬 생명력
으로 오래 우리 곁에 있어주기를 기원합니다.

　"남을 것만 남은"(조운 「古梅고매」) 그 안에서 "팽팽한" 질서
로 균형과 통일을 이루는 것이 단시조입니다. 그러나 디테
일의 차이가 명품을 만들듯이 완성도 높은 한 곳의 디테일이
시를 맛깔나게 만들어주기도 합니다. 환한 목련꽃을 더욱
환하게 해주는 "웃음소리 / 발소리", 엄니의 외로움을 덜어줄

"동박새", 헐티재에 쏟아지는 별 모양을 연상시키는 "감꽃 목걸이", 봄 바다 파도 위에 "채찍 치는 햇살" 등은 주연을 더욱 빛나게 하는 최고의 조연들입니다.

온화하기도 하고 격정적이기도 한 서정 속에는 지나간 시간의 그림자들이 불꽃처럼 혹은 따스한 등불처럼 빛나고 있군요. 지금 우리의 삶은 우리가 써나갈 미래의 시 안에서 또 어떻게 빛날 수 있을지 궁금합니다. 제가 존경하는 한 시인의 시조 안에는 늘 가슴이 아리는 눈물이 있습니다. 눈물이나 울음이라는 직접적인 말은 없어도 항상 눈물을 머금고 있는 시조를 쓰시지요. 지극한 사랑에는 항시 웃음이 가져볼 수 없는 눈물의 깊이가 따릅니다. 그러나 페이소스가 깊으면 깊을수록 "길이 다 끝나는 그곳에/ 늘,/ 생명으로 출렁이는 바다가/ 있듯이" "삶이 막히는/ 그곳에,// 늘,// 당신이/ 계시"다는 것을 믿고 가야겠습니다.

그 전 설 그 냥 그 대 로
자 주 감 자 살 더 라

임종찬「감자꽃」
한분옥「무설전 설법」
고성만「해찰」
홍오선「징검다리」
이태정「탑」

자주꽃 피어 있다
주인 바뀐 고향 텃밭

어머니 호미 끝에
뒹굴던 주먹 감자

그 전설 그냥 그대로
자주감자 살더라.
　– 임종찬 「감자꽃」

어릴 때 즐겨 부르던 동요가 있습니다.

자주 꽃 핀 건 자주 감자/ 파보나 마나 자주 감자/ 하얀 꽃 핀 건

동천 권태응(1918~1951) 선생의 노랫말입니다. 쉽고 정겹
군요. 배고팠던 시절 굶주림에서 벗어나게 해준 감사와 애
정을 담아 이 동요는 불렸습니다. 무릇 작품의 감상은 그것
이 지어진 시대 상황과 지은이의 당시의 심정을 함께 느껴보
는 것이라 했지요. 눈물겹습니다.

"뒹굴던"은 '흔하다, 많았다'는 의미이고 "주먹 감자"는 크
고 실한 모양입니다. 그래서 "뒹굴던 주먹 감자"는 풍요로움
과 넉넉함을 말하고 있군요. 어머니가 일구시던 감자밭의
풍요로움, 그것이 바로 시인의 전설이네요. 그리고 주인은
바뀌었지만 "그 전설 그냥 그대로" 고향 텃밭에 지금도 "자
주감자"가 살고 있음을 확인합니다. 자주 꽃이 피어 있었으
니 자주감자입니다. 이 시조의 깔끔한 초·중·종 3장은 시조
정형이란 바로 이런 것임을 말하고 있네요.

주인은 바뀌었지만 고향 텃밭은 그대로 남아 있습니다.
그 텃밭에 크는 주먹 감자는 우리 몸의 양식일 뿐 아니라 마
음의 양식이기도 합니다. 전설이란 수없는 대를 이어 전해
진 인간과 자연의 이야기입니다. 감자가 있으며, 그 감자는
어머니가 가꾸시던 어머니의 호미 끝에 뒹굴던 감자라는 사
실, 그 사실은 시인 개인의 전설이기도 하지만 모든 인간의
전설이며 인류의 보편적 전설이기도 하여 "모든 가계는 그
전설에 도달한다"(김명인 「할머니」)고 했듯이 인류가 살아가

는 동안에는, 그리고 텃밭에 감자가 자라는 한 우리의 가슴에서 영원히 이어질 전설임은 틀림없겠지요. 제가 어릴 적 부르던 동요에, 그리고 시인에게도 감자가 있었음에 감사합니다.

고향과 어머니에 대한 지극한 그리움을 "전설"로 승화시킨 이 작품은 감정의 물기를 뺀 절제의 담박함이 독자의 마음을 편안하게 하는군요.

제가 가장 최근에 다녀온 절은 강화의 전등사인데요, 거기에서 무설전을 보았습니다. 그리고 처음으로 인상 깊게 본 절은 초등학교 수학여행길의 불국사였는데 거기에도 무설전이 있지요. 제일 처음 기억에 남아 있는 부처님의 형상은 석굴암의 부처님이시고요. 지금처럼 유리 보호막을 통해서가 아닌 맨눈으로 뵌 부처님이었습니다.

> 설한 바 없음에도 그 말씀을 듣는 날은
>
> 팽팽한 울림 끝에 목숨의 때 씻느니
>
> 무설전 닫힌 띠살문, 봄볕 같은 이 화두
> ─ 한분옥 「무설전 설법」

부처님의 도톰한 입술은 굳게 다물어져 있었습니다만 그

러나 여기 "팽팽한 울림"으로 "설한 바 없음에도 그 말씀을 듣는" 시인이 있군요. 언어를 빌리지 않고도 마음으로 듣는 "말씀"이 시조의 여백이 주는 은은한 여운 속에 전해집니다. 그 불립문자, 진리의 말씀을 알아듣는 염화미소, 이심전심을 저는 짐작할 수 없지만 학창 시절 가장 처음으로 제게 불교를 느끼게 해준 교과서의 글이 있었습니다.

만해 한용운의 『님의 침묵』 그 첫 번째 페이지는 「군말」입니다.

> 님만 님이 아니라, 기룬 것은 다 님이다. 중생이 석가의 님이라면,

이 첫 문장에서부터 저라는 중생은 '석가의 님'으로 격상되는 기쁨을 맛보았습니다.

> 님은 내가 사랑할 뿐 아니라 나를 사랑하나니라.

나를 사랑해 주는 님이 계시니 무설전에 앉아 말 없는 말씀을 듣는군요. 님과 나는 무언으로도 통하는 사이이기에 서로 끌어당기는 "팽팽한 울림 끝에" 스며든 그 말씀으로 속세에서 더께 앉은 잔잔한 아픔들, 나의 "목숨의 때"가 씻겨나가 정화되는 시간도 있네요.

아이가 되어, 해가 좋은 날을 받아 띠살문에 새 창호지를 바르시던 정갈한 풀 냄새를 맡습니다. 이 시조의 정련된 언

어와 흐트러짐이 없는 운율이 주는 향기를 맡고 있습니다. 마른 국화 꽃잎과 나뭇잎들, 그리고 단풍잎을 붙여 넣은 옛집의 한지 문이 다정하네요. 허리를 펴신 어머니 얼굴에 환히 오르던 미소처럼 봄볕이 따스하게 오릅니다. 빛이 있는 곳에는 늘 그림자가 생겨서 내게 그림자 있음을 일러주시는군요. 그림자를 깨고 실물로, 실상으로 나아갈 수 있을까요. 그러나 아직은 이 생사고락, 지상의 그림자 안에 갇혀서 사랑하는 님의 알뜰한 구속을 받고 싶네요.

연전 국제시조협회의 일본 하이쿠 문학기행 때 민병도 시인께서 환기해 준 만해의 시조가 있습니다. 마음속에 솟구치는 희열을 느끼게 해주던 그 시조는 「춘주春晝」였습니다.

따슨 볕 등에 지고 유마경維摩經을 읽노라니/ 가볍게 나는 꽃이 글자를 가리운다/ 구태여 꽃 밑 글자를 읽어 무삼하리오

만해께서는 유마경을 좋아하셨나 봐요. 언어라는 것, 언어가 만들어내는 이미지라는 것도 함정인가요. 내가 '꽃'이라고 말하면 듣는 이가 떠올리는 꽃은 세상에 있는 꽃의 수만큼 많겠지요. 불법을 논하는 자리에서 문수보살이 묻는 불이법문에 대한 답을 침묵으로 대신하였다는 유마거사입니다. 만해의 시집 제목이 '님의 침묵'인 것도 그렇고요.

일묵여뢰一黙如雷. 시인의 직관을 천둥과 같은 감응으로 받아들일 수 있는 시의 형태 가장 가까이에 단시조가 있습

니다. 「춘주」의 "따슨 볕"과 함께 무설전 띠살문 앞에서 나를 비추시는 말 없는 설법과도 같은 봄볕을 오늘의 화두로 받아 듭니다.

소나기 지글대는 다 저녁 무렵에

매미가 쑤욱 목청 뽑아
올린 순간

투두, 툭

가만히 목숨 줄 놓는
풋밤송이
하나
둘
  – 고성만 「해찰」

어느새 싱그러운 여름 저녁의 풍경 속으로 들어왔습니다. "소나기 지글대는" 것은 어떤 모양인가요. 소나기가 완전히 걷히지는 않았고, 저녁의 눅눅하고 찐득한 공기 속으로 아직 세차게 오던 소나기의 왁자한 소리 끝과 질척한 느낌이 남아 있군요. 물방울이 잦아들고 있는 싱싱한 밤나무에서 때맞춰 참았던 "매미가 쑤욱 목청 뽑아/ 올린" 그 순간 "투두,

툭" "풋밤송이/ 하나/ 둘" 떨어지네요. 정확히 피사체에 갖다 댄 카메라의 렌즈처럼 극적 효과를 보여주는 장면이군요.

종장이 해방구가 된 산뜻한 맛이 있습니다. 덕분에 여름 저녁의 싱그러움이 더해졌네요. "투두, 툭// 가만히 목숨 줄 놓는/ 풋밤송이"의 모습이 한 번의 깨끗한 붓질과도 같은 강한 인상으로 그려졌습니다. 그리고 아래로 뾰족한 시의 배행이 대지에 뿌리 내린 한 나무이면서 거기에서 떨어지는 풋밤송이의 모습을 함께 연상케 하지요. 시조의 제목은 '해찰'입니다. 매미도 살려고 목청 뽑아 올리는 녹음의 시절에 왜 무심한 듯 "가만히 목숨 줄 놓는" 딴짓을 하느냐는 건가요. 슬쩍 뒤집는, 시조만이 표현할 수 있는 반전이네요.

"물구나무선 나무 사이로/ 새 한 마리 비껴난다// 그 바람에 물무늬 일고/ 파란 하늘이 흔들린다// 이것은 천지가 지은/ 작은 시의 몸짓"(김호길 「시의 몸짓」)과 같이 자연의 영성에 감응하는 것이 시라고 하면 이러한 여름 저녁의 한 "순간"도 귀하고 귀한 것이 아닐 수 없습니다.

엎드린 채 꿇은 무릎
이렇게 낮아지리

밟고 가는 천의 얼굴
견뎌내리, 다시 한 번

뉘인가

날 깨우는 이

저 가만한 발소리는

- 홍오선 「징검다리」

얕은 개울에는 으레 징검다리가 놓여 있습니다. 저의 아
파트 안을 흐르는 성내천 지류에도 징검다리가 곳곳에 있고
요. 초등학교 1학년에 막 입학했던 꼬마 적에는 시골 풋풋한
들녘에 흐르는 개울의 징검다리를 건너 학교에 가던 시절이
있었습니다. 장마철 물이 불어 징검다리가 잠기면 책보를
맨 아이들을 업어 건네주시던 60년대 초입의 동네 착한 머
슴 아저씨도 있었던 그 개울입니다. 그래요. 그때만 해도 머
슴 아저씨가 있었던 시절이었답니다.

많은 사람이 새벽부터 늦은 밤까지 징검다리를 건너가고
또 건너옵니다. 밟히는 것이 그의 일이니 "낮아지"고 "견뎌
내"는 것이 그의 숙명입니다. "무릎"은 우리의 신체 가운데
가장 겸손한 곳이라고 하지요. 무릎을 꿇고 있는 사람은 그
의 무게중심이 낮아져 있을 것이므로 세파의 유속이 빨라져
도 휩쓸리거나 떠내려가지 않을 겁니다. 중력이란 낮은 쪽
에 힘이 있음을 보여주는 자연의 법칙이라고도 했어요.

고개를 쳐들고 모난 언행을 하지 않으면 보아주지 않는 세
상인심 속에서 징검다리의 절대적 사랑, 자기희생의 모습은
도저히 도달할 수 없는 삶의 모습을 보여주네요. 칠월 칠석

하늘에 다리를 놓아 견우와 직녀를 만나게 해주는 까치와 까마귀들, 주몽에게 엄체수를 건너게 한 물고기와 자라의 이야기는 영험한 자연계의 이야기지만 "낮아지"고 "견뎌내"면서 나를 밟고 가는 발소리들을 "날 깨우는 이"로 받아들이는 이 징검다리의 이야기는 인간계의 어두운 곳에 자리하시는 성자의 모습처럼 감동적이군요.

지난주 강화에 들어가 동검도365예술극장에 다녀왔습니다. 그곳에서 〈Escuridão〉(2005)란 인도 영화를 보았습니다. Escuridão는 포루투갈어로 '암흑'이라고 되어 있네요. 그래서 'Black'이라고 번역되어 있습니다. 태어나자마자 모두가 포기한 장애아인 자신을 위해 당신의 전부를 주었던 스승이 늙어 알츠하이머병에 걸리자 그 스승을 위해 자신의 전부를 던지는 한 여성의 이야기였습니다. 극한의 인간애도 그렇거니와 '나를 빛으로 이끄는 것은 Black'이라는 메시지가 잊히지 않습니다.

창밖으로 매일 무심히 내다보는 징검다리이건만 영화 속의 소녀와 스승이 서로 그러했듯이 그 징검다리의 어두움을 빛으로 이끈 것은 그의 아픔을 눈여겨본 시인의 밝은 눈인가요. 불과 육십여 년 동안에도 세월은 급변하여 시간의 소용돌이 안에 삭막한 세상을 만들어놓기도 하지만 지금도 예전의 그 머슴 아저씨 같은 사람이 있고 사회의 징검다리로 살아가는 사람도 많은 것이 사실입니다. 완벽한 이타심을 보여주는 시조 안에서 오래전부터 나와 함께해 왔던 소박하고

작은 물상들이 나의 어둠을 빛으로 이끌어주는 순간을 느껴
보시기 바랍니다.

> 돌 하나 올려놓고 마음은 내려놓습니다
> 돌과 돌이 껴안으며 기도처럼 뜨겁습니다
> 간절한 모든 것들은 저렇게 쌓이나 봅니다
> – 이태정 「탑」

　돌멩이와 돌멩이가 쌓여 스크럼을 짠 듯 꽉 짜여 있습니다. 그 돌은 그냥 돌이 아닌 언어의 돌입니다. 언어의 돌을 단단한 건축물로, 탑으로 쌓아놓은 시조이군요. 장과 장 사이를 띄우지 않은 장별 배행 처리가 단시조 안에 탑이 갖는 속성을 내용으로도 형태로도 맞춤하게 그려내고 있습니다.

　돌에 마음을 불어넣으면 예술이 될 것이지만 마음을 내려놓으면 종교가 되는군요. 돌탑이 된 돌들이 "기도처럼 뜨"거워졌으니 뒹굴던 돌멩이도 "내려놓"는 마음을 담으면 간절함의 상징이 되는 거지요. 조각가의 돌은 영감에 힘입어 예술이라는 생명을 얻고 어느 산기슭에 오가는 이들이 마음을 내려놓고 올리는 돌 하나하나는 '탑'이라는 생명을 얻었습니다.

　우리나라는 국토의 7할이 산입니다. 폐 건강이 좋지 않아 어머니 산악회를 따라 부지런히 산을 다니던 때가 있었습니다. 저의 마음속의 국보 1호, 엎드린 호랑이처럼 거대하고

단단한 화강암 바윗덩어리의 북한산도 그렇지만 우리나라 산은 바위산, 돌산이 정말 많더군요. 그래서 그런지 절마다 석탑이 많고 산자락마다 오종종하니 정겹게 쌓아놓은 돌탑도 많았습니다.

돌은 흙의 정기가 뭉친 것이라고 합니다. 그리고 또 돌은 억겁의 세월에 가장 변하지 않는 물상이니 자연 안에서 합일을 꿈꾸는 물아일체의 사상을 흠모해 온 우리로서는 간절한 기도를 그에게 의탁할 만하지 않나요. 마음의 기도들이 서로 "껴안"아 "뜨"거워진 그것이 어찌 오가는 눈길에 지나치는 무심한 것이라 할 수 있을까요. "간절한 모든 것들"이 "저렇게 쌓"인 그 안에 부처님이나 고승의 사리가 없다고 한들 석가가 기루시는 '석가의 님'인 중생의 그 간절한 마음자리들을 어찌 사리라 아니할까요.

휘청거리던 발목이
부드럽게 활강한다

미명의 언어들로 꽉 막힌 뚜껑 아래

덮어버리지 못하는
밀폐의 시간들이

무호흡 공기 방울로
뒤섞여 산다
  - 김보람 「맨홀」

   문득 창문을 열고 환기했습니다. 아파트의 동과 동 사이
를 통과한 하늘과 구름과 나무의 모습을 한 바람이 들어오네
요. 어릴 때는 부모님을 통해서 세계를 보았고 크면서는 독
서와 선생님과 친구들 그리고 문학과 사랑하는 사람들을 통

해서 세계를 보기도 하였겠지요. 그러나 그러면서도 나는 늘 내가 가진 눈으로 사물의 넓이와 깊이, 그리고 그 빛과 어둠을 보기를 원했습니다. 시의 창작, 그 창조의 시작은 거기일 것이니 그래서 나는 늘 내 창문이 깨끗하기를 바랐습니다. 창문 닦는 기구와 세제를 쓰면 훨씬 기술적으로 쉽게 닦을 수 있겠지만 생각해 보면 저는 제 손이 직접 가 닿을 수 있는 우직한 방법으로만 창문 너머에 있는 생명들과 만나고자 하였습니다. '생명'을 만나는 것, 그것도 순정하게 만나는 일, 그것이 곧 시보다 먼저 있어야 할 일일 테니까요.

만약 나의 창문이 맨홀 뚜껑이라면 어땠을까요. 창문을 연 곳이 "덮어버리지 못하는/ 밀폐의 시간들" 그 답답함, 어두움, 절망, 좌절, 그런 것들만이 숨도 쉴 수 없는 "무호흡 공기 방울로/ 뒤섞여" 사는, "미명의 언어들로 꽉 막힌" 그런 곳이라면 어떤 발버둥으로 살아야 했을까요.

어느 영화에서 맨홀 뚜껑에서 솟아오르는 기이한 모양의 외계 생물체를 본 적이 있습니다. 검은 연기가 뭉친 것 같기도 하고 괴물체 같기도 한 그 모양은 과연 그럴듯한 상상이었습니다. "덮어버리지 못하는/ 밀폐의 시간들이// 무호흡 공기 방울로/ 뒤섞여" 사는 그곳에서 튀어나올 법한 것들이었고 그들은 일반인의 눈에는 보이지 않고 '요원'들의 눈에만 보이는 것이었지요. 시인의 눈에만 보이는, 그런 괴물체와 같은 것을 당신께서도 보시나요? 빙산의 일각처럼 물 아래 잠겨 있는 시의 언어 대부분은 모두 아직 깨어나지 못한

"미명의 언어"일 것이니 시를 다듬는 동안은 그 미명의 언어 들이 시인의 트라우마가 될 수밖에는 없겠군요.

언제쯤 그 막힌 뚜껑을 열어젖히고 시원한 하늘을 향해 밀폐의 시간을 후련하게 날려 보낼 수 있을까요.

> 벽은 점점 높아진다
> 광장을 메우는 벽들
>
> 벽 너머엔 초조한
> 목소리와 눈빛들
>
> 우리는
> 벽에 갇혀서
> 또 하나의 벽이 된다
>   – 이송희 「벽의 시간」

"광장"이란 그리스시대부터 서로 토론하고 소통하던 학 문과 공론의 장이었지요. 그러나 지금, 한국의 광장은 "벽들" 로 메워졌군요. 벽과 벽 너머에 있는 사람들의 목소리와 눈 빛은 모두 "초조"합니다.

코로나로 인하여 책상과 책상, 탁자와 탁자 사이에도 플라 스틱의 벽이 생겼습니다. 그 벽은 벽과 벽 사이에 앉아 있는 사람의 마음의 벽을 그대로 보여주는 듯합니다. 책상 이쪽에서 말하는 사람과 저쪽에서 말하는 사람들이 각자 자기가 하고 싶은 말만 하고 있습니다. 제 목소리만 높여 인신공격도 서슴지 않네요. '내로남불—내가 하면 로맨스, 남이 하면 불륜'이란 말은 한국의 정치를 읽는 키워드로 〈뉴욕 타임스〉에 등장했습니다. 나에게 적용하는 기준과 남에게 적용하는 기준이 다르군요. 횟감의 무게를 잴 때 슬쩍 손가락을 찔러 넣어 저울의 무게를 늘리거나 포목점에 가서 포목을 끊을 때 재었던 끝을 다시 겹쳐 재어 자 수를 늘리던 수법이 이제는 사람을 재는 데에도 쓰이고 있습니다. 척도란 어느 시대 어느 사람을 막론하고 똑같이 적용되어야 하는 것이 그 진리 아니던가요. 상의 수상자를 가릴 때나 시의 생산과 소비와는 아무 관련이 없는 소위 문단 권력이라고 하는 기이한 현상에 몸담고 있을 때는 물론, 일상적인 사회생활에서도 내가 가진 자는 몇 개나 되는지, 내 삶의 기준이 되는 진정한 한 개의 자는 어떤 것인지 생각해 보았으면 합니다. 내 안에 자가 많을수록 불통을 가져오는 벽이 많아질 것이니까요.

'역지사지'야말로 가장 용기 있는 사람만이 할 수 있는 일이며 선한 영향력을 행사할 수 있는 기본 요건이라고 합니다. 타자의 입장이 되어보려는 자세가 되어 있지 않으면 변화는 일어나지 않습니다. 타자의 입장이 되어보려는 자세가 되어 있지 않으면 시는 창작되지 않습니다.

토론은 '누가 옳은가'가 아닌 '무엇이 옳은가'를 찾아가는 과정이라고 합니다. 그러나 "벽은 점점 높아지"며 "광장을 메우"고 있군요. 지금 우리의 모습은 "벽에 갇혀서/ 또 하나의 벽이 되"는 모습입니다. 누구의 탓을 할까요. 우리 스스로가 만드는 벽들에 갇혀 있으면 '무엇이 옳은가'를 찾아 어떻게 나아갈 수 있겠는지요.

맨홀 뚜껑을 열고, 벽을 무너뜨리고 밖으로 나가고 싶습니다.

> 그럼, 그 젊음은 대체 무엇이었을까
> 밤새 통음이거나 사무쳐 울먹임이거나
> 한 생각 그 그리움도, 끝내 그냥 욕심이었을까
> - 강문신 「욕심」

이 작품을 보고 사랑의 슬픔을 노래한 이런 시조가 떠올랐습니다.

> 보는 것만으로도/ 기쁨이라 하셨나니// 지금도 이 땅 위에/ 같이 살아 있는 것을// 어떻다 그 기쁨만도/ 드려서는 안 되는고
> (피천득 「금아연가琴兒戀歌 5」, 『생명』, 동학사, 1993)

뛰어내릴 수 있는 벼랑은 벼랑이 아니며 부를 수 있는 노래는 노래가 아니라고 합니다. 그러니 진짜인 벼랑에 서도록, 진짜인 노래를 부르도록 자꾸 뛰어내리고 자꾸 불러볼 수밖에요. "한 생각 그 그리움도, 끝내 그냥 욕심이었을까."

이루지 못한 사랑은 시인에게 영원히 불러야 할 노래의 자양이 되었습니다. 지나가 버린 젊음은 대체 어떻게 그리워해야 할까요. 시인은 '밤새운 통음', '사무친 울먹임'으로 그리워하고 있네요.

그 밤새운 통음, 사무친 울먹임처럼 시는 거침없습니다. 거침없는 능숙함이 도도합니다. 그 거침없음이 시인의 진실을 말해주고 있네요. 넘칠 듯 차오른 울먹임의 감정이 시조의 그릇에 쏟아질 듯 담겨 있습니다. 시조의 정형, 시의 리듬마저 잊어버리게 만드는 언어의 급류이군요.

한참을
머뭇거리는
설핏한 하늘가

저문 날이 서러운지
매미 울음 붉게 젖네

울다가,
울다가 지쳐

등이
다 휘는
저녁

매미의 '벽'은 무엇일까요. 무엇이 매미를 "울다가,/ 울다가 지쳐// 등이/ 다 휘"게 했나요.

"저문 날"이군요. 기실 저무는 날도 매미의 서러움을 알았습니다. 그래서 "한참을/ 머뭇거리"기도 했군요.

대서는 더위가 극에 도달하는 여름의 절정입니다. '일 년 24절기 중 한가운데인 열두 번째 절기로 소서와 입추 사이의 시기이며 호박꽃 박꽃 나팔꽃이 피고 대추 밤 호두 으름 다래가 익어가며 수박이 가장 맛있는 때이고 천기도 양기가 최고로 세어 태풍과 소나기가 잦으며 소나기 타고 치솟았다가 땅으로 떨어지는 미꾸라지로 끓인 추어탕이 여름 보양식으로는 최고'라고 하네요. 시간은 흐르는 것이고 모든 절정에는 끝이 있는 것이니 "한참을/ 머뭇거리는/ 설핏한 하늘가"에 "저문 날이 서러운", "매미 울음 붉게 젖"고 있는 오늘입니다.

매미의 허물을 본 적이 있습니다. 바스러질 듯 투명한 그 허물은 등 가운데가 세로로 똑바로 찢어져 있었습니다. 다소곳이 다리를 오므리고 있는 그것을 부서질까 조심조심 만져보았습니다. 자기를 찢고 환골탈태할 수 있는 매미가 정말 대단하게 여겨졌어요. 등을 찢는 매미는 얼마나 아팠을까요. 그 순간, '등을 찢는 아픔을 맛보고 싶다, 누군가에 의해서 이 세상에 왔지만 스스로 등을 찢고 나를 날려 보내고 싶다'고 생각하기도 했지요. 그러나 산 너머 또 산, 그렇게 날아간 매미가 이토록 짝을 찾느라 울게 될 줄을 알았을까요. 그 작은 곤충이 얼마나 필사적으로 움직여야 그렇게 세상을 채우는 울음소리가 될까요. 천신만고 끝에 빛의 세상에 나왔지만 할 일을 다 하지 못한 채 짧은 생애의 하루를 또 보내고 마는 서러움. 매미도 "등이/ 다 휘"도록 우는데 사람이 우는 것을 두려워하면 안 될 것 같네요. 저도 더 열심히 울어보기로 합니다.

지구 위 8cm에서 2cm로 내려왔다

휘청거리던 발목이 부드럽게 활강한다

여기서
사는 동안은
흔들리지 않겠다
- 김양희 「힐」

샤넬은 여성이 혼자 못 입는 옷을 혼자 입을 수 있는 옷으로 만들어 여성을 복장에서 해방시켰습니다. 또 비달 사순은 머리를 다듬는 시간을 줄인 커트로 여성을 머리치장에서 해방시켰다고 하지요. 앞으로 고꾸라질 듯이 높은 하이힐을 신고 오리걸음을 걷던 여성들을 신체적 질환과 걸음걸이의 고통에서 해방시킨 것은 운동화입니다. 요즘은 대부분 여성이 운동화나 굽이 낮은 단화를 신습니다. 하이힐을 신어 불편하게 보이는 것보다 훨씬 예쁩니다. 몇 년 전 프랑스의 칸 영화제에서 하이힐을 신지 않으면 입장할 수 없다는 규정에 대한 항의로 배우와 감독들이 정장 구두와 하이힐을 벗어던지고 굽 낮은 플랫슈즈를 신은 적이 있었지요. 유행은 돌고 돌지만 이제 하이힐을 신는 유행은 사라졌으면 좋겠군요.

금년 아카데미시상식에서는 73세의 윤여정 배우가 여우조연상을 받았습니다. 영화 〈미나리〉에서 보여준 그녀의 연기도 연기였지만 또박또박 쉽고도 분명한 영어로 명확하고 위트 있게 표현한 그녀의 수상 소감이 많이 회자되었습니다. 무슨 말을 하고 있는지 명확하게 표현하나 자신을 낮추는 겸허한 자신감에 모두가 즐거워하는 모습이었습니다.

하이힐을 벗어던질 수 있는 것, 하이힐을 대신할 수 있는 것도 바로 "휘청거리"지 않는 '부드러운 활강'으로 대지를 디디고 선, "여기서/ 사는 동안은/ 흔들리지 않겠다"는 자신감입니다.

오늘 읽어본 작품들은 모두 긴장이 강한 작품들이군요. 갈등 속에 있거나 대치된 상황을 보여주며 긴장을 유발하고 있습니다. 벽과 벽, 8센티미터와 2센티미터, 맨홀 아래 무호흡의 공간을 안고 살아가는 현실, 젊음이 겪는 상실감, 생명의 절박함이 치열하게 그려져 있지요. 그러나 이러한 긴장이 시조에 절제된 모습으로 얹혀 균형을 찾고 있습니다. 밖에서 구경하는 모습이나 들여다보는 모습이 아닌, 세상 안에 들어와 호흡하며 통찰을 보여주는 시인들의 심안이 형형하군요.

시인은 언어의 소중함을 아는 사람입니다. 언어가 그리도 소중하기에 함부로 쓸 수 없음입니다. 참으로 많은 포기가 있고 난 뒤에야 완전히 내 품 안에 들어온 몇 개의 시어를 건질 수 있을 겁니다, 겸허하지만 명징한. 표절하는 언어는 시인에게 부끄러움을 주지만 그렇게 시인의 것이 된 언어는 떳떳한 자신감을 심어줍니다.

문을 다 열어놓고
허공처럼 앉았구나

남진원「개구리 우는 밤」
황삼연「그렇지 않다」
추창호「산노을」
김세환「들숨 날숨」
박권숙「마애불」

얼마 전 월간《문학의 집·서울》에 정효구 평론가의「허의 미학을 창조하는 일」이란 칼럼이 실렸습니다.

이 시대 우리들의 마음자리를 살펴볼 때, 그곳에 허심이자 허공 이라고 할 수 있는 이른바 '허의 총량'이 마이너스 지점을 가리키 며 위태롭다. '허'란 빈 공간이며, 빈 터이며, 빈 세계이다. 무위의 영역이고, 자연성의 길이며, 무상의 시간이다. 이런 '허'의 결여 와 부재는 언어의 생명력을 고갈시킨다.

세상에 있는 모든 존재는 온몸으로 온몸을 밀고 가는 삶을 살고 있습니다. 그런 진실한 삶의 순간을 발견해 주는 것, 그 것으로 나를 돌아보게 하는 것, 그것이 시인의 일이기도 할 것입니다. 시는 참의 언어이며 그러하기에 더욱 함부로 하

지 못할 것이니 더 간절하게 드러낼 묘수를 찾느라 줄이고
지우고를 반복하지요.

> 시골 살이 더 바빠라 파종하니 어둑하네
> 문을 다 열어놓고 허공처럼 앉았구나
> 들리는 개구리 소리, 무슨 부귀 더 구하랴
>   – 남진원 「개구리 우는 밤」

　파종을 하고 날이 어둑해져 돌아와 "문을 다 열어놓고 허
공처럼 앉"아 쉬고 있는 농부의 모습입니다. "허공처럼 앉"
아 있는 그 허공은 그러나 텅 비어 있는 허공이 아닌 부지런
히 파종을 끝낸 농부의 흡족한 마음으로 가득 차 있습니다.
"문을 다 열어놓"은 그 공간은 개구리 울음소리로 가득 찼고,
마음의 문을 다 열어놓은 그곳은 '자연성의 길, 무상의 시간'
으로 가득 찼군요.
　날이 어둑해지는 저녁의 대기를 채우며 어둠의 뇌리로 스
며들던 개구리 울음소리를 저도 기억하고 있습니다. 어느
날에는 하루를 잘 살아내었다고, 또 어느 날에는 하루를 허
투루 보냈다고 머릿속을 헤집고 들어와 대신 울어주던 개구
리들이었습니다. 그러나 그 개구리 울음소리를 들으며 제가
배운 것은 뜻밖에도 삶의 열락이었습니다. 그들은 실로 사
는 것처럼 사는 삶이 무엇인지, 몰입이 무엇인지 그 생체의
모습을 보여주고 있었던 것입니다. 농악패가 어울려 돌아가

는 몰입, 그 신들린 한마당처럼 그들은 날마다 무아지경의 울음판을 벌이고 있던 것이었습니다. 제가 그렇게나 무엇으로 꽉 차 있는 허공을 듣곤 했던 그날처럼 개구리 울음소리로 가득한, 허의 새로운 발견이 참으로 특별합니다. 진정 시인이 우리에게 선물해 준 것은 우리가 상실한 채 살아가고 있는 허의 공간, 그것입니다. 수없는 칼질로 잘린 가상의, 혹은 도회의 그곳을 비집고 들어온 그 생체의 공간엔 진짜 농부의 살냄새가 진득하니 배어 있군요.

꽃이 달린 채로
빠지는 감이 있고

주먹만 한 퍼런 것도 속절없이 떨어지니

홍시로
달려 있는 것
두려울 일 아니다
  – 황삼연 「그렇지 않다」

텅 빈 허의 공간을 충만으로 마음속에 품을 줄 아는 어른이라면 꼭지가 말라가는 "홍시"에게 "두려울 일 아니다"라고 말해줄 수 있을 것 같습니다.

세상에는 억장이 무너지는 슬픈 일이 많습니다. "꽃이 달린 채로/ 빠지는 감이 있고// 주먹만 한 퍼런 것도 속절없이 떨어지"는 일이 허다합니다. 어느 날 갑자기 시신으로 돌아온 자식이 있고, 이유도 모르고 당한 풀 길 없는 억울함의 울분이 있고, 정의롭지 못한 사회가 주는 상대적 박탈감이 있고, 혼자만이 안고 지키며 살아가야 할 이룰 수 없는 사랑의 가슴 찢어짐이 있고, 내 뜻을 당당히 펼칠 자리가 없는 야박한 세상이 있고, 사라져 가는 존재들에 대한 연민으로 밤을 지새우는 시인들이 있습니다.

홍시로 달려 있다는 것은 두려운 일일 테지요. 언제 저 바닥으로 떨어질지 모르는 목숨의 나날이, 허공에 달린 절정의 나날이 고문이 되었군요. 생각해 보면 "꽃이 달린 채로/ 빠지는 감"이나 "속절없이 떨어지"는 "주먹만 한 퍼런 것"이나 끝까지 "홍시로/ 달려 있는 것"들의 운명은 외따로 떨어진 것이 아니라 서로 기대고 있는 것은 아니었을까요. 같은 나무에서 났지만 병약하게 태어난 막내였거나 혹은 비바람받이가 된 형이었거나 하였던 이유로 나의 삶이 빚지고 있는 목숨일 수도 있는 터이겠지요.

어느 먼 곳에 사는 모르는 사람들, 어느 먼 과거에 살았던 사람들, 그들이 숨 쉬는 그리고 숨 쉬었던 대기, 빛과 그늘, 그러한 사람살이의 안팎에 실재하고 있는 무궁한 무엇이 내가 지금 살고 있는 시간과 공간을 가득 채우고 있습니다. 그들이 이어온 사유와 탐구에 나의 삶은 갚을 수 없는 빚을 지고 있습니다.

예로부터 감나무는 우리의 생활과 가장 가까이 있는 과실나무이지요. 그래서인지 그 감나무에 빗대어 삶의 용기를 말하고 있는 이 시조가 어버이의 말씀인 양 깊은 정으로 다가옵니다. "홍시로/ 달려 있는 것/ 두려울 일 아니다", 시인이 쿵, 하는 깨달음을 주시니 "꽃이 달린 채로/ 빠"져버릴 수도 있었던 봄의 아픔과 "주먹만 한 퍼런 것도 속절없이 떨어지"는 여름의 시련을 이기고 돌아와 깊어가는 가을, 잘 익은 홍시로 달려 있음을 두려워하지 않는 삶의 미학을 가져야겠습니다. 내게 몸을 주시고 또 거두어 가시는 일은 자연이 하시는 일이니 두려운 마음 대신 차라리 가득한 허의 기쁨을 마음껏 누릴 일입니다.

마을 우체국 가는 개울가에 감나무 몇 그루가 있습니다. 올해 유난히 많이 열린 감이 제법 붉게 익어가고 있지요. 하늘이 파랗게 맑을수록 다홍색으로 익어가는 감이 더 잘 보이는군요. 저는 언제쯤 당신을 돋보이게 하는 파란 하늘이 될수 있을까요. 당신이 늘 잊지 못하는 그리움의 배경이 될 수있을까요. 당신이 빛날 때 함께 빛날 수 있을까요.

내 고향 물빛 하늘
묵필로 듬뿍 찍어

울 엄마 가슴 같은
산마루를 그려보면

화선지 한 폭 가득히

번져가는 그리움

 - 추창호 「산노을」

어머니는 "지상에서 가장 아름다운 이름"(박시교 「지상에서 가장 아름다운 이름」)이며 가장 부드럽고 포근한 이름입니다. 언제나 나를 돋보이게 하는 파란 하늘이었고 그리움의 원천이 되었습니다. "울 엄마 가슴 같은/ 산마루"는 지상에서 가장 부드러운 산마루입니다. 누구도 이의를 제기할 수 없을, 세상에서 가장 부드러운 산마루가 이 중장에 있습니다. 그 부드러움을 그리워하는 그리움을 "화선지 한 폭 가득히/ 번져가는" 은은한 것으로 그려낸 종장이 깊습니다. 더구나 "물빛 하늘"을 듬뿍 찍어서 그렸으니 이 시조는 그리움으로 온통 젖어 있군요.

구체적으로 어디인지 드러나 있진 않으나 시인이 그려보는 고향의 산마루가 이토록 부드러우니 물결 같은 산봉우리들이 인상 깊었던 김윤겸(1711~1775)의 그림 〈지리전면도〉가 생각납니다. 안개가 자욱한 흰 공간 위를 붓이 한달음에 치고 간 듯 단순하고도 부드러운 곡선으로 떠 있는 봉우리들, '어머니 젖가슴같이 포근하다'는 설명이 붙어 있는 이 그림 속 봉우리들은 마치 움직이며 흐르는 물굽이 같았습니다.

지리산의 주능선은 하봉~중봉~써리봉~천왕봉~제석봉~연하봉~촛대봉~영신봉~덕평봉~토끼봉~반야봉 등으로 이루어져 있다. 주릉에서 사방으로 뻗어 내린 15개 지릉 사이로 대성골, 거림골, 장당골, 국골, 칠선계곡, 중산리계곡, 대원사계곡, 백무동계곡, 한신계곡 등 15계곡이 부챗살처럼 펼쳐진다. (임채성 「'도화 뜬 맑은 물'에 비친 남명南冥의 무릉 800리」)

그래요. 과연 지리산을 그렇게 그린 이유를 알 것 같습니다. 이 시조가 말하고 있는 어머니에 대한 그리움은 일견 평범한 내용이지만 평범한 내용도 차분히 잘 정돈되면 그 진실이 전해주는 힘을 가지게 된다는 것을 알 수 있습니다. 이런 부드러움의 깊이를 가진 그림이라면 "묵필"이라야 하고 그 그리움이 스며들어 번져가려면 당연히 "화선지"라야 할 겁니다. 처음 묵필에 듬뿍 찍은 것은 "물빛 하늘"이었는데 "울 엄마 가슴 같은/ 산마루를 그리"며 어느새 "번져가는" '산노을'이 되었군요.

한 번 들숨이면 풀꽃으로 술렁이다

편한 날숨 따라 그 바다에 젖던 휘파람

거친 숨 서툰 시 몇 구절 그마저도 소중한 날
  – 김세환 「들숨 날숨」

들숨이면 내 안으로 대기를 빨아들이는 구심의 파동이고, 날숨이면 내 안의 대기를 밖으로 내뱉는 원심의 파동입니다. 이 구심과 원심의 파동 속에 우리는 살고 있지요. 생각해 보면 이 구심과 원심의 파동 속에 대자연이 숨 쉬고 있는 거로군요. 생물이 태어나기 시작한 이후 유구한 시간을 이어온 그 만물의 숨의 파동이 나에게 와 닿아 있네요. 기회가 있을 때마다 밟았던 우리 땅들, 강원도의 태백, 삼척, 함백, 정선의 산골과 경북 문경, 봉화, 영양의 그 오지들과 어릴 적 살았던 제 기억의 가장 밑바닥에 있는 전라도 남쪽 지형들 모두 태고의 땅들이 아니던가요. 그 땅들을 밟아온 나의 숨과 대지를 향해 뻗어나가는 파동으로 나는 살아 있습니다.

"한 번 들숨이면 풀꽃으로 술렁이"고, 또 한 번의 "날숨 따라 그 바다에 젖던 휘파람"이 일어나네요. 작은 풀꽃 하나에서 바다에 젖는 휘파람으로 열어놓는 시원한 공간감이 시조 3장의 부피를 한껏 키워주고 있군요. "풀꽃으로 술렁이"거나, "바다에 젖던 휘파람"과 같은 나의 시적 자산이 있었기에 "거친 숨 서툰 시 몇 구절"로 드러낸 오늘의 하루하루, "그마저도 소중한 날"로 받아들이는 시인의 자세는 자연을 거스르지 않고 살아가는 경건한 모습이군요.

해질 녘 내 하늘에서 당신의 어깨너머로

당신의 어깨를 타고 해뜰 녘 내 하늘로

번지는 오, 붉은 마음 삼키고 선 눈웃음

 - 박권숙 「마애불」

　얼굴무늬 수막새에 새겨진 여인의 미소는 '신라의 미소', 서산 마애불의 미소는 '백제의 미소'라고 일컬어지지요. "내 하늘"에서 "당신의 어깨"를 오가는 무궁한 공간 속에 "마애불"의 "눈웃음"이란 초월의 한 순간을 펼쳐 보여주고 있는 장면입니다. 영원을 흐르는 초월의 인상을 촉발해 주는 것은 "하늘"과 "어깨"와 "눈웃음"으로 이어지는 시적 현실의 한 장면이 물결 같은 율격에 실려 자연스럽게 스며들었기 때문일 것입니다. 어깨의 곡선이 눈웃음의 곡선으로 이어지고 있고, 나와 "당신" 사이에 "번지는" "붉은 마음"을 "삼키고 선 눈웃음"은 이심전심의 미소일 것이니 이 시조의 몸과 마음은 함께 황홀한 세계에 들어 있군요. 초장에서 중·종장으로 파도가 밀려오듯 상승하는 운율과 함께 시조 4음보가 갖는 유장한 느낌도 느껴볼 수 있습니다. 시조는 3장의 짧은 시이지만 4음보가 가지는 이런 유장함에 힘입어 결코 짧다는 아쉬움을 남기지 않습니다.

　"해질 녘 내 하늘에서" 마애불의 "어깨너머로" 흐르는 것은 저녁노을이며 마애불의 "어깨를 타고 해뜰 녘 내 하늘로" 오는 것은 아침노을이라는 심증을 굳히게 된 것은 종장의

"번지는 오, 붉은 마음"에서입니다. 은연중에 번져가는 노을 같이 운율이 무척 자연스럽게 체화되어 있어 읽는 이의 시야도 하늘에서 마애불을 오가며 한없이 넓게 넓게 열어가게 되는군요. 나의 시야에 걸림돌이 되는 '공간'이라는 유한과 나의 마음에 걸림돌이 되는 '생각'이란 것, 그리고 '노을'이라는 심중의 의미마저도 다 지우고 싶습니다. 정형의 울이 무화되는, 그런 무한의 자유를 느끼면서요. 참 이상하지요. 무한의 자유를 정형시에서 느낄 수 있다니요. 제약이 없는 자유시에서 정작 우리는 자유에 무감하지만 제약이 있는 정형시에서 느끼는 자유의 감흥은 그 절제된 행간 속에서, 여백 안에서 더 크게 증폭되는군요. 이 놀라운 아이러니는 정형시가 가진 또 하나의 매력일 것입니다.

감각적이고 신선한 이미지의 발견, 심오한 사유의 길을 거쳐 이제 시인은 드디어 시조 정형의 자유 속으로 깊숙이 들어와 있네요. 병마에 시달리면서도 '온몸으로 온몸을 밀고 나가는' 소명으로 시조를 사랑한 박권숙 시인입니다.

시조는 리시브, 토스, 스파이크로 이어지는 배구의 3박자와 같은 느낌이라고 한, 이경 시인의 말을 생각했습니다. 그렇습니다. 시조는 그런 팽팽한 언어의 탄력과 생명력으로 내리꽂히는 스파이크처럼, 명확한 이미지이며 의미인 것을 좋은 단시조들이 말하고 있습니다.

한 줄 시 고독을 품던 새는
지금은 날아가고 없다

김광순「죽비」
김교한「대」
박기섭「비의 저녁」
이근배「까치집」

댓잎이 시퍼런 스무 살 어린 내가

몸 속 깊숙이 죽비를 걸어두고

나팔꽃 뻗어 오르는

여름햇살 바라본다
  - 김광순「죽비」

"몸 속 깊숙이 죽비를 걸어두고" 살고 계신가요. 저의 죽비
는 시조였습니다. 이호우 시인께서는 "내 시조는 나의 염불"
(「염불」)이라고 하셨지만 지면에 발표된 저의 시는 죽비처럼
등을 아프게 내리치던 것이었습니다. 저는 늘 저에게 맞을

일만 있었습니다. "댓잎이 시퍼런" 마음의 오기와 결기가 없었다면 마흔 해를 우울 속에서 넘어오지 못했을 겁니다. 몹시 쓸쓸할 때마다 죽마고우 같은 시의 벗 한 사람을 만들어놓지 못한 저의 변변찮음을 슬퍼했습니다. 시가 죽마고우였다고, 남이 들으면 웃을 쉬운 말을 할 수밖에 없네요. 저는 싫고도 좋은 감정에 휩싸였습니다. 저의 죽마고우 자리를 저의 시에게 넘겨주기 싫었어요. 저의 시는 실제보다 더 실제인 저이기도 할 것이니 저에게 저의 죽마고우 자리를 넘겨주기가 너무 한심한 일 같았습니다. 그러나 내가 돌아서지 않는 한 돌아서지 않을 시가 나의 죽마고우라는 사실이 고마운 일이기도 한 것을 깨달으며 외로운 길을 걸어왔어요. 복싱에는 스파링 파트너가 있지요. 스파링 파트너에게 매일 깨져도 하루하루를 실전처럼 버텨야 합니다.

"댓잎이 시퍼런" 옹골찬 결기가 있다면 "몸 속 깊숙"한 곳에는 결기를 다스리는 "죽비"가 필요하다는 것을 시인은 알고 있네요. 그리고 시선은 "나팔꽃 뻗어 오르는/ 여름햇살(을) 바라보"고 있군요. "스무 살 어린" 나이에 벌써 삶의 화두를 얻었습니다.

시간은 왜 앞으로만 갈까요? 시간이 앞으로만 가니 여름햇살 속에 나팔꽃은 뻗어 오릅니다. 시간처럼 늘 앞서가기만 하는 시의 얼굴이 여름 햇살인 양 뜨겁습니다. 나를 진군하는 나팔이 되도록 부추기기도 하고 지쳐 오므리게도 하며 그 뜨거움은 폭군처럼 나를 지배하는군요.

저희에게 무슨 일이 일어나게 하옵소서/ 목숨을 향해 이다지 보
챔을 굽어보소서/ 저희들은 모두 상승하고자 하옵니다/ 광명처
럼, 노래처럼

　라이너 마리아 릴케의 「마리아께 드리는 소녀의 기도」 한
구절입니다. 중학생 때, 제가 처음으로 시라는 것을 쓰고 발
표하던 때 교지의 첫 페이지에서 만났던 이 한 구절은 저의
마음의 맨 밑바닥에서 지금도 은은한 빛을 내고 있습니다.
이 시를 읽으며 저는 간절한 기도를 드리는 소녀처럼 상승하
고자 하는 저를 보았던 것이지요. 그때를 돌아보면 건널 수
없는 깊은 벼랑에 어지럼증이 납니다. 뒤가 벼랑이니 앞으
로 갈 수밖에는 없군요. 멈추지 않는 시간에게 티끌 같은 목
숨을 의탁하였으니 여름 나팔꽃처럼 결기를 잃지 않고 뜨거
운 햇살 속으로 언제나 용감하게 들어가고 싶습니다.

　맑은 바람 소리 푸르게 물들이며

　어두운 밤 빈 낮에도 갖은 유혹 뿌리쳤다

　미덥다 층층이 품은 봉서 누설 않는 한 평생
　　— 김교한 「대」

담양에 가서 죽림을 보았습니다. "맑은 바람 소리 푸르게 물들이"던 대밭에는 조선의 선비들이 듣던 바람 소리가 가득하였습니다. 저는 '선비'라는 말에서 청정한 향기를 맡습니다. "어두운 밤 빈 낮에도 갖은 유혹 뿌리"칠 수 있는 이야말로 진정 선비가 아니던가요. 올바르게 고결하게 사는 것은 인간의 본분이며 권리이기도 할 것인데 권모술수와 인맥과 뒷배가 판을 뒤집는 어지러운 세상과 꼿꼿이 마주하여 죽도록 싸워야 그렇게 살 수 있는 일이기도 하니 과연 죽림은 언제까지나 유효한 선비의 모습이라 해도 무방하겠네요.

대의 마디를 "층층이 품은 봉서"라고 했습니다. 대나무의 모습에서 청정하고 강직한 선비의 모습을 보는 것은 일상화된 비유이지만 이 시조에서는 종장이 다른 시조와 차별화되게 빼어나네요.

> 햇연꽃 불 켜든 일은
> 햇연꽃 저만이 알고
>
> 들오리 길 떠난 일은
> 들오리 저만이 알지
>
> 늦도록 못둑에 붐비는
> 비의 속내는 누가 알꼬?
> ― 박기섭 「비의 저녁」

비 오는 저녁에는 우리의 눈동자와 귓바퀴에도 물무늬가 집니다. 시의 물무늬는 여러 가지 문양을 남기는군요. 관념이나 의미보다는 사물이 주는 시적인 분위기에 젖을 수 있는 시가 있습니다. 시인의 시조에서는 "햇연꽃", "들오리", "못둑에 붐비는/ 비"가 있군요. 햇연꽃, 들오리, 못둑에 내리는 비는 모두 못의 권속일 것이니 그렇게 정돈이 되었습니다.

햇연꽃, 들오리는 생명체이니 저만이 아는 일이 있겠지만 "비의 속내"는 비인 저도 모를 것이니 누가 알아줄까요. 천기를 누설해 버린 것처럼, 대자연의 조화를 엿보아 버린 것처럼 이렇게 얘기해 버리니 시의 맛이 살지 않는군요. 천기는 말하지 않는 편이 좋겠습니다. 역시 설명이 사족이 되어버리는 시가 좋은 시인 것 같아요. 그냥 시가 전해주는 풍경 속에서 자연의 하나가 되어 그 품에 애잔하게, 행복하게 녹아들 수 있으면 되는 것 아닐까요. 세상의 복잡함에 지쳐 있는 사람은 시의 "내용 없는 아름다움"(김종삼 「북 치는 소년」)을 사랑합니다.

시인 박용래朴龍來
눈이 젖어 바라보던

그 삭정이 둥지
삭정이진 슬픔.

한 줄 시

고독을 품던 새는

지금은 날아가고 없다.

– 이근배 「까치집」

시인 박용래의 눈은 늘 젖어 있었다고 합니다. 한 포기 풀 꽃에도 눈물짓던 시인이라고 하니 과연 그랬을 것 같아요. 이 강산은 풀꽃이 천지인 나라이고 풀꽃 같은 사람들이 일구어가는 곳이니까요. 박용래의 시집 『먼 바다』(창작과비평사) 의 첫 시는 "감새/ 감꽃 속에 살아라"로 시작되는 「감새」입니다. 두 번째 시는 "(……) 중국집 처마 밑 조롱 속의 새였다가 (……)" 역시 새가 있는 「오류동의 동전」이고요.

"그 삭정이 둥지"와 같은 시집을 읽고 있으면 가슴이 아려오는 진한 정한의 "삭정이진 슬픔"을 느낄 수 있습니다. "삭정이"란 시어에 자꾸 마음이 가는군요. 가난했던 어릴 적 초등학교 시절, 하교 후 마대 자루를 끌고 어두워지는 뒷산에 혼자 삭정이와 마른 솔잎을 주우러 간 적이 있었습니다. 인근의 군부대에서 나오는 군복을 시냇물에 이고 가 빨아주며 생활비를 벌던 어머니가 돌아오시면 얼른 저녁밥을 지을 수 있도록 바싹 마른 솔잎과 삭정이들을 자루에 주워 담고 어느새 아주 어두워진 산길을 날다람쥐처럼 달려 내려왔지요. 찬 냇물에 종일 손을 담그고 계셨던 어머니는 저의 바알

간 두 손을 꼬옥 잡고 호오 불어주시며 "에고, 이거 니가 해 왔나, 손이 꽁꽁 얼었네. 다음부터는 가지 말거래이" 하고 말씀해 주셨습니다. 그러나 저는 와락 덮치는 가을 산 그림자가 아무리 무서워도 어머니의 따스한 말씀을 듣는 것이 눈물 나도록 행복해 내일도 나무해 와야지, 마음속으로 다짐하곤 하였었지요. 밥 짓는 어머니 곁에서 아궁이에 삭정이들을 걸쳐놓고 누런 솔잎을 솔솔 뿌려주고 성냥불을 붙이고 풍구를 돌리면 매캐한 연기 속에서 피어나던 어여쁜 불꽃. 아궁이 속에서 조그마한 금빛 새가 팔락팔락 날개를 펴면 동그랗게 웅크린 내 조그만 등에서도 그만한 날개가 펴지던 것 아니었을까요.

토담집 아궁이 속에서 사라져 버린 불꽃처럼 "그 삭정이 둥지"에 "한 줄 시/ 고독을 품던 새는/ 지금은 날아가고 없"군요. 한 번도 그분을 뵌 적이 없지만 이 시조를 읽고 있으면 누군가 한 땀 한 땀 뜨개질해 드린 털모자를 쓰고 하얀 목도리를 하고 검은 눈썹 아래 따스한 눈길을 보내주는 사진 속의 시인이 그리워집니다. 정한의 시인 박용래의 이름이 시조에 얹혀도 매우 자연스럽게 스며드는군요. 한 고독했던 시인의 생애가 그가 사랑했던 '새'의 이미지에 얹혀 이토록 짧고 쉬운 울림으로 단번에 드러났네요. 시조의 그물 안에 잡히지 않는 것은 없다는 듯이 시인은 세상의 깊이를 고누고 계시는군요.

어떻게 하면 잘 볼 수 있을까, 너의 마음을 잘 읽을 수 있을까, 싫증 나지 않는 노래로 너를 세상에 드러내 볼 수 있을까, 그리고 나를 드러낼 수 있을까, 힘든 너에게 '여기 내가 있어'라고 속삭여 줄 수 있을까, 나날의 수고로 조금씩 앞으로 나아가고 있는 뭇 생명에 대한 예의를 지켜갈 수 있을까, 함께 고양될 수 있을까.

김교한 시인만이 사유할 수 있는 「대」가 있고 박기섭 시인만이 할 수 있는 언어 운용과 표현의 완급 조절이 있고 이근배 시인만이 드러낼 수 있는 통찰이 있듯이 우리는 옛시조의 품격 안에 각 개인의 현실적 경험과 공감과 사유를 담은 '오늘의' 시조의 모습을 찾아가는 길 위에 있습니다.

아내와 조촐한 식사/ 설거지는 내가 한다// 밥그릇 둘/ 국그릇 둘/ 숟가락 둘에 접시 두어 개// 어느 날/ 숟가락 하나/ 누가 눈물 참고 씻나 (고성기 「숟가락 두 개」)

장복산 벚꽃 길에 솔솔바람 불어오자// 하르르 꽃잎들이/ 눈처럼 쏟아져요// 길 가던/ 할아버지가/ 가만 서서 바라봐요 (서석조 「꽃눈개비」)

삶이 꽤/ 악착같이 들러붙을 때가 있다// 절박한/ 시간만이 내게로 올 때가 있다// 퇴근길/ 쪼그라든 해가 등 뒤에 걸린 그때 (우은숙 「붉은 시간」)

부부의 애틋한 정을 보여주는 「숟가락 두 개」, 마치 옛 그림 한 폭을 보는 듯한 풍경의 「꽃눈개비」, 직장인의 애환을 담아낸 「붉은 시간」의 모습들이 공감을 일으킵니다. 특히 작품 「꽃눈개비」에는 눈부신 꽃눈개비와 할아버지의 대비, 꽃눈개비의 화려한 움직임과 할아버지의 고요한 시선의 대비, 꽃눈개비를 바라보는 할아버지의 시선이 가진 넉넉한 거리와 작품과 독자 사이의 여유로운 거리가 몇 겹의 동심원을 만들며 파문 지고 있습니다.

공감이란 것은 쏟아내는 감정이 아니라 절제하고 애이불비하는 모습이 만들어낸 빈 공간, 독자가 들어와 함께 거닐수 있는 행간에서 더 잘 일어납니다.

시조의 미학은 형식이 내용을 빛내고 내용이 형식을 빛나게 하는 데에 있습니다. "앞으로 시조의 미래는 어떻게 될까요?" 묻던 젊은 시인이 있었습니다. 좋은 작품, 시조다운 작품으로 '시조란 무엇인가?' 하는 물음에 명확한 답을 줄 수 있다면 시조는 잘 살아갈 수 있을 겁니다. 더 늦기 전에 이 물음을 지금, 다시 진지하게 물어야 할 것입니다.

그 어떤 엄청난 문명과 정보와 인공지능의 물결이 해일처럼 몰아친다고 해도 세상은 명석한 과학자의 온갖 탐구로도 알아내지 못할 시로 가득 차 있으니 오직 하나의 중심을 만드는 단단한 힘이 우리를 지탱해 주기를 기도합니다.